Christian Macharski

# Die Königin der Tulpen



paperback verlag

**Das Buch**

Ein brutaler Überfall auf den einzigen Lebensmittelladen der kleinen Ortschaft Saffelen bringt die dörfliche Idylle ins Wanken. Als dann auch noch eine alte Frau spurlos verschwindet und Hauptkommissar Kleinheinz den charismatischen Landwirt Hastenraths Will nicht in die Untersuchungen miteinbezieht, nimmt dieser auf eigene Faust Ermittlungen auf. Auch Löschmeister Josef Jackels und die beiden Kreisliga-C-Fußballstars Richard Borowka und Fredi Jaspers werden in den Sog der Geschehnisse gerissen und geraten dabei in höchste Lebensgefahr. Mit der Zeit kommt Hastenraths Will einer unglaublichen Verschwörung auf die Spur, die das kleine Dorf in seinen Grundfesten erschüttert und den Landwirt in eine unheimliche Welt voller Drogen, Gewalt und Schlagermusik führt.

Auch der zweite Fall von Hastenraths Will überzeugt durch seine genauen Beobachtungen des Dorflebens und seine wunderbare Mischung aus aberwitzigem Humor und atemloser Spannung.

**Der Autor**

Christian Macharski wurde 1969 in Wegberg geboren. Seit 1991 ist er Kabarettist und Autor. Diverse Programme mit dem Comedy-Duo „Rurtal Trio“, zwei Solo-Programme, eine Regiearbeit, Gag-Autor (WDR, SAT1, RTL). Von 1994 bis 2003 Kolumnist für die Aachener Nachrichten. Nach zwei Büchern mit gesammelten Glossen erschien mit „Das Schweigen der Kühe“ 2008 sein erster Roman. „Die Königin der Tulpen“ ist der Nachfolger.

Von Christian Macharski sind außerdem als Taschenbuch erhältlich:

**Irgendwo da draußen** (ISBN 978-3-9807844-0-5)

**25 km/h** (ISBN 978-3-9807844-2-9)

**Das Schweigen der Kühe** (ISBN 978-3-9807844-4-3)

Christian Macharski

# Die Königin der Tulpen

DORFKRIMI

Umschlaggestaltung: kursiv, Oliver Forsbach
Fotos: Marcus Müller
Lektorat: Kristina Raub
Satz & Layout: media190, Wilfried Venedey
Druck & Bindearbeiten: CPI – Clausen & Bosse, Leck

ISBN 978-3-9807844-5-0

Die Personen und Handlungen der Geschichte sind frei erfunden. Ähnlichkeiten mit lebenden und verstorbenen Person sind zufällig und nicht beabsichtigt. Die Protagonisten des Romans basieren auf Bühnenfiguren des Comedy-Duos Rurtal Trio.

Für Alexandra

# Prolog

Freitag, 10. Juli, 22.14 Uhr

Der aufgeweichte Waldboden quietschte unter ihren Schuhen. Die hohen Kiefern bewegten sich träge im Wind und ächzten unter dem peitschenden Regen. In der Ferne durchzuckte ein Blitz den wolkenverhangenen Abendhimmel. Irgendwann hatte sich der Pfad, dem sie gefolgt war, in einem Dickicht aus Unterholz, verrotteten Baumstämmen und moosbewachsenen Wurzeln verloren und der Wald war wie eine schwere Tür hinter ihr zugeschlagen. Sie hatte längst jegliches Zeitgefühl verloren. Hunger und Kälte nagten an ihr. Und Angst. Unsagbare Angst. Plötzlich tauchte mitten im Wald ein großes, gusseisernes Tor auf. Irritiert, aber neugierig schob sie es mit einiger Kraftanstrengung auf. Dahinter lag eine lange Kieseinfahrt, die vor einer brüchigen Treppe endete. Die Treppe führte in ein Haus, das man vor hundert Jahren als hochherrschaftlich bezeichnet hätte. Mittlerweile war es zwar windschief und zusehends verfallen, aber noch strahlte die Silhouette, die sich gegen die immer stärker werdende Dämmerung abhob, eine gewisse Würde aus. Die wenigen Fenster, die nicht zerbrochen waren, waren blind und mit Spinnweben überzogen. Die Veranda war von Unkraut überwuchert.

„Besser als nichts", sagte sie sich, „hier kann ich wenigstens die Nacht verbringen."

Nun nicht mehr durch die hohen Baumkronen geschützt, lief sie über den kurzen Weg zum Haus. Als sie ankam, war sie komplett durchnässt, weil der Regen erbarmungslos auf sie niedergeprasselt war und der schneidende Wind ihn ihr von vorne ins Gesicht geblasen hatte. Die große Eingangstür war unverschlossen. Sie schob sie vorsichtig auf und steckte ihren Kopf durch den Spalt. Ein muffiger Geruch von feuchten Wänden und alten Teppichen schlug ihr entgegen. Sie rief: „Hallo. Ist da einer?" Doch ihre Worte echoten von den Wänden der leeren Empfangshalle zurück. Das Licht im Inneren des Hauses schimmerte bläulich und es war deutlich wärmer, als sie erwartet hatte. Es schien, als hätte erst vor Kurzem jemand geheizt. Kann aber auch nur Einbildung sein, dachte sie fröstelnd. Sie stand nun in der großen Vorhalle und ließ ihren Blick durch den Raum wandern. Auf der linken Seite befanden sich ein großer Saal, in dem zerbrochene Stühle und jede Menge Bauschutt lagen, und eine Art Wintergarten, in dem die Scherben der zerborstenen Fenster auf dem Boden verstreut waren. Auf der rechten Seite führte eine breite Steintreppe nach oben. Sie entschied sich für die Treppe und gelangte im ersten Stock zu einem langen Korridor, von dessen Wänden Tapetenstreifen herabhingen. Als sie den dunklen Flur entlangging, ließ ein Geräusch sie herumfahren. Doch es war nur ein Fensterladen, den der Wind zugestoßen hatte. Danach legte sich wieder eine erdrückende Stille über das Haus. Atemlos tastete sie sich Schritt für Schritt vor. Am Ende des Ganges entdeckte sie eine Tür, die einen Spalt geöffnet war. Ihr war, als würde in dem Raum dahinter Licht brennen. Als sie sich der Tür näherte, stieg ihr zusätzlich zum modrigen Gestank des Gemäuers ein süßlicher Geruch in die Nase, der ihr merkwürdig vertraut vorkam. Als sie die Tür vorsichtig öffnete und den Raum betrat, stellte sie fest, dass der Mond ihn durch ein zerschlagenes Fenster mit sanftem Licht erfüllte. Abgestandene Luft baute sich wie eine Wand vor ihr auf und sie hielt sich instinktiv die Nase zu. Aus alter Gewohnheit schloss sie die Tür hinter sich. In dem Zimmer stand ein Bett, das sogar noch mit einer staubigen Tagesdecke bezogen war. Auf dem Boden lag Unrat, aber auf eine eigentümliche Weise wirkte das Zimmer bewohnt. Dann entdeckte sie etwas, das ihr das Blut in den Adern gefrieren ließ. Sie schrie auf. Unter dem Bett ragte eine bleiche, menschliche Hand hervor, fast so beiläufig wie ein Teddybär, der heruntergefallen war. Doch das war echt, das war kein Spiel. Sie wusste, wem die Hand gehörte. Sie erkannte den schwarzen Ring sofort. Das war die Frau, nach der die Polizei seit Tagen fieberhaft suchte. Offenbar war die Befürchtung der Polizei wahr geworden: Sie war das achte Opfer des unheimlichen Frauenmörders, der immer noch auf der Flucht war und eine grauenhafte Blutspur durchs Land zog. Mit einem Mal wurde ihr klar, dass sie sich im Haus des Killers befand. Ein Knacken riss sie aus ihren Gedanken. Mit rasendem Puls wirbelte sie herum und starrte zur Tür. Als sich schwere, schleppende Schritte langsam näherten, hatte sie das Gefühl, ihr Herz würde jeden Moment aussetzen. Sie saß in der Falle. Panisch sah sie sich im Raum um und suchte nach einem Ausweg – doch es gab keinen. Ein widerliches Gemisch aus Schweiß, Angst und Verwesung lag wie eine klebrige Schicht über diesem Raum und nahm ihr die Luft zum Atmen. Die Schritte verstummten. Der Unbekannte schien nun direkt vor der Tür zu stehen. Er war so nah, dass sie sogar sein rasselndes Atmen hören konnte. Dann wurde mit einem Ruck die Tür aufgerissen.

Mit einer Zeitung unterm Arm stand dort Landwirt Wilhelm Hastenrath. Er trug eine lange, weiße Grobripp-Unterhose und ein ausgewaschenes Pyjamaoberteil. Seine Füße steckten in abgetragenen Stoffpantoffeln. Erstaunt sah er in das vor Schreck verzerrte Gesicht seiner Frau. Marlene Hastenrath stieß einen spitzen, schrillen Schrei aus. Reflexartig fuhr ihre Hand heraus und warf das Taschenbuch, das sie hielt, in hohem Bogen durch den Raum. Mit einem lauten Knall landete es an der Wand und rutschte von dort herunter wie ein Vogel, der gegen eine Scheibe geflogen war. Will rückte seine Hornbrille zurecht und sah seine Frau fragend an. Marlene wechselte vom Schreien zu einer unnatürlichen Schnappatmung und beruhigte sich dann langsam wieder. Sie strich sich mit der Hand durchs Gesicht. „Will. Musst du mich denn so erschrecken?“

Will verzog den Mundwinkel und sagte ärgerlich: „Was heißt denn hier erschrecken? Ich wollte nur sagen, dass ich nach Bett geh ... bist du etwa wieder so ein spannender Triller am lesen?“ Ohne eine Antwort abzuwarten, ging er zur Wand und hob das Taschenbuch auf. Er klappte es zu und las den Titel laut vor: „Der irre Frauenmörder mit der scharfen Klinge. Gerichtsmedizinerin Maria Schneider ermittelt.“

„Mareia Sneider. Das ist eine Amrikanerin“, sagte Marlene schnippisch. Sie stand auf, nahm Will das Buch aus der Hand und legte es auf ihren Nachttisch.

Während sie sich auf die Bettkante setzte, um sich ein Glas Wasser einzugießen, verließ Will mit einer wegwerfenden Geste das Zimmer. „Schlaf gut,“ presste er missmutig hervor.

„Schlaf du auch gut“, rief Marlene hinterher. „Hast du die Türkette vorgemacht?“

Will lag im Bett und starrte an die Decke seines Zimmers, in das er vor fünf Jahren gezogen war, nachdem seiner Frau plötzlich aufgefallen war, dass sein Schnarchen sie störte. Hastenraths Will, wie ihn alle im Dorf nannten, war zwar der Ortsvorsteher und der erfolgreichste Landwirt der kleinen Ortschaft Saffelen, doch gegen seine Frau konnte er sich nur selten durchsetzen. Sonst hätte er ihr längst verboten, abends immer diese Psychothriller zu lesen. Nicht etwa, weil er Lesen ablehnte. Ganz im Gegenteil, er las regelmäßig auf dem Klo mit großem Interesse die Tageszeitung, wenn auch nur den Lokal- und den Sportteil. Zu mehr reichte die Zeit nicht, schließlich hatte er einen großen Hof zu versorgen. Nein, es war vielmehr, weil sich mit dem Fall Pluto vieles verändert hatte in dem einst so friedlichen Dorf. Etwas über ein Jahr war vergangen, seit eine unheimliche Einbruchsserie die Bewohner von Saffelen in Angst und Schrecken versetzt hatte. Mit Kombinationsgabe und etwas Glück hatte Will den Täter seinerzeit überführen können. Ein Lächeln umspielte seine Lippen, als er daran zurückdachte, wie Kommissar Kleinheinz ihn dafür gelobt hatte. Ein lautes „Muh" aus dem Stall gegenüber ließ ihn hochschrecken. Dann atmete er tief durch und zog sich die Decke bis zum Kinn hoch. „Mein Gott, jetzt werd ich auch schon bekloppt. Obwohl ich überhaupt keine Horrortriller lese." Er gähnte und die Müdigkeit kroch unaufhaltsam in seinen Körper. Der letzte Gedanke, der ihm kam, bevor er in einen tiefen, traumlosen Schlaf fiel, war, dass das kleine, friedliche Dorf Saffelen seine Unschuld verloren hatte. Und er wusste gar nicht, wie recht er damit hatte.

# 1

## Samstag, 11. Juli, 9.42 Uhr

Der Sommer war heißer als erwartet. Umso mehr genoss Fredi Jaspers den Fahrtwind, der sein schulterlanges Haar, das er vorne kurz trug, durcheinanderwirbelte. Er fuhr mit offenem Verdeck über die endlose und menschenleere Landstraße, die in das entlegene Saffelen führte. In tiefen Zügen atmete er den Sommer ein und summte kaum hörbar „Africa“ von Toto vor sich hin. Es war das perfekte Wetter zu seiner Gemütslage. Noch vor einem guten Jahr war sein Leben ein Scherbenhaufen gewesen. Und jetzt? Jetzt war er der glücklichste Mann der Welt. Seit ungefähr sieben Monaten waren er und seine große Liebe Martina wieder ein Paar. Seinen 16 Jahre alten Fiat Panda hatte er in Zahlung gegeben und sich dafür ein fast neues Cabrio gekauft. Gut, es war ein Mitsubishi Colt Cabrio in dunkelbraun. Aber etwas Besseres konnte er sich nicht leisten von seinem Gehalt als Büroangestellter bei Auto Oellers. Immerhin hatte ihm der alte Oellers einen großzügigen Kredit eingeräumt, den er mit Sonderschichten abarbeiten konnte. Aber viel wichtiger war sowieso die Sache mit Martina. Nachdem über zwei Jahre Eiszeit geherrscht hatte zwischen dem einstigen Saffelener Vorzeigepärchen, hatte der Fall Pluto, in den Fredi unfreiwillig hineingeraten war, dazu geführt, dass Martina und er sich wieder einander angenähert hatten. In der ersten Zeit waren sie unregelmäßig miteinander ausgegangen, dann immer häufiger und irgendwann waren sie unausgesprochen wieder zusammen. Trotz allem hatte Martina ihn gebeten, es diesmal behutsamer anzugehen. Sie wollte zunächst noch bei ihren Eltern wohnen bleiben und sie beanspruchte auch einen gewissen Freiraum für sich. Und Fredi war vorsichtig geworden. Er wollte auf keinen Fall denselben Fehler machen wie damals, als er Martina mit seiner Liebe schier erdrückt hatte. Diesmal würde er klüger sein. Diesmal hatte er sich nämlich eine Taktik zurechtgelegt, um ihr Herz zurückzugewinnen. Ganz langsam und subtil würde er sie wieder in ihn verliebt machen. Mit kleinen, beiläufigen Gesten und herzerweichenden Überraschungen. Heute Morgen um halb neun zum Beispiel hatte er bei ihr zu Hause geklingelt, obwohl sie erst für den nächsten Tag miteinander verabredet gewesen waren. Er hatte sein gelbes Jackett und seine beste Lederkrawatte angezogen und ihr einen 30-Euro-Blumenstrauß mit eingearbeitetem Douglas-Geschenkgutschein überreicht. Noch ehe sie die Situation mit ihrem verwirrten Blick erfasst hatte, hatte er sie außerdem zu einer spontanen Cabriofahrt ins Phantasialand eingeladen, während er die Eintrittskarten in der rechten Hand schwenkte. Fredi freute sich, denn die Überraschung war offenbar gelungen, als Martina ungeschminkt, mit zerzaustem Haar und im Nachthemd die Haustür geöffnet hatte. Nachdem sie nach mehreren stammelnden Versuchen ihre Sprache wiedergefunden hatte, musste sie Fredi jedoch schweren Herzens absagen. Gerade im Moment hätte ihr Vater aus der Firma angerufen und sie gebeten, ihm helfen zu kommen. Hans Wimmers war der erfolgreichste Unternehmer Saffelens. Er hatte aus der kleinen Metzgerei Wimmers ein internationales Wurstimperium gemacht und gehörte mittlerweile zu den größten Würstchen-im-Glas-Produzenten Europas. Seinen Hauptsitz hatte er schon vor Jahren von Saffelen nach Heinsberg verlegt. Martina, sein einziges Kind, arbeitete dort in der Buchhaltung. Fredi war klar, dass es schon mal passieren konnte, dass man in der eigenen Firma auch samstags arbeiten musste, und so bemühte er sich, seine Enttäuschung zu verbergen. Da er seine Lektion gelernt hatte, bestand er darauf, Martina mit seinem Cabrio nach Heinsberg zu fahren. Obwohl sie mehrfach betonte, dass es nicht nötig sei, hatte Fredi geduldig vor der Tür gewartet, bis sie sich fertig gemacht hatte. Die Fahrt über war Martina sehr einsilbig gewesen und auch als er sie auf dem Firmenparkplatz herausgelassen hatte, hatte sie sich nur knapp von ihm verabschiedet. Sie hatte ihm nicht einmal zugewinkt, als sie im Gebäude verschwand. Na ja, aber wer arbeitet schon gerne samstags, sagte sich Fredi.

Das Blaulicht hatte er schon von Weitem gesehen. Doch als er sich nun der Pastor-Müllerchen-Straße näherte, traute er seinen Augen nicht. Der kleine Tante-Emma-Laden, der seinem Fußballkameraden Hans-Peter Eidams gehörte, war großräumig mit Flatterband abgesperrt. Zwei Polizeiautos, ein Rettungswagen und das Löschfahrzeug der Freiwilligen Feuerwehr Saffelen standen quer auf der Straße. Als Fredi seinen Wagen auf dem Kundenparkplatz der Gaststätte von Harry Aretz, die gegenüber dem Tante-Emma-Laden lag, abgestellt hatte, erkannte er Ortsvorsteher Hastenraths Will, der sich wild gestikulierend mit Löschmeister Josef Jackels unterhielt. Fredi stieg aus und ging zu den beiden hinüber.

Josef Jackels zog gerade umständlich ein großes Funkgerät aus seiner Uniformtasche. Nachdem er den richtigen Knopf gefunden hatte, sprach er mit sehr ernstem Tonfall hinein: „Florian 1 an Florian 2 – kommen." Das Funkgerät rauschte. „Florian 1 an Florian 2 – kommen." Wieder nur Rauschen. Josef rüttelte am Funkgerät, seine Stimme klang nun ärgerlich: „Florian 1 an Florian 2 – kommen. Hans-Gerd, geh mal dran!"

Plötzlich tippte ihm von hinten ein hagerer Feuerwehrmann mit schütterem Haar auf die Schulter und sagte: „Tschuldigung, Josef. Ich habe mein Funkgerät zu Hause vergessen. Es musste ja alles so schnell gehen."

Josef fuhr erschrocken herum. Er hob hilflos den Arm. „Ja, wie, vergessen? Hans-Gerd, so geht es nicht. Das ist ein wichtiger Einsatz. Um nicht zu sagen, der wichtigste Einsatz, dem die Saffelener Feuerwehr in den letzten fünf Jahren hatte. Jetzt mal abgesehen von die Katze von Frau Mühlensiepen und die abgestreute Ölspur." Verärgert bedeutete er seinem Kollegen, dass er ihm folgen solle. Bevor er ging, verabschiedete er sich noch: „Will. Ich muss los. Ich mach jetzt hier mit der Hans-Gerd Einsatzbesprechung."

Hastenraths Will hatte die Hände tief in seiner ausgebeulten, grauen Stoffhose vergraben, die notdürftig von fransigen, grauen Hosenträgern gehalten wurde. Nase und Wangen des Landwirts waren von geplatzten Äderchen gerötet. Das grünweiß karierte Hemd hatte er sich bis zum Ellenbogen hochgekrempelt. Fredi fiel allerdings auf, dass Will heute nicht seinen obligatorischen Bundeswehrparka trug. Entweder, weil es zu warm war oder weil es schnell gehen musste.

Fredi deutete mit dem Kopf hinüber zu einem der beiden Polizeiwagen, in dem ein dicker, schwitzender Beamter saß und Notizen machte. „Hallo Will. Was ist denn hier los?"

Will setzte sein weltmännisches Gesicht auf. „Grüß dich, Fredi. Der Laden von Eidams Hansi ist überfallen worden."

Fredi war sprachlos. Dafür redete Will weiter: „Das muss vor ungefähr eine Stunde passiert sein. Keiner hat irgendswas gesehen. Auf einmal kam die Polizei hier mit Blaulicht reingefahren und hat sofort der Laden abgeriegelt. Es muss irgendswas Schlimmes passiert sein, weil die auch ein Rettungswagen dabei haben."

Fredi schüttelte fassungslos den Kopf. „Wer war denn im Laden?"

„Keine Ahnung. Hier das Schnittlauch", er zeigte verächtlich auf die Polizisten, „will nix sagen, bis der Kommissar da ist. Ich durfte noch nicht mal der Tatort betreten."

„Das gibt's doch nicht. Du bist doch der Ortsvorsteher."

„Ja klar. Das habe ich denen auch gesagt. Aber Respekt ist für die ein Fremdwort." Ein junges Pärchen fuhr langsam auf Fahrrädern vorbei und reckte die Köpfe Richtung Laden. Will ging einen Schritt auf sie zu und wedelte mit dem Arm. „Fahren Sie bitte weiter. Hier gibt es nichts zu sehen. Das ist ein polizeilicher Tatort. Hier haben Zivilisten nichts verloren."

Plötzlich bog mit hohem Tempo ein dunkelblauer Opel Corsa in die Pastor-Müllerchen-Straße ein. Auf dem Dach blinkte ein Blaulicht, das etwas schief mit einem Magnethalter angebracht war. Eine Sirene war aber nicht zu hören. Der Wagen kam mit quietschenden Reifen vor dem Flatterband zum Stehen. Während der Fahrer, ein athletischer, leicht untersetzter Mann mit Stirnglatze, mit einem Satz aus dem Wagen sprang und sofort zu dem Polizeibeamten ging, der am Streifenwagen lehnte, stieg der Beifahrer, der wie der Fahrer mit Jeans und T-Shirt bekleidet war, gemächlich aus und verschaffte sich erst mal einen Eindruck von der Umgebung. Will erkannte ihn sofort. Es handelte sich um Hauptkommissar Kleinheinz, den Will während der Ermittlungen im Fall Pluto kennengelernt hatte. Will witterte seine Chance, ließ Fredi stehen und lief, so schnell seine Gummistiefel es ihm erlaubten, auf den Kommissar zu. Schon von Weitem rief er: „Hallo Herr Kleinhans. Hallo."

Als dieser ihn erkannte, verdrehte er die Augen und wandte sich an seinen Kollegen: „Jochen, geh doch schon mal rein. Ich komm gleich nach. Ich muss hier noch was klären." Der Kollege in Zivil tippte sich verstehend mit dem Zeigefinger gegen die Stirn und folgte dem Streifenbeamten in den Tante-Emma-Laden.

In der Zwischenzeit war Will schnaufend angekommen. Während er noch nach Luft schnappte, begrüßte Kleinheinz ihn mit einem gequälten Lächeln: „Hallo Herr Hastenrath. Das hätten Sie aber auch nicht gedacht, dass wir uns so schnell wiedersehen, oder? Geht's Ihnen gut?"

„Schlechte Leute geht es immer gut", versuchte Will einen Scherz, während er immer noch Atem schöpfte. Als er bemerkte, dass der Kommissar nicht darauf einstieg, fuhr er seriös fort: „Ja, Herr Kommissar. Ich habe bis zu Ihre Ankunft der Tatort abgeriegelt und die Schaulustigen ferngehalten. Ich würde sagen, wir gehen jetzt mal rein, für uns zu informieren, was genau passiert ist."

Freundlich, aber bestimmt antwortete Kleinheinz: „*Ich* gehe jetzt mal rein. Und *Sie* gehen am besten nach Hause. Sie können hier nichts tun."

„Ja, aber, Herr Oberkommissar ..."

„Hauptkommissar!", Kleinheinz' Augen verengten sich zu Schlitzen. „Tut mir leid, Herr Hastenrath. Es handelt sich um einen polizeilichen Tatort. Ich darf Sie da nicht mit reinnehmen. Schon mal gar nicht, bevor die KTU da war."

„Wer?"

„Die Spurensicherung. Hören Sie, Herr Hastenrath. Wir haben es hier mit einem Raubüberfall zu tun. Es ist von einer Schusswaffe Gebrauch gemacht worden und es gibt einen Verletzten. Und ich muss jetzt schnell da rein."

Will war wie betäubt. „Schüsse? Verletzte? Herr Kommissar. Das geht nicht. Sie müssen mir sagen, was los ist. Ich habe als Ortsvorsteher ein Recht dadrauf, etwas zu erfahren. Was meinen Sie, was hier im Dorf los ist, wenn ..."

Der Zivilkollege erschien in der Ladentür und rief: „Peter! Ich glaube, das solltest du dir mal ansehen."

Kleinheinz wendete sich ab und ging, aber Will blieb dicht hinter ihm. „Herr Kommissar, bitte!"

Kleinheinz blieb abrupt stehen und sah den Landwirt scharf an. „Gut, Herr Hastenrath. Wir machen es folgendermaßen. Ich mache meine Arbeit und Sie gehen nach Hause. Wenn ich hier fertig bin, komme ich zu Ihnen auf den Hof und sage Ihnen alles, was Sie wissen müssen. Okay?" Will nickte eingeschüchtert.

„Ach, und noch was", fuhr der Kommissar fort. „Nehmen Sie Ihren Feuerwehrfreund Jackels mit, bevor der noch was kaputt macht. Meine Beamten haben die Lage auch so im Griff." Er deutete auf den Löschmeister, der sich gerade bei dem Versuch, noch mehr Flatterband zu spannen, verhedderte.

„Aber Herr Kleinheinz. Das ist eine freiwillige, ehrenamtliche Amtshilfe, die der Herr Jackels hier in seine Freizeit anbietet."

Der Kommissar verschwand wortlos im Laden.

# 2

## Samstag, 11. Juli, 10.04 Uhr

Richard Borowka lehnte gelangweilt an der Küchenzeile und telefonierte mit seinem Handy. Er sah abwechselnd aus dem Fenster und auf seine nackten Füße, die in blau-weißen Adiletten steckten. Sein Gesprächsanteil beschränkte sich auf einige „Ahs“ und „Ohs“, die er einwarf, ab und zu auch mal ein „Echt?“. Am anderen Ende des Telefons überschlug sich ein aufgekratzter Fredi Jaspers, der von dem Überfall auf den Tante-Emma-Laden berichtete. Mittlerweile waren immer mehr Einzelheiten an die Öffentlichkeit gedrungen. Als der Laden überfallen worden war, hatten sich Inhaber Hans-Peter Eidams und eine Kundin im Laden befunden. Ein maskierter Mann war in den Laden gestürmt und hatte die Kasse leer geräumt. Als Hans-Peter sich zur Wehr setzte, hatte der Maskenmann auf ihn geschossen und ihn verletzt. Wie schwer, hatte Fredi noch nicht herausbekommen. Borowka, wie ihn der Einfachheit halber alle nannten, war offenbar nur mäßig interessiert an den Neuigkeiten. Er hatte zurzeit ganz andere Probleme, über die er mit Fredi aber nicht sprechen wollte. Dabei waren Fredi und Borowka seit der gemeinsamen Schulzeit die engsten Freunde. Aber selbst wenn Borowka mit ihm darüber hätte sprechen wollen, in diesem Telefonat wäre er ohnehin nicht mehr zu Wort gekommen. Denn mittlerweile war Fredi zu seinem Lieblingsthema gewechselt: Martina. In epischer Breite folgte ein Bericht über die gescheiterte Fahrt ins Phantasialand und seinen neuen Plan, am morgigen Sonntag essen zu gehen. Ob er und Rita Lust hätten, mitzukommen. Oh Gott, dachte Borowka. Auf nichts hatte er im Moment weniger Lust. Deshalb fiel er Fredi schroff ins Wort: „Oh, Fredi. Da kommt gerade ein wichtiger Anruf rein. Lass uns später noch mal quatschen.“ Ohne eine Antwort abzuwarten, drückte er das Gespräch weg und atmete erleichtert durch. Dann wählte er eine Nummer mit holländischer Vorwahl. Als nach längerem Klingeln am anderen Ende abgehoben wurde, wechselte Borowkas Stimmlage in ein Flüstern: „Hör zu. Da ist leider was schiefgelaufen. Ich muss ein bisschen aufpassen. Wir müssen ein neuer Treffpunkt ausmachen. Ich ruf dich wieder an.“

Als er das Gespräch gerade weggedrückt hatte, hörte er ein Räuspern, schaute auf und sah seine Frau Rita in der Tür stehen. Borowka hatte keine Ahnung, wie lange sie schon dort gestanden hatte.

Rita hob eine Augenbraue. „Wer war denn dran?“ Sie trug einen bequemen Jogginganzug in Pink und Flip-Flops mit leichten Absätzen, die ihre rot lackierten Fußnägel mit den aufgeklebten Strasssteinchen optimal zur Geltung brachten. Ihre wasserstoffblonden Locken hatte sie zu einem Dutt zusammengesteckt.

„Wie? Wer war dran? Darf ich nicht mehr telefonieren, oder was? Noch nie was von Privatfähre gehört?“, schnauzte Borowka und ließ das Handy in der Gesäßtasche seiner kurzen Sporthose verschwinden.

Rita sah ihn prüfend an. „Ich hab doch nur gefragt, wer dran war. Oder darf ich das nicht wissen?"

„Wie? Nicht wissen. Klar ...", Borowka geriet ins Stocken, „das war ... das war der Fredi. Der hat erzählt, dass es ein Überfall gegeben hat auf der Laden von Hansi und dass gerade überall Polizei ist und so."

Sofort war Ritas Interesse geweckt: „Was denn für ein Überfall? Hier, der Hansi, der mit dir Fußball spielt?"

„Ja. Oder kennst du noch ein anderer Hansi, der ein Laden in Saffelen hat?", blaffte Borowka seine Freundin an und wollte die Küche verlassen.

Aber Rita stellte sich ihm in den Weg und funkelte ihn mit durchdringendem Blick an. „Was ist los mit dir, Richard? Du bist schon seit Tagen so gereizt. Bei jede Kleinigkeit bist du dich am aufregen. Und immer diese Heimlichtuerei. Geht es sich um eine andere Frau?"

Borowka sah sie entgeistert an. „Sag mal, geht's noch?" Ihm wurde plötzlich klar, dass er sich auf ganz dünnem Eis bewegte. Wenn er jetzt nicht einlenkte, würde es wieder einen tagelangen Streit geben, der damit enden würde, dass sie gemeinsam bei Ikea neues Geschirr kaufen mussten. Und es gab nichts Schlimmeres für ihn, als zu Ikea zu fahren. Außerdem stand im Moment zu viel auf dem Spiel, als dass er sich einen Nebenkriegsschauplatz mit Rita leisten konnte. Also änderte er seine Taktik. Er sah Rita treuherzig an. „Wie kannst du so was denken, Rita? Du bist die Einzigste für mich. Ganz im Gegenteil. Ich wollte dich eigentlich überraschen. Ich habe eben mit der Fredi ausgemacht, dass wir vier, Martina, Fredi, du und ich, morgen zusammen essen gehen."

Rita lächelte schwach. „Hast du deshalb eben geflüstert am Telefon?“

„Ja klar, was denkst du denn?“

Rita musterte ihn einige Sekunden, dann fiel sie ihm so stürmisch um den Hals, dass er mit dem Rücken gegen den Kühlschrank knallte. „Danke, mein Schatz. Wir waren schon so lange nicht mehr zusammen weg.“ Während sie sich an seine Schulter schmiegte, starrte Borowka mit leerem Blick gegen die Wand.

# 3

## Samstag, 11. Juli, 11.38 Uhr

Die Erinnerung war sofort wiedergekommen, als Kommissar Kleinheinz die Küche der Hastenraths betreten hatte. Der einzigartige Möbelmischmasch, das Fliegenklebeband über dem Tisch, das monotone Brummen der Milchkühlanlage aus dem Nebenraum und ein Geruchswirrwarr aus rustikaler Eiche, Duftbäumchen und Kuhstall, diesmal durchsetzt mit der kräftigen Note eines dunkelschwarzen Filterkaffees, den Marlene Hastenrath an den Tisch brachte.

Will wartete voller Spannung auf den Bericht des Beamten, doch seine Frau schien von einer gewissen Unruhe getrieben. Während sie die Tassen randvoll goss, lieferte sie gleich die Erklärung für ihre Nervosität: „Ich hab leider nicht viel Zeit, Herr Kleinheinz. Billa und ich haben bei ein Preisausschreiben in der Prisma ein Kurzaufenthalt in ein Wellnesshotel in der Eifel gewonnen. Und gleich geht's schon los. Da musste man rauskriegen: eine babylonische Gottheit mit sechs Buchstaben, die mit M anfängt. Das war vielleicht schwierig. Alle katholischen Strickfrauen haben über eine Woche mit dadran rumgeknobelt."

Will sah sie grimmig an. „Marlene, ich glaube nicht, dass der Herr Kommissar sich für deine Kreuzworträtsel interessiert.

Der ist hier, für mit mir über der Überfall zu reden und was das für Saffelen bedeutet."

„Moloch", sagte Kleinheinz.

„Wie bitte?" Will war verwirrt.

„Moloch. Babylonische Gottheit mit sechs Buchstaben."

„Stimmt!", strahlte Marlene. Jetzt wusste sie, dass Kommissar Kleinheinz mit seinem durchtrainierten Körper und seinen angegrauten Schläfen nicht nur aussah wie George Clooney, sondern auch mindestens so schlau war wie Albert Einstein.

Will entging die Verzückung in ihrem Blick nicht. „Musst du nicht packen?"

„Doch, doch. Aber erst muss ich natürlich noch wissen, was passiert ist. Möchten Sie ein Stück Kiwi-Jägermeister-Torte zum Kaffee?"

„Nein danke." Kleinheinz kramte seinen Notizblock hervor und schlug die erste Seite um. „Also, Herr Hastenrath. Wie versprochen, einige Infos zum Überfall. Ich muss Sie aber noch mal daran erinnern, Stillschweigen zu bewahren. Es handelt sich um eine laufende Ermittlung."

„Aber natürlich. Sie kennen mich doch."

„Eben drum", sagte Kleinheinz, ohne aufzusehen. Er nahm einen Schluck Kaffee und begann: „Nachdem ich den Laden betreten hatte, schilderte mir mein Kollege, Oberkommissar Dohmen, die Lage. Gegen 8.20 Uhr am Morgen befanden sich in dem kleinen Gemischtwarenladen, der gleichzeitig offensichtlich auch als Postannahmestelle dient, zwei Personen. Der 38-jährige Inhaber Hans-Peter Eidams, der sich im Kassenbereich aufhielt, sowie eine Kundin, die 70-jährige Katharina Thönnissen."

„Oh Gott, Käthchen!“ Marlene schlug die Hände vor den Mund.

Kleinheinz fuhr unbeirrt fort: „Ein mit einer schwarzen Motorradsturmhaube maskierter Mann stürmte das Geschäft und forderte Herrn Eidams auf, den Inhalt der Kasse herauszugeben. Herr Eidams weigerte sich und es kam zu einem Handgemenge, in dessen Verlauf er dem Täter die Maske vom Kopf riss. Daraufhin zog der Mann eine Waffe und schoss auf Herrn Eidams, der mit einer Schussverletzung am Oberarm zusammenbrach. Der Täter leerte die Kasse und verschwand mit einem schwarzen Motorrad mit holländischem Kennzeichen. Herr Eidams hat großes Glück gehabt. Die Kugel hat ihn nur am Arm gestreift und ist dann in die Wand eingeschlagen. Er wurde vor Ort notärztlich versorgt und dann ins Krankenhaus gebracht. Sein Zustand war aber so stabil, dass Dohmen und ich ihn kurz befragen konnten. Das Nummernschild hat er nicht erkannt, dafür konnte er eine relativ genaue Täterbeschreibung abgeben. Es wird jetzt ein Phantombild erstellt und nach dem schwarzen Motorrad wird gefahndet. Leider gibt es ansonsten keine Zeugen, die irgendwas gesehen oder gehört haben.“

Will rieb sich das Kinn. „Und was hat Käthchen gesehen? Also, ich meine, Frau Thönnissen.“

„Frau Thönnissen stand unter Schock. Wir konnten sie noch nicht befragen. Sie bekam ein Beruhigungsmittel und wurde ins Saffelener Seniorenheim gebracht. Wo sie offensichtlich lebt.“

Marlene nickte. „Ja. Frau Thönnissen hat vor zwei Jahren ihr Haus verkauft. Die hat ja keine Familie mehr. Deshalb ist die ins Altenheim gezogen. In so ein Einzimmerapartment. Obwohl die eigentlich noch ganz rüstig ist.“

„Na ja, da läuft sie uns ja nicht weg“, konstatierte Kleinheinz. „Ich werde morgen noch mal hinfahren und sie befragen. Ansonsten ist das erst mal alles. Der Laden bleibt bis auf Weiteres versiegelt, die Spuren werden in Ruhe ausgewertet. Die Kugel haben wir zur kriminaltechnischen Untersuchung nach Düsseldorf geschickt, um die Tatwaffe zu ermitteln.“

Will wirkte nachdenklich. „Eins versteh ich nicht, Herr Kommissar. Sie sagten, der Mann hätte auf Hansi geschossen. Warum gibt es denn keine Zeugen, die einen Schuss gehört haben?“

„Tja. Wie es aussieht, hat der Täter einen Schalldämpfer benutzt. Sagen Sie mal, Herr Hastenrath. Was muss man denn über Hans-Peter Eidams wissen? Gibt es keine Frau Eidams?“

„Doch. Dem seine Mutter.“

„Nein, ich meine, hat Hans-Peter Eidams keine Ehefrau?“

Nun schaltete sich Marlene ein: „Vor ein paar Jahren war der mal verlobt gewesen. Mit eine Frau aus Thailand. Kim Su Peng hieß die. Die hat der damals im Urlaub kennengelernt. Und da hat der sich auf der erste Blick in die drin verliebt, wie der die im Katalog gesehen hat. Die hat ein paar Monate hier gewohnt und überall in der Nachbarschaft geputzt. Die war sehr fleißig, aber das Proplem war, dass die weder Deutsch noch Saffelener Platt verstand. Und dann hat der Hansi Krach bekommen mit seine Eltern wegen weil der das Geschäft vernachlässigt hat. Der wollte sogar mit die Kim Su Peng ein Restaurant in Uetterath aufmachen. Ein ägyptisches Steakhaus oder so. Und irgendwann war plötzlich der ihre Aufenthaltsgenehmigung abgelaufen. Der alte Eidams kennt da wohl ein paar Leute bei der Stadtverwaltung.“

„Da dürfte das Verhältnis zu seinem Vater ja nicht das beste sein, oder?"

Marlene zuckte die Schultern. „Der Hansi hatte ja keine Wahl, weil der Vater dem immer finanziell unterstützt hat. Der verdient mit sein kleiner Laden ja nicht so viel."

„Und seit damals ist Hans-Peter Eidams alleinstehend?"

„Ja, ja. Seitdem ist der ein eingeschweißter Junggeselle. Der ist sogar der Vorsitzende vom Saffelener Junggesellenverein „Heiß wie Frittenfett e.V." Marlene sah auf die Uhr. „Um Gottes willen. Ich muss los. Um zwölf Uhr muss ich bei Billa sein."

Auch Kommissar Kleinheinz sah auf die Uhr. „Ich muss dringend zurück aufs Revier. Den Bericht schreiben. Hier ist eine Karte mit meiner Handynummer, Herr Hastenrath. Rufen Sie mich jederzeit an, wenn Sie irgendwas Neues hören. Und ich warne Sie – fangen Sie nicht wieder hinter meinem Rücken an, auf eigene Faust zu ermitteln. Wir haben es hier ganz offensichtlich mit einem gefährlichen Täter zu tun." Während er sich erhob, schob er die Visitenkarte über den Tisch. Will nahm sie und steckte sie in seine Hosentasche. „Und Ihnen, Frau Hastenrath, gute Erholung bei Ihrem Wellnesstrip." Er nickte ihr galant zu.

Marlene errötete leicht und fuhr sich verlegen mit der Hand durchs Haar. Wie Kleinheinz so dastand, wirkte er im matten Schein der Deckenlampe wie Sky Dumont in ihrer Lieblings-Rosamunde-Pilcher-Verfilmung „Blüte des Lebens", nur jünger und sportlicher. Der Gedanke wurde aber schnell von Wills rasselndem Husten vertrieben, mit dem er den Kommissar zur Tür geleitete. Auf dem Treppenabsatz drehte dieser sich noch einmal um und sah den Landwirt besorgt an. „Eins versteh ich einfach nicht. Warum um alles in der Welt überfällt jemand so früh am Morgen einen Tante-Emma-Laden in Saffelen?“

„Vielleicht, weil der danach noch andere Termine hatte?“

Kleinheinz ignorierte die Antwort. „Irgendetwas stimmt hier nicht. Wenn jemand einen Raubüberfall auf ein Geschäft begeht, dann macht er das abends, wenn die Kasse voll ist und nicht morgens. Das macht einfach keinen Sinn.“ Grübelnd ging der Hauptkommissar zu seinem Wagen und ließ Hastenraths Will grußlos im Hauseingang zurück.

# 4

## Samstag, 11. Juli, 11.58 Uhr

„Auf jede Tupperdose habe ich mit ein Eddingstift der Wochentag draufgeschrieben. Hier auf der Zettel kannst du dann nachlesen, was da drin ist. Zum Beispiel Montag ist Rinderbraten mit Kartoffelklöße und Blumenkohl. Daneben steht, wie lange du der Teller in die Mikrowelle stellst. Das ist ganz einfach. Genauso wie damals, als ich die Woche in Kur war." Billa Jackels ging bereits zum zweiten Mal den Ablauf der nächsten fünf Tage durch.

Josef Jackels saß zusammengekauert am Esszimmertisch und hörte angestrengt zu. Auf seiner Stirn hatten sich kleine Schweißperlen gebildet. Seine schwitzigen Hände wischte er zwischendurch immer wieder an seiner Strickjacke ab. Kraftlos sah er zu seiner Frau auf. „Müsst ihr denn ausgerechnet diese Woche im Wellnessurlaub fahren? Nächsten Samstag ist die große Hundertjahrfeier der Freiwilligen Feuerwehr Saffelen. Die sind jetzt schon das Festzelt am legen. Was ich da noch alles organisieren muss. Wir haben noch kein Toilettenwagen, weil gleichzeitig in Honsdorf und Brüggelchen Sommerfest ist, die Bier- und Schnapsbestellung muss noch mit der Zeltwirt abgestimmt werden, der Diskjockey hat noch nicht zugesagt, weil der an dem Tag eine wichtige Einführungsveranstaltung hat – ich glaub', bei sein Urologe. Außerdem muss ich durch der Abend moderieren. Wie soll ich mich denn da noch um der Haushalt kümmern?"

„Josef!" Billa stemmte energisch die Hände in die Hüften. „Jetzt übertreib doch nicht so. Die Anni kommt jeden zweiten Tag und erledigt das Putzen und der Abwasch. Deine Uniform ist gebügelt und die anderen Anziehsachen habe ich dir rausgelegt. Das Einzigste, was du machen musst, ist, einmal am Tag die Mikrowelle anstellen. Ansonsten hast du jede Menge Zeit, dich auf das Feuerwehrfest vorzubereiten. Außerdem konnten wir uns der Zeitpunkt für die Reise nicht aussuchen, weil es sich um ein Gewinn handelt."

Josef seufzte laut. Es klingelte an der Haustür. Josef seufzte noch lauter.

Vor der Haustür stand eine aufgekratzte Marlene Hastenrath mit einer großen Reisetasche. Billa fiel ihr um den Hals. „Marlene. Ich freu mich so. Weißt du eigentlich, wann wir das letzte Mal zusammen weg waren?"

„1998. Da waren wir mit die Kegelfrauen in Bad Hönningen. Aber das war ja in dem Sinne kein Wellnessurlaub." Sie kniff ein Auge. Beide lachten laut.

Im gleichen Moment schob sich Josef Jackels mit Leidensmiene und hängenden Schultern vorbei an den beiden Frauen aus dem Haus. Er sah gequält auf. „Grüß dich, Marlene. Ich hol eben der Auto." Dann schlurfte er über die Einfahrt zur Garage, schob lethargisch das Tor hoch und ging hinein.

Marlene zog eine Augenbraue hoch. „Was ist denn mit der Josef los?"

„Ach, der“, Billa machte eine wegwerfende Handbewegung. „Der jammert schon der ganze Tag rum. Der ist so aufgeregt wegen das Feuerwehrfest nächsten Samstag, weil der da die Eröffnungsrede halten muss. Der hat letzte Nacht nur zwei Stunden geschlafen. Erst als der zwei Valium genommen hatte, ging es.“

„Der Arme“, sagte Marlene. „Ich glaube, der Will ist ganz froh, dass ich fahr. Ich habe gestern durchs Küchenfenster gehört, wie der für der Schlömer Karl-Heinz sagte, dass das für ihn auch Wellness ist, wenn ich mal ein paar Tage weg bin.“

„Ach, Männer. Wir machen uns jetzt fünf schöne Tage mit Prozecco und Massagen von muskulöse Psychiotherapeuten.“ Marlene kicherte wie ein Teenager.

„Ich hol schnell meine Tasche.“ Als Billa ins Haus lief, sah Marlene, wie Josef fast wie in Zeitlupe seinen dunkelroten Opel Ascona rückwärts aus der Garage bugsierte. Dabei schaute er hektisch immer wieder abwechselnd in den Seiten- und in den Rückspiegel. Dann bog er in die Straße ein und brachte den Wagen haarscharf neben dem Bürgersteig mit einem abrupten Bremsen zum Stehen, woraufhin der Motor ruckelnd erstarb. Der Feuerwehrmann sah hinüber zum Haus, kurbelte das Fenster runter und drückte auf die Hupe, die so verrostet krächzte wie die Hupe der Waltons, die Vater John immer betätigte, wenn er von der harten Arbeit im Sägewerk nach Hause kam und sich auf seine Frau Olivia und die Kinder John-Boy, Jason, Jim-Bob, Ben, Mary-Ellen, Erin und natürlich die kleine Elizabeth freute.

Josef hatte sich angeboten, die beiden Frauen zum Bahnhof zu bringen. Überdreht kam Billa mit einem großen Trolley und einer Umhängetasche aus dem Haus gesprungen und rief lachend: „Kutscher, zum Bahnhof! Und geben Sie die Pferde die Peitsche.“ Marlene stieg gackernd in das Gelächter ein, während Josef sich den Schweiß von der Stirn wischte und niedergeschlagen den Wagen startete.

# 5

## Sonntag, 12. Juli, 15.42 Uhr

Das Saffelener Altenheim war, anders als der ungewöhnliche Name „Haus Gnadenbrot“ vermuten ließ, ein sehr mondän anmutendes Gebäude mit moderner Einrichtung. Untergebracht in einem aufwendig sanierten, ehemaligen Kreuzherrenkloster, gab es dort 42 Pflegeplätze, darunter 30 Einzel- und sechs Doppelzimmer. Das Angebot umfasste neben der stationären Pflege noch einen betreuten Wohnbereich und kleine Ein- und Zweizimmerapartments. Haus Gnadenbrot verfügte über eine hauseigene Küche und einen großen Aufenthaltsraum, der gleichzeitig als Essenssaal diente und sogar mit einer kleinen Bühne ausgestattet war, auf der immer wieder kleine Konzerte, Lesungen und die bei Alt und sehr Alt beliebten Bingonachmittage stattfanden. Eine Zeitlang hatte der Saffelener Pastor, Rodrigo Gonzales, hier auch ökumenische Messen abgehalten. Das wurde jedoch eingestellt, nachdem sich herausgestellt hatte, dass die meisten Bewohner ihn nicht verstanden. Darüber hinaus kamen regelmäßig eine Frisörin und eine Fußpflegerin ins Haus, um die alten Leute zu verwöhnen. Ein kleiner, eingezäunter Park lud zum Spazieren ein und führte am neu gestalteten Saffelener Friedhofsgelände vorbei.

Das alles hatte Kommissar Kleinheinz eigentlich gar nicht wissen wollen, als er an diesem Sonntag das Altenheim aufsuchte. Er wollte lediglich die Aussage von Frau Thönnissen aufnehmen, falls sie denn so weit wiederhergestellt war. Doch als er die breite, einladende Steintreppe hinaufgestiegen war, war er im Eingangsportal bereits von Dieter Brettschneider abgefangen worden und hatte von ihm unaufgefordert eine ausgiebige Begehung des Gebäudes verpasst bekommen. Dieter Brettschneider, der Leiter des Seniorenheims, war Mitte fünfzig, sah aber bedeutend jünger aus. Lediglich seine große Nase verhinderte, dass man ihn als gutaussehend bezeichnen konnte. Sein dichtes, schwarzes Haar trug er sorgfältig in der Mitte gescheitelt und sein dunkelblauer Anzug saß wie angegossen. Er schien sportlich zu sein, wenngleich sich ein kleines Bäuchlein über dem Gürtel wölbte. Der schwere Siegelring, den er trug, war Kleinheinz als Erstes aufgefallen. Und auch sonst schien Brettschneider nicht mit seinem Wohlstand hinter dem Berg zu halten. Am Handgelenk prangte eine Rolex Daytona und auch das goldene Panzerarmband schien nicht billig gewesen zu sein. Bei seinem Rundgang hatte er in einem unaufhörlichen Redefluss stolz den wirtschaftlichen Aufstieg und die erfolgreiche Expansionspolitik seines 1990 gegründeten Hauses hervorgehoben. Überhaupt lief er immer dann zur Hochform auf, wenn es um die unternehmerische Seite des Seniorenheims ging, sodass Kleinheinz leise Zweifel beschlichen, ob der Geschäftsführer auch in irgendeiner Form durch besonderes soziales Engagement motiviert war. Von den Bewohnern sprach er nicht selten als Insassen, natürlich nicht, ohne die Ironie seiner Worte durch schallendes Gelächter zu unterstreichen. Gleiches galt wohl auch für den ungewöhnlichen Namen „Haus Gnadenbrot“, für den Brettschneider eine erstaunliche Erklärung parat hatte. Kurz nach der Einweihung hätten einige jugendliche Vandalen in der Mainacht die überdimensionalen Buchstaben auf dem Dachfirst einfach vertauscht. Ursprünglich hätte das Heim nämlich „Haus Abendrot“ geheißen. Dass die Jugendlichen, sollte an dieser Version etwas dran sein, bei jenem Maischerz noch ein in gleicher Form und Größe gestaltetes „G“ und „N“ hätten mit sich führen müssen, wollte Kleinheinz nicht ansprechen. Zum einen interessierte es ihn nicht und zum anderen wollte er statt einer kritischen Diskussion eigentlich nur schnell mit Frau Thönnissen sprechen und ihre Aussage aufnehmen, um seinen Bericht zu vervollständigen. Deshalb fiel er Brettschneider auch barsch ins Wort, als dieser gerade von seiner neuesten Aktion schwärmte, nämlich „Schnupperwochen im Altenheim“, bei denen man seine Oma mal testweise für ein paar Tage im Heim parken könne, wie er es ausdrückte.

„Herr Brettschneider. Wo finde ich denn Frau Thönnissen?“

„Ach ja, richtig“, unterbrach der Heimleiter seinen Redeschwall, „Sie sind ja dienstlich hier. Wenn ich einmal heiß laufe. In mir steckt ein Verkäufer durch und durch. Ich habe damals lange im Im- und Export gearbeitet. Holländische Blumenzwiebeln. Ein Bombengeschäft. Kommen Sie, wir nehmen den Aufzug.“ Während sie auf den Fahrstuhl warteten, plapperte er unverdrossen weiter: „Aber wenn Sie mal eine Omma haben, die Ihnen gehörig auf die Nerven geht. Erst letzte Woche ist hier ein wunderschönes Zimmer frei geworden. Mit einem herrlichen Blick auf den Saffelbach.“

„Meine Oma ist letztes Jahr verstorben."

„Das ist natürlich schade für Sie. Und für mich." Nach dem letzten Satz lachte er wieder schallend auf. Bevor Kleinheinz etwas entgegnen konnte, öffnete sich mit einem Zischen die Fahrstuhltür. Im Inneren saß ein alter, faltenzerfurchter Mann, der mit angestrengter Miene und steifen Bewegungen versuchte, seinen Rollstuhl über die Bodenschwelle zu lenken. „Ah, unser Herr ... äh ... hier Dings", rief Brettschneider ebenso überzogen laut wie freundlich. Er zwängte sich an ihm vorbei in den Aufzug, ohne Anstalten zu machen, ihm über die Schikane zu helfen. Von hinten gab er dem Rollstuhl einen leichten Tritt, sodass dieser mit Schwung über die Schwelle rumpelte. Der alte Mann brummelte etwas Unverständliches und Brettschneider wandte sich wieder dem Kommissar zu, während sich die Aufzugtür geräuschvoll hinter ihnen schloss: „Das Erfolgsgeheimnis ist, genau die richtige Mischung zwischen Respekt und Mitgefühl für die alten Knacker zu entwickeln."

Kleinheinz, der nur schwer an sich halten konnte, versuchte das Thema zu wechseln. „Warum lebt denn Frau Thönnissen hier? Sie machte gestern auf mich einen sehr rüstigen Eindruck – abgesehen von dem Schock, unter dem sie stand."

„Einsamkeit. Wissen Sie, wir sind hier ja auch so eine Art Geriatrie-Wellness-Oase." Er musste kurz auflachen über seine Wortschöpfung. „Hier leben ja nicht nur umnachtete Tattergreise, sondern auch Menschen, die keine Familie mehr haben und die Gesellschaft brauchen. Und wenn sie das nötige Kleingeld dafür haben, kann man hier gut leben. Besser als im Hotel."

Der Aufzug kam mit einem Ruck zum Stehen und die Tür öffnete sich wieder. Davor wartete eine junge, sehr attraktive Schwester mit einem Tablett, auf dem ganz offensichtlich mehrere Urinproben standen. Brettschneider wies ihr breit lächelnd mit beiden Armen den Weg in den Fahrstuhl und sagte: „Oh, Schwester Vanessa. Aber nicht wieder alles auf einmal austrinken." Darauf folgte das schon obligatorische laute Lachen. Schwester Vanessas Wangen erröteten leicht und sie zwang sich ein gequältes Lächeln ab.

Kleinheinz musste sich anstrengen, mit Brettschneider Schritt zu halten, als dieser den Flur entlangpflügte. „Hier um die Ecke ist der große Essenssaal. Da müsste Frau Thönnissen jetzt sein. Es gibt hier genug ruhige Ecken, wo Sie sich mit der alten Schacht ... äh ... Dame unterhalten können. Stimmt es wirklich, dass sie gestern bei dem Überfall mit im Laden war?"

„Bedauerlicherweise ja. Ich danke Ihnen, Herr Brettschneider. Ich komme dann alleine klar. Vielen Dank für die interessanten Eindrücke."

„Gerne. Wenn noch was ist, ich bin unten in meinem Büro." Er drehte sich schwungvoll um und wäre fast mit einer Bewohnerin zusammengestoßen, die gerade, auf einen Rollator gestützt, auf dem Weg in den Essenssaal war. „Huppsala, Frau ... äh ... Dings. So schnell unterwegs? Nicht, dass Sie noch geblitzt werden." Lachend ging er zurück zum Aufzug.

Kleinheinz atmete kurz durch, bevor er in den Essenssaal trat. Er erkannte Frau Thönnissen sofort. Als er sie ganz alleine an einem Tisch sitzen sah, wo sie leicht vornübergebeugt mit ihrer zittrigen rechten Hand ganz langsam ein Stück Marmorkuchen zerteilte, überfiel ihn eine bleierne Traurigkeit und er musste unwillkürlich an seine geliebte Großmutter denken, dic in ihrem letzten Lebensjahr auch immer so schief an ihrem kleinen Küchentisch gesessen hatte, so als ob sie die ganze Last des Lebens auf ihren knochigen, zerbrechlichen Schultern tragen müsste. Damals war der einstige Glanz in ihren Augen längst erloschen und man hatte das Gefühl, sie würde nur noch darauf warten, erlöst zu werden. Kommissar Kleinheinz schneuzte sich kurz und leise die Nase, bevor er auf Frau Thönnissen zuging.

# 6

## Sonntag, 12. Juli, 15.59 Uhr

Das Thermometer war an diesem Nachmittag auf über 28 Grad geklettert. Borowka wedelte sich mit der Speisekarte frische Luft ins Gesicht. Obwohl sie draußen saßen, machte ihm die drückende Hitze zu schaffen. Außerdem fächelte er, um sich irgendwie zu beschäftigen. Seit über zwei Stunden saßen sie nun schon hier auf der Außenterrasse der Saffelener Frittenbude „Grill-Container". Sobald das Wetter es zuließ, stellte die Inhaberin, Rosi Schlömer-Okawango, Plastiktische und -stühle auf den Schottervorplatz ihrer mit weißen und roten Lampions geschmückten Imbissbude. Für die Gäste war es eine Wohltat, konnten sie doch nicht nur die Sonne genießen, sondern auch noch dem schlecht belüfteten Gastraum entgehen. Das war umso wichtiger, da die Abzugshaube nun schon seit Längerem defekt war. Genau genommen seit vier Monaten, seit Rosi von ihrem Mann Owamba verlassen worden war. Es musste ungefähr einen Tag nach dem Erhalt seiner unbefristeten Aufenthaltserlaubnis gewesen sein, als man Owamba das letzte Mal mit einem Koffer am Bahnhof gesehen hatte. Bis dahin hatte er zuverlässig alles repariert, was kaputt gegangen war und auch an der Friteuse hatte er ausgeholfen, wenn Not am Mann war. Nun war Rosi wieder auf sich allein gestellt. Wie all die Jahre vor Owamba auch. Sie hatte den gut aussehenden Schwarzafrikaner damals bei einem Cluburlaub in Kenia kennengelernt, wo er sich als Animateur um die Gäste gekümmert hatte. Kurz danach war er ihr nach Saffelen gefolgt, wo sie bald geheiratet hatten. Fredi und Borowka kannten Rosi noch aus der Schule. Und deshalb war es natürlich Ehrensache für die beiden gewesen, dass sie die Frau in ihrer schwierigen privaten Situation mit einem Sonntagsbesuch unterstützten. Zwar hatten Rita und Martina auf etwas anderes gehofft, als Fredi stolz verkündet hatte, dass er einen Tisch für vier Personen bestellt hatte, aber egal – es war Sommer und die Laune war bei allen prächtig. Außer bei Borowka, der angeödet mit der Speisekarte vor sich hin wedelte. Rita und Martina waren enge Freundinnen und konnten sich stundenlang über nichts unterhalten, was sie auch diesmal wieder mit großer Begeisterung taten. Fredi genügte es völlig, Martina anzusehen und mit einem fast schon an Debilität grenzenden verzückten Grinsen jede einzelne Sommersprosse auf ihrer Nase und jedes einzelne blonde Härchen auf ihrem Unterarm zu bewundern. Borowka war so satt, dass er nicht mal mehr etwas essen konnte gegen die lähmende Langeweile. Sie hatten jeder eine große Portion Fritten mit Bratrollen und Bamis gegessen und Unmengen Cola getrunken. Die Frauen hatten anschließend jeweils einen Cappuccino getrunken, ein neumodisches Szenegetränk, das langsam in Saffelen Einzug hielt. Fredi und Borowka dagegen hatten es beim bewährten Jägermeister belassen. Zu Beginn des Treffens hatte Borowka sich noch mit Fredi über Autos unterhalten, aber der hatte nie richtig zugehört, weil er immer mit einem Ohr auf das Frauengespräch geachtet hatte, um ja nicht zu verpassen, wenn sich Martina an ihn wandte. Was aber nicht passierte.

Gerade als Borowka dachte, dass es nicht mehr schlimmer kommen konnte, sah er mit hohem Tempo einen schwarzen BMW X5 auf den Parkplatz schießen. Der Fahrer bremste sportlich ab und etwas Rollsplitt spritzte bis kurz vor Borowkas Füße. Das Gespräch am Tisch verstummte und auch Fredi, Martina und Rita sahen nun zu dem schicken Wagen hinüber. Mit einem Satz sprang Bernd Bommer heraus und kam selbstbewusst mit federndem Gang und durchgedrücktem Kreuz auf den Frittencontainer zu. Eine große Sonnenbrille steckte in seinem dunkelblonden, mit Gel gebändigten struppigen Haar. Über einer dunklen Cargohose mit ausgebeulten Seitentaschen trug er ein eng tailliertes buntes T-Shirt, auf dem Borowka einen Totenkopf erkannte, aus dessen rechtem Auge eine Schlange herauszüngelte. Darüber stand in verspielter Schrift „Ed Hardy". Was für Scheißklamotten, dachte Borowka und zupfte sich die Lederkrawatte auf seinem Jeanshemd zurecht. Bernd Bommer war vor knapp zwei Monaten nach Saffelen gezogen und hatte für einigen Aufruhr unter der heiratsfähigen weiblichen Bevölkerung gesorgt, weil er recht gut aussah und mit seinem gepflegten Dreitagebart immer sehr verwegen wirkte. Doch Bommer hatte nie Augen für die Frauen des Dorfes gehabt, so sehr sie sich auch um ihn bemüht hatten. Es hieß, dass er sich gerade erst von seiner Frau und seinem kleinen Sohn getrennt hatte. Er war aus der Nähe von Euskirchen gekommen und wollte nun in der ländlichen Gegend neu anfangen. Noch wohnte er in einem Fremdenzimmer der Gaststätte Harry Aretz, doch er suchte fieberhaft nach einer geeigneten Wohnung. Er war freiberuflicher Dolmetscher und arbeitete von zu Hause aus. Im Dorf hatte er sich schon ganz gut eingelebt. Er spielte sogar zusammen mit Fredi und Borowka in der Reserve des SV Saffelen, die sich zumeist am Tabellenende der Kreisliga C tummelte. Noch trainierte er nur mit, aber zur kommenden Saison würde er spielberechtigt sein. Bommer war für die Saffelener Reserve weit mehr als nur eine Verstärkung. Er war eine Art Hoffnungsträger, hatte er doch beim Kaller SC sogar in der Landesliga gespielt.

Als er nun auf die Frittenbude zumarschierte, zeigte Borowka auf das Euskirchener Nummernschild des X5. „Guck mal. ‚EU' – Esel unterwegs." Er lachte, doch die anderen ignorierten ihn.

Fredi stieß nur hervor: „Das ist mal eine geile Karre!" Martina und Rita schauten sich kichernd an.

Bommer blieb vor dem Vierertisch stehen und musste wegen der Sonne blinzeln. „Hallo Fredi, hallo Borowka." Martina und Rita bedachte er mit einer angedeuteten Verbeugung. „Die Damen."

„Setz dich doch, Bernie", sagte Fredi. Borowka versetzte ihm unter dem Tisch einen Tritt gegen das Schienbein. „Aua!"

„Ja, komm, hol dir ein Stuhl", setzte Rita nach. Genau wie Martina mochte sie den quirligen Kerl, der immer gute Laune zu haben schien.

„Warum nicht?", sagte Bommer, holte sich vom Nebentisch einen Plastikstuhl und nahm Platz. „Was für ein Wetter, oder? Ich wollte mir hier bei Rosi noch schnell zwei Flaschen Cola holen für heute Abend. Rosi", brüllte er Richtung Theke, „bring mir doch bitte ein kleines Weizen! Und für die vier Hübschen hier auch noch mal eine Runde. Ach, und noch eine Bratrolle spezial. Für hier zu essen." Rosi nickte. Bommer wandte sich wieder an seine Tischnachbarn: „Für hier zu essen. Ist doch richtig, oder? So langsam lerne ich eure Sprache." Er lachte. Auch Martina und Rita prusteten los. Selbst Fredi lachte nach einem kurzen Seitenblick auf Martina, auch wenn er den Witz nicht verstanden hatte. Nur Borowka verzog genervt das Gesicht. Bommer bemerkte das. Er schlug ihm freundschaftlich auf den Oberschenkel und sagte salopp: „Was ist los, Borowka? Schlechte Laune?"

„Ach der. Der ist schon seit Tagen total muffelig", warf Rita ein.

Borowka merkte, dass er in die Defensive geriet. Um nicht als Spielverderber dazustehen, sagte er: „Kann schon sein. Wird Zeit, dass die Sommerpause vorbei ist. Zum Glück ist Mittwoch das Freundschaftsspiel gegen Kleinwehrhagen."

„Hast du schon eine Wohnung gefunden?", versuchte Martina das Gespräch wieder vom Fußball wegzulenken. Bommer wendete sich ihr zu. „Nee, leider nicht. Ist gar nicht so einfach. Ich werd wohl noch eine Weile beim Harry über der Kneipe wohnen. Ist aber kein Problem. Das ist ein richtig netter Kerl."

„Und du sitzt an der Quelle", platzierte Borowka einen Scherz, um zu demonstrieren, dass er alles andere als eine trübe Tasse war. Dabei stieß er Fredi feixend mit dem Ellenbogen in die Seite.

„Aua!"

„Wo hast du denn das coole T-Shirt her?“, fragte Rita unvermittelt. Borowka blieb das Lachen im Hals stecken.

Bevor Bommer antworten konnte, kam Rosi mit einem Tablett an den Tisch geschlurft. Dabei rieben ihre Oberschenkel, die sie in viel zu enge Leggings gezwängt hatte, wie Schmirgelpapier aneinander. Ihre käsigen Füße steckten in ausgetretenen weißen Birkenstock-Sandalen. Sie keuchte leise vor sich hin. Die Hitze machte ihr sichtbar zu schaffen. Mit ihrer fleischigen, weißen Hand nahm sie die Getränke vom Tablett und stellte sie auf den Tisch. Zuletzt setzte sie vor Bommer eine längliche Plastikschale ab. Darin lag eine Bratrolle, die in Ketchup und Mayonnaise schwamm. Darüber waren frische Zwiebeln gestreut. Rosi steckte noch eine weiße Plastikgabel in die Wurst. „Einmal Bratrolle spezial für hier zu essen. Aber nachher kommst du rein, Bernie: für drinnen zu bezahlen.“

Der ganze Tisch brach in lautes Gelächter aus. Auch Borowka lachte pro forma mit, während er Bommer mit festem Blick fixierte. Du musst mal schwer aufpassen, Junge, sonst hängt der Kiefer tiefer, dachte er.

# 7

## Sonntag, 12. Juli, 16.10 Uhr

Kommissar Kleinheinz hatte sein Laptop aufgeklappt und einen kleinen tragbaren Drucker auf den Tisch gestellt. Er sah Frau Thönnissen beruhigend in die Augen und strich ihr über die leicht zitternde Hand. „Machen Sie sich keine Sorgen. Es dauert nicht lang." Nachdem Kleinheinz sich davon überzeugt hatte, dass die alte Dame vernehmungsfähig war und auch bereit, mit ihm über den gestrigen Vorfall zu sprechen, hatten sie sich auf ihren Wunsch hin in einer kleinen abgemauerten Nische des großen Saals einander gegenübergesetzt, um sich zu unterhalten. Kleinheinz hätte zwar ein abgeschlossenes Zimmer vorgezogen, doch er wollte die alte Frau nicht einem größeren Stress aussetzen als nötig. Ein wenig beunruhigte es ihn zwar, dass sich der zuvor leere Saal zunehmend füllte, aber dennoch konnten sie in ihrer Ecke trotz des leichten Gemurmels ungestört sprechen. Um ihr die Aufregung zu nehmen, schlug er einen sonoren Ton an: „Wenn es Ihnen zu viel ist, komme ich auch gerne an einem anderen Tag wieder."

„Ach was", sagte sie tapfer, „bringen wir es hinter uns. Ich habe in meinem Leben schon so viel mitgemacht, dann werde ich das auch noch überleben."

Kleinheinz nickte. „Bevor wir anfangen, muss ich Sie belehren, dass ich Sie als Zeugin in einer Strafsache vernehme. Als Zeugin haben Sie ein Zeugnisverweigerungsrecht, das heißt, Sie sind nicht verpflichtet, Angaben zu machen. Des Weiteren müssen Sie sich als Zeugin nicht selbst belasten und Sie müssen keine Angaben über Personen machen, die in einem verwandtschaftlichen Verhältnis zu Ihnen stehen. Und Sie müssen selbstverständlich die Wahrheit sagen. Haben Sie das verstanden?“

„Ich bin zwar alt, aber nicht senil“, erwiderte sie leicht gereizt.

„Natürlich nicht“, lächelte Kleinheinz. „Ich möchte eine Vernehmung mit Ihnen durchführen über das, was Sie gestern Morgen im Geschäft von Hans-Peter Eidams gesehen, gehört oder wahrgenommen haben. Vielleicht schildern Sie mir zuerst mal in eigenen Worten, was genau passiert ist.“

Ihre Stimme zitterte leicht, als sie begann: „Ich wollte gerade an der Theke zwei Dosen Ravioli bezahlen, als die Ladentür aufgerissen wurde. Ein Mann mit so einer schwarzen Kapuze über dem Kopf, wie Motorradfahrer sie anhaben, brüllte plötzlich: ‚Geld raus!' Dann ist der Hansi um die Theke herumgekommen und hat zu dem Mann gesagt: ‚Verschwinden Sie.' Danach ging alles sehr schnell. Sie haben sich irgendwie geschubst, der Hansi hat dem Mann die Kapuze vom Kopf gezogen und plötzlich hatte der Mann eine Pistole in der Hand und hat sie dem Hansi vor die Brust gehalten.“ Sie stockte. Dann kramte sie umständlich ein Stofftaschentuch heraus und tupfte sich ein paar Tränen ab. Sie schluchzte noch mal kurz, dann sprach sie schleppend weiter: „Der Hansi wusste gar nicht, was los war. Dann hat der Mann mich auf Seite geschubst und ich bin gefallen. Als ich hochgucke, sehe ich, wie Hansi das Gesicht verzieht und sich die rechte Schulter festhält."

„Das heißt, Sie haben keinen Schuss gehört?"

„Nein. Gar nichts."

„Ist Ihnen an der Pistole irgendetwas Ungewöhnliches aufgefallen?"

„Die war vorne sehr lang."

„Ein Schalldämpfer", murmelte Kleinheinz leise vor sich hin und tippte alles ein. „Was ist dann passiert?"

„Der Hansi hat auf dem Boden gelegen und geschrien. Der Mann hat in aller Seelenruhe das Geld aus der Kasse genommen, in eine Tüte gepackt und ist gegangen. Draußen ist er auf ein Motorrad gestiegen und weggefahren."

„Wissen Sie zufällig, was für ein Motorrad das war? Eine bestimmte Marke?"

„Nein. Ein ganz normales Motorrad."

„Konnten Sie das Kennzeichen lesen?"

„Nein. Ich habe nur gesehen, dass es ein gelbes Nummernschild war."

„Holländisches Nummernschild", tippte Kleinheinz in seinen Computer. „Was ist dann passiert?"

„Das weiß ich alles gar nicht mehr so genau. Der Hansi hat geblutet und gestöhnt. Und dann muss ich wohl mit dem Telefon auf der Theke die 110 angerufen haben. Obwohl ich mich da gar nicht mehr dran erinnern kann."

„Ihr Notruf ging um 8 Uhr 23 bei uns ein. Sie haben sehr verwirrt geklungen. Kein Wunder, Sie standen unter Schock. Ich würde noch gerne wissen ..."

Mitten im Satz setzte plötzlich ohrenbetäubende Musik ein, die aus dem großen Saal kam. Kleinheinz zuckte heftig zusammen und Frau Thönnissen sah interessiert auf. Ihre Miene erhellte sich, und das, obwohl grauenhafte Akkordeonmusik erklang.

Kleinheinz sprang auf und schaute aus der Nische heraus. Er konnte nicht in den Saal sehen, weil ihm eine Säule den Blick versperrte. Er brüllte: „Macht mal bitte jemand das verdammte Radio leiser!“

Im nächsten Moment kamen Hastenraths Will und Josef Jackels um die Ecke. Will strahlte den verdutzten Kleinheinz an. „Hallo Herr Kommissar. Was machen Sie denn hier?“

„Ich führe gerade eine Vernehmung durch. Und was machen, bitte schön, Sie hier?“ Plötzlich ertönte auch noch Gesang zu dem Akkordeon. Kleinheinz bekam auf der Stelle Kopfschmerzen. Er brüllte noch lauter: „Mach doch mal jemand das Radio leiser.“

„Das ist kein Radio“, sagte Will ruhig, „das ist Charlie van der Valk.“

„Wer?“

„Sagen Sie bloß, Sie kennen der Charlie van der Valk nicht?“

„Wer zum Teufel soll das sein?“

Jetzt meldete sich Josef zu Wort. Seine Stimme klang belehrend, als er sagte: „Charlie van der Valk. Der Mann mit dem Akkordeon. Der berühmte holländische Schlagerstar. Da müssen Sie doch mal was von gehört haben. Der Tulpenkavalier.“

Kleinheinz verstand gar nichts mehr. Die Akkordeontöne hämmerten sich erbarmungslos in sein Hirn.

Will rief durch den Saal: „Herr van der Valk, kommen Sie doch mal eben."

Mitten im Lied brach die Musik ab. Kleinheinz entspannte sich. Im nächsten Augenblick tauchte ein groß gewachsener, schlanker Mann mit dünnem, grauem Haar auf, der ein Akkordeon umgeschnallt hatte. Der Kommissar schätzte ihn auf Mitte bis Ende 60.

„Das ist der große Charlie van der Valk", stellte Will den Mann mit Pathos in der Stimme vor. „Der hatte in den 70er Jahren viele Hits: ‚Walzer ins Glück', ‚Du bist die eine' oder ‚Akkordeon der Liebe'. Der gibt einmal im Monat ein Umsonst-Konzert hier im Altenheim. Der Josef und ich sind hier, für mit dem zu verhandeln wegen ein Auftritt auf dem Feuerwehrfest nächste Woche. Aber ich denk, da werden wir uns schon einig, oder Herr van der Valk? Ein bisschen was am Preis tun Sie noch, oder?" Mit dem letzten Satz wendete sich Will in seiner plump vertraulichen Art direkt an den Musiker. Der nickte sparsam, machte aber insgesamt ein freundliches Gesicht.

Kleinheinz konnte das alles nicht fassen. Resigniert fragte er: „Und warum ‚Der Tulpenkavalier'?"

Hastenraths Will spielte den Empörten. „Aber das gibt es doch nicht, Herr Kommissar. Haben Sie denn die letzten 30 Jahre in ein Kellerverlies verbracht? Der Name bezieht sich auf dem sein Riesenhit, mit dem der damals hier in der Region weltberühmt geworden ist: ‚Die Königin der Tulpen'!"

Kleinheinz war mittlerweile zu schwach, um zu antworten. Sein Gesicht verzog sich, als hätte er in eine Zitrone gebissen, denn ohne Vorwarnung begann Will nun zu allem Überfluss mit seiner durchdringenden Bassstimme zu singen: „Die Königin der Tulpen – die bist du!“ Der Kommissar sah sich hilflos um, verzweifelt auf der Suche nach jemandem, der mit einer versteckten Kamera um die Ecke kommt, um die bizarre Situation aufzuklären. Doch das Gegenteil war der Fall. Unmittelbar nachdem Will angefangen hatte zu singen, stimmte auch Josef Jackels schmetternd mit ein.

Charlie van der Valk setzte zum ersten Mal, seit er dabeistand, ein breites Lächeln auf, nahm sein Akkordeon hoch und stieg auf den nächsten Takt ein. Sekunden später begann der ganze Saal, in dem sich mittlerweile bestimmt 70 Bewohner befanden, lauthals mitzusingen:

Erst Rendezvous – dann Schubidu
Doch eines sollst du wissen immerzu
Die Königin der Tulpen – die bist du!

# 8

## Montag, 13. Juli, 19.13 Uhr

Bernd Bommer hatte den Ball in vollem Lauf aus der Luft angenommen. Er führte ihn so eng am Fuß, als würde er daran festkleben. Mit einem eleganten Schlenker ließ er den ersten Gegner aussteigen. Dann ein Übersteiger, gefolgt von einer lässigen Rechts-links-Kombination, und der nächste Gegner rutschte ins Leere. Jetzt hatte er nur noch zwei Verteidiger vor sich, die ihm frontal entgegenkamen, um ihn in die Zange zu nehmen. Bommer wartete, dann legte er sich den Ball auf die Hacke und katapultierte ihn von hinten über sich hinweg, um ihn hinter den beiden verdutzten Verteidigern wieder aufzunehmen. Jetzt gab es nur noch ihn und den Torwart. Er lief auf ihn zu und sah die Angst in dessen Augen. Noch drei Meter, dann würde er abziehen, noch zwei Meter, noch einen. Er holte aus – und plötzlich flog von der Seite ein gestrecktes Bein wie ein Dumdumgeschoss gegen sein rechtes Knie. Das Knie verdrehte sich, Bommer wirbelte herum und für endlose Sekunden, in denen er sich in der Luft zu befinden schien, wusste er nicht mehr, wo oben und unten war. Dann schlug er hart mit dem Hinterkopf auf dem grobkörnigen Aschenplatz auf. Wie durch einen Nebel sah er nur noch aus der seitlichen Froschperspektive Trainer Karl-Heinz Klosterbach wild gestikulierend mit seiner Trillerpfeife auf den Platz laufen. Dann verlor er das Bewusstsein.

Er wurde wieder wach durch einen Schwall Wasser, der ihm aus einem Eimer frontal ins Gesicht geschüttet worden war. Er hatte keine Ahnung, wie lange er weg gewesen war. Ein paar Minuten mussten es gewesen sein, denn er sah, dass Klosterbach mit hochrotem Kopf auf Richard Borowka einredete. Der schrie nicht weniger erregt zurück. Die ganze Mannschaft stand im Halbkreis um die beiden Streithähne herum. Dann erschien auf einmal das Gesicht von Fredi Jaspers direkt vor Bommers Nase. Er sah ihm direkt in die Augen. „Hallo Bernie, da bist du ja wieder." Fredi stand auf. Er hielt den leeren Eimer noch in der Hand. Er rief zu den anderen hinüber: „Herr Klosterbach. Der Bernd ist wieder da." Klosterbach und Borowka hörten auf zu streiten. Der Trainer kam mit seinen breiten O-Beinen auf Bernie zu. So langsam nahm dessen Wahrnehmung wieder Konturen an. Er wollte aufstehen, doch ein stechender Schmerz durchzuckte ihn. Scheiße, mein Knie, dachte er. Als er danach tastete, spürte er eine tennisballgroße Beule oberhalb vom Schienbein. Er setzte sich benommen auf.

Klosterbach kniete sich neben ihn. „Hallo Bernie. Schön, dass du wieder wach bist. Bleib mal liegen. Wir haben der Doktor Frentzen angerufen. Der hat gesagt, der kommt gleich raus und macht dir eine Zypresse."

„Kompresse."

„Was?"

„Egal. Was ist überhaupt passiert?"

Klosterbach sah kopfschüttelnd zu Borowka auf, der sich neben ihm aufgebaut hatte. „Unser Richard ist etwas übermotiviert zur Sache gegangen."

Borowka hob entschuldigend die Arme. „Spielen wir jetzt Fußball oder Mau-Mau?"

Klosterbach stand auf und sah ihm direkt in die Augen. Zornig funkelte er ihn an. „Richard! Es gibt ein Unterschied zwischen Verteidigen und vorsätzliche Körperverletzung. Auch wenn beides mit ‚F' anfängt."

Bommer betrachtete sein wild pochendes Knie. Jetzt verstand er und wurde auf der Stelle wütend. Vom Boden aus brüllte er Borowka an: „Sag mal, hast du sie noch alle? Das ist doch nur ein Trainingsspiel."

Borowka trat einen Schritt nach vorne. „Was denn? Ist hier Zwergenaufstand, oder was? Hat der Spacko jetzt auch schon was zu melden? Der Typ ist gerade mal seit zwei Monate dabei und schon fangt ihr alle an zu heulen, wenn der mal in ein Zweikampf umfällt."

Bommer machte mit der Hand eine Scheibenwischerbewegung und schüttelte den Kopf. „Zweikampf?! Ich glaub, ich spinne."

Borowka fuhr ihn an: „Halt die Fresse, du Vollhorst. Sonst gibt es hier gleich Fratzengeballer."

Klosterbach packte ihn hart am Arm. „Jetzt reicht's, Richard. Beruhig dich mal. Ich würde sagen, du kannst duschen gehen. Und am Mittwoch bleibst du erst mal zu Hause. Vielleicht kühlst du dich dann wieder was ab."

Borowka war wie vor den Kopf geschlagen. „Ist das dein Ernst?"

Fredi machte einen Schritt auf ihn zu und verschränkte die Arme vor der Brust. Er sah ihn vorwurfsvoll an. „Der Trainer hat recht. Das war Scheiße, was du eben gemacht hast."

„Ich glaub's nicht, Fredi. Jetzt fällst du mir auch noch im Rücken." Wütend zog er sich seine Kapitänsbinde vom Arm und warf sie den anderen Mitspielern vor die Füße. „Macht euren Scheiß doch alleine. Und du", er zeigte mit dem Finger auf Bommer, der immer noch auf dem Boden saß und sein Knie rieb, „du musst mal schwer aufpassen, oder hast du schon mal versucht, mit gebrochene Finger deine Zähne aufzusammeln?" Es musste sich um eine rhetorische Frage gehandelt haben, denn ohne eine Antwort abzuwarten, stapfte Borowka wütend davon.

Fredi rief ihm hinterher: „He, warte, du musst mich doch gleich noch mit nach Hause nehmen."

Borowka drehte sich um, ohne seinen Schritt zu verlangsamen. „Fahr doch mit dein neuer Freund nach Hause." Dann verschwand er in der Umkleidekabine.

# 9

## Montag, 13. Juli, 19.58 Uhr

Käthe Thönnissen hatte sich gerade in ihren Sessel gesetzt, um die Tagesschau einzuschalten, als es an ihre Apartmenttür klopfte. Sie drehte sich zur Seite und ihre Arthrose meldete sich schmerzhaft. Wenn sie den ganzen Tag auf den Beinen gewesen war, fühlte sie sich abends noch älter, als sie ohnehin schon war. Mit dünner Stimme rief sie: „Ist offen."

Dieter Brettschneider, der Leiter des Altenheims, steckte den Kopf zur Tür rein. „Klopf, klopf, Frau Thönnissen." Er betrat schwungvoll das Zimmer. „Ich wollte mal sehen, wie es Ihnen geht."

Sie sah ihn an und bewegte den Kopf hin und her. „Na ja, es geht so."

„Frau Thönnissen. Nicht so bescheiden. Sie sehen aus wie das blühende Leben. Unkraut vergeht nicht, oder?" Er lachte schallend. Dann blieb er eine Weile unmotiviert im Raum stehen.

Frau Thönnissen war sich nicht sicher, ob er darauf wartete, dass sie ihm einen Platz anbot. Aber sie hatte keine Lust dazu. Sie wollte einfach nur ihre Ruhe haben. „Ist sonst noch was, Herr Brettschneider?"

„Ja, wie soll ich sagen?“ Er rieb sich nachdenklich am Kinn und begann im Zimmer auf und ab zu wandern. „Ich frage mich die ganze Zeit, was denn wohl der Kommissar von Ihnen wollte.“

Sie sah ihn verwundert an. „Er hat meine Zeugenaussage aufgenommen. Warum?“

Die Antwort schien ihm nicht zu genügen. „Was haben Sie ihm denn gesagt?“

Die alte Frau zuckte mit den Schultern. „Alles, was ich gesehen habe. Aber ich glaube nicht, dass Sie das etwas angeht, Herr Brettschneider.“ Sie sah ihn streng an.

Er ignorierte ihren Blick und sagte: „Ach ja?“ Dann kniete er sich mit einer schnellen Bewegung direkt vor ihren Sessel. Er stützte seine Ellenbogen auf ihre knochigen Knie, die zum Teil von ihrem Bademantel verhüllt waren. Dann übte er einen starken Druck auf die Beine aus. Frau Thönnissen zuckte zusammen, die Druckstellen schmerzten und sie sah instinktiv zu ihrem Bett, neben dem der rote Alarmknopf prangte.

Brettschneider folgte ihrem Blick und sagte: „Bisschen weit weg der Knopf, oder?“ Dann wurde sein Gesicht zu einer unbeweglichen Maske. Seine Blicke bohrten sich tief in Frau Thönnissens Augen. Sie schluckte. „Ich warne Sie“, zischte Brettschneider. „Wenn ich eins nicht leiden kann, dann sind das Bullen, die hier rumschnüffeln. Warum sind Sie am Samstag nicht einfach in die Morgenandacht gegangen statt in diesen Scheißladen? Dann hätten Sie uns allen viel Ärger erspart. Falls dieser blasierte Kommissar hier noch mal auftaucht, dann würde ich es begrüßen, wenn Sie mal eine kleine Reise antreten würden. Haben wir uns verstanden?“

Die alte Frau nickte, bekam aber keinen Ton heraus. Sie war starr vor Schreck. Ihr Mund war trocken und ihr Magen krampfte sich zusammen.

Brettschneider stand auf und ging zur Tür. Im Türrahmen drehte er sich noch einmal um. „Ich wünsche Ihnen eine angenehme Nacht, Frau Thönnissen. Passen Sie auf sich auf." Bevor er die Tür schloss, sagte er noch: „Ach übrigens, kleiner Tipp. Ich würde die Tür an Ihrer Stelle abends abschließen."

Doch den letzten Satz hörte sie schon nicht mehr, weil sich die Angst wie eine dicke Decke über sie gelegt hatte. Paralysiert starrte sie auf den dunklen Fernseher.

# 10

## Dienstag, 14. Juli, 17.12 Uhr

Will fütterte gerade die Schweine, als es an der Haustür klingelte. Die Klingel wurde durch ein lautes, schnarrendes Schellen verstärkt, damit man sie auch in den Nebengebäuden hörte. Hofhund Attila, ein großer, kräftiger Rottweiler, schlug mit seinem lauten Organ an und sprang wie geisteskrank immer wieder mit dem ganzen Gewicht seines massigen Körpers gegen die Käfigtür, die an einigen Stellen bereits gefährlich ausgebeult war. Will stellte die Schütte zur Seite, in der er das Schweinefutter angerührt hatte. Er ging über den Hof durch ein kleines Nebengebäude in Richtung Küche. Im Laufe der Jahre war das Hauptgebäude immer mehr erweitert worden. Und auch wenn die meisten der Anbauten weder eine gerade Wand noch einen rechten Winkel zu haben schienen, so waren sie doch alle in derselben Weise entstanden – nämlich ohne Baugenehmigung. Will ging durch die Küche in den Hausflur, um die Vordertür zu öffnen. Aber irgendwas war anders als sonst. Dann fiel es ihm auf. Seine Frau Marlene schimpfte nicht, weil er vergessen hatte, sich die Stiefel vorher auszuziehen. Seine Frau war nämlich in Urlaub. Will lächelte, als er die Klinke herunterdrückte. Vor der Tür standen seine Tochter Sabine, eine kompakte, fröhliche Blondine, und deren Mann Michael, ein blasser, schmächtiger Mann mit einer Art Günter-Netzer-Gedenk-Seitenscheitel. Sabine hielt einen großen Topf in der Hand. Es war merkwürdig ruhig. Zu ruhig, dachte Will. Doch noch ehe er reagieren konnte, wurde er von seinen beiden Enkelkindern Kevin-Marcel, elf Jahre, und Justin-Dustin, sieben Jahre, in einem klassischen Überraschungsangriff überrumpelt. Die beiden hatten sich hinter dem mächtigen Kirschlorbeerstrauch neben der Haustür versteckt und sprangen nun mit lautem indianischen Kriegsgeheul an ihrem Großvater hoch. Will musste sich anstrengen, um sein Gleichgewicht zu halten. Er lachte und drückte die beiden fest an sich. „Na, ihr zwei Racker. Habt ihr Ferien, was?"

Sabine nickte erschöpft und zeigte Will mit einer Geste, bei der sie mit der Hand über ihre Stirn strich, was das bedeutete. „Können wir reinkommen, Papa?", fragte sie.

„Na klar", sagte Will.

Sabine stellte den Topf auf den Küchentisch. „Ich hab dir Eintopf gemacht, Papa."

„Das ist aber lieb. Wollt ihr was trinken?" Er deutete mit dem Kopf auf seinen Schwiegersohn. „Ein Jägermeister, Markus?"

„Michael", sagte der leise.

„Was?"

Sabine verdrehte die Augen. „Das ist der Michael. Mensch Papa, wie lange kennst du der Micha schon?" Ohne die Antwort abzuwarten, setzte sie energisch hinzu: „Seit über zwölf Jahre. Da haben wir nämlich geheiratet."

„Ja, ich weiß." Will sah sie schuldbewusst an. Dann wurde seine Stimme wieder fest: „Wie auch immer. Jägermeister?"

Michael schüttelte den Kopf. „Ein Wasser, bitte."

„Für mich auch", sagte Sabine. „Du könntest aber auch mal wieder spülen." Vorwurfsvoll zeigte sie auf das verschmutzte Geschirr, das aufgetürmt in der Spüle stand.

Will nickte abwesend, während er aus dem Schrank zwei frische Gläser nahm, die offenbar früher mal als Senfgläser gedient hatten, da noch vergilbte Reste eines Etiketts an ihnen hingen. Aus dem Wohnzimmer hörte man plötzlich einen lauten Schrei, der von bitterem Schluchzen abgelöst wurde.

Einen Augenblick später stand Justin-Dustin mit verheultem Gesicht in der Tür. Über seinem Auge war eine gerötete Stelle zu erkennen. „Der Kevin-Marcel hat mir mit der Fernbedienung ganz fest auf der Kopf geschlagen!" Hinter ihm erschien Kevin-Marcel mit einem schelmischen Grinsen im Gesicht.

Will machte einen Schritt auf sie zu und sah den größeren der beiden streng an. „Kevin-Marcel, lässt du das wohl sein. Die war teuer die Fernbedienung." Er zeigte nach draußen. „Geht mal schön was im Hof spielen. Es ist so herrliches Wetter. Frische Luft tut gut. Ihr könnt was im Kuhstall spielen oder auf der Misthaufen."

Justin-Dustins Schmerzen schienen mit einem Mal verflogen. Seine Augen glänzten. Er schubste seinen Bruder heftig gegen den Türrahmen und rannte los durch den langen gekachelten Flur, der hinter der Küche auf den Hof führte. Kevin-Marcel folgte ihm mit großen Schritten und versuchte, ihm im Lauf von hinten die Beine wegzutreten. Doch der Kleine war schneller. Das laute Geschrei entfernte sich.

Will brüllte noch hinter ihnen her: „Aber nicht wieder der Attila am Schwanz ziehen! Der ist heute etwas gereizt."

Sabine saß auf der Eckbank und hatte die Beine übereinandergeschlagen. Sie schüttelte matt den Kopf, während Michael, der kerzengerade neben ihr saß, ihr liebevoll den Rücken tätschelte. „Ach, Papa. Wenn ich dadran denke, dass die Ferien noch vier Wochen dauern."

Will setzte sich an den Tisch und goss den beiden Mineralwasser ein. „Und?", unterbrach er die aufkommende Stille, „musst du heute nicht nach Aachen im Bürro, Matthias?"

„Michael", warf Sabine ärgerlich ein. Michael verstärkte sein Streicheln, während er Will ruhig antwortete: „Ich bin seit zwei Jahren schon nicht mehr bei DeltaDivision. Ein Headhunter hat mein Profil bei Xing gefunden und mich da abgeworben. Ich arbeite jetzt für CS-Datec. Das CS steht für Computer Solutions. Deren Hauptsitz ist in Düsseldorf. Die sind europaweit führend auf dem Gebiet Schutzmaßnahmen gegen DoS-Angriffe, Denial of Service. Das heißt, wir zeigen Firmen, wie man sich vor Angriffen aus dem Internet schützt. Als Diplommathematiker und IT-Consultant bin ich spezialisiert auf heterogene Netzwerke. Ich integriere bei den Firmen die Schutzsysteme vor Ort, das heißt, ich bin viel unterwegs. Ansonsten arbeite ich von meinem Homeoffice aus."

Will sah ihn mit halb geöffnetem Mund an. Nach wenigen Sekunden löste sich seine Schockstarre. Mühsam rang er nach Worten: „Ja, äh, das klingt ja sehr ... also ... interessant. Heißt das etwa auch, dass du dich mit Computer auskennst?"

„Ein bisschen", lächelte Michael.

Vom Hof hörte man ein schepperndes Geräusch und das jämmerliche Jaulen eines Hundes. Darauf folgte lautes Kinderlachen.

Will dachte angestrengt nach. Dann sah er seinen Schwiegersohn durchdringend an. „Hör mal zu. Du könntest mir helfen ... äh ..."

„Michael", sagte Michael.

Sabine saß aufrecht auf dem Wohnzimmersessel und klebte Kevin-Marcel, dessen Hose hochgekrempelt war, ein breites Pflaster mit Piratenmotiv auf das zerschrammte Knie. Der Junge war auf den Rübenroder geklettert und hatte Superman gespielt. Dabei war er hart aufgekommen. Sabine zog ihm das Hosenbein wieder runter und noch bevor sie etwas sagen konnte, war Kevin-Marcel auch schon wieder nach draußen verschwunden.

Dann wandte sie ihren Blick wieder dem Zweiersofa zu. Dort saßen Will und Michael nebeneinander. Sabine beobachtete, wie Michael seinem Schwiegervater aufmerksam zuhörte, während dieser mit ernster Miene erzählte: „... und dann ist der Täter mit ein Motorrad weggefahren. Nur – irgendswas stimmt hinten und vorne nicht an der Geschichte. Der Kommissar ist zwar ganz nett, aber ich glaube, der erzählt mir nicht alles, was der weiß. Ich müsste dringend mal was rech ... rechar ... also, was rausfinden. Am besten im Internet."

Sabine schaltete sich ein: „Du weißt, dass Mama nicht mehr möchte, dass du dich in Kriminalfälle einmischst. Das ist gerade mal ein Jahr her, dass die dein Leben retten musste."

„Ich wär auch selbst mit der Einbrecher fertig geworden. Außerdem ist deine Mutter nicht da."

„Also, ich find's spannend", sagte Michael. „Dann lass uns doch mal ins Internet gehen."

Will sah ihn erwartungsfroh an. „Gute Idee. Und wo geht man in so ein Internet?“

„Ach so, du hast gar kein Internet?“

Sabine lachte laut auf. „Der hat ja noch nicht mal ein Handy.“

Will ignorierte den spöttischen Einwurf seiner Tochter. „Wir können zu euch fahren und da im Internet gehen.“

„Das geht leider nicht“, sagte Michael. „Wir wohnen ja in der Nähe der Kirche und da hat letzte Woche ein Bagger die Hauptleitung der Telekom durchtrennt, weil Pastor eine neue Hauseinführung bekommen sollte. Seitdem habe ich kein ISDN mehr. Ich habe mir zwar einen Surfstick besorgt, mit dem ich über UMTS ins Netz komme, aber meine Mobilfunkkarte ist noch nicht aktiviert, weil ich meinen Provider gewechselt habe. Ich kann im Moment nicht von zu Hause aus arbeiten. Meine E-Mails von der Firma bekomme ich aufs Handy. Ich hätte aber eine andere Idee. Kennst du jemanden im Dorf, der einen Computer hat?“

Will überlegte lange und schüttelte dann den Kopf. „Keine Ahnung. Also, ganz ehrlich. Ich glaube, Internet wird sich hier in Saffelen niemals durchsetzen. Das hätte damals mit der Euro auch fast nicht geklappt. Puh, wer könnte denn hier Internet haben?“ Dann fiel ihm jemand ein. Er reckte den Zeigefinger in die Höhe. „Peter Haselheim. Unser Grundschullehrer. Natürlich. Der gibt immer damit an, dass der ein Computer hat.“

„Perfekt.“ Michael sprang vom Sofa auf. „Dann lass uns hinfahren.“

Will blieb sitzen. „Geht nicht. Im Moment sind ja Sommerferien. Und Peter Haselheim ist mit seine Frau im Urlaub. Die sind letzte Woche nach Spanien gefahren, in die Toskana.“

„Das könnte aber trotzdem klappen." Michael grinste. „Wir müssen uns nur mit dem Auto vor Haselheims Haus stellen. Den Rest erledige ich."

Will erhob sich beschwingt aus dem tiefen Sofa und strahlte übers ganze Gesicht. „Ich habe zwar keine Ahnung, was du vorhast. Aber das hört sich gut an. Dann lass uns mal fahren."

„Tut, was ihr nicht lassen könnt", scheuchte Sabine sie lachend aus dem Haus. „Ich werde hier in der Zwischenzeit mal ein bisschen aufräumen und spülen."

Michael hatte seinen Audi A4 in der Einfahrt von Haselheims Doppelhaushälfte geparkt. Das Haus stand im noch recht jungen Saffelener Neubaugebiet, das merkwürdig menschenleer wirkte. Die wenigen fertigen Häuser schienen unbewohnt. Drei weitere befanden sich noch im Rohbau. Ein schwacher Windhauch trieb ein Lidl-Werbeblättchen vor sich her.

Will saß auf dem Beifahrersitz und fächelte sich durch das heruntergelassene Fenster Luft zu. Der Wagen war durch die Sonne von innen ziemlich stark aufgeheizt. Die Ledersitze brannten. Interessiert beobachtete der Landwirt, wie Michael, der sich seinen Fahrersitz weit nach hinten geschoben hatte, mit schnellen Bewegungen ein Laptop auf seinem Schoß bearbeitete. Seine Finger flogen über die Tastatur. Während er tippte, kommentierte er: „So, ich habe meinen Netstumbler gestartet. Das Programm prüft jetzt mit meiner speziellen Esernet-Netzwerkkarte, ob Haselheim WLAN hat. Sehr gut. Er hat nur nach dem alten WEP-Standard verschlüsselt. Kinderspiel. So, ich bin drin. Jetzt können wir surfen. Wonach suchen wir?"

Will sah erstaunt auf den Bildschirm. „Ich muss alles wissen über Hans-Peter Eidams und Katharina Thönnissen. Mist, jetzt habe ich nix zu schreiben dabei.“

„Kein Problem“, Michael holte ein schmales, silbernes Etwas aus dem Handschuhfach und hielt es in die Luft, „ich habe einen USB-Stick dabei. Da werden wir alles drauf speichern und ich drucke es dir heute Abend zu Hause aus.“

Nach einer Stunde hatten sie eine Unmenge von Informationen gesammelt. Vieles davon war uninteressant gewesen, aber einiges hatte Will zwischendurch aufhorchen lassen. „Voilà“, Michael zog den USB-Stick aus dem Computer. „Ich denke, das war's, oder?“

„Das ist schon nicht schlecht. Aber ich bräuchte noch ein paar Informationen, die wahrscheinlich nur Kommissar Kleinheinz auf sein Computer hat. Meinst du ...“

„ ... wir können seinen Computer hacken?“, vervollständigte Michael den Satz.

Will nickte unsicher. „Was auch immer das heißt. Ja.“

„Puh. Abgesehen davon, dass das illegal ist, ist das natürlich eine ziemliche Sisyphosarbeit.“

„Komm mir jetzt nicht mit Geschlechtskrankheiten. Sag mir lieber, ob das viel Arbeit ist.“

Michael seufzte, aber sein Ehrgeiz als Computerexperte war längst geweckt und so hielt er sich nicht länger mit Gewissensbissen auf. Für ihn war das schon jetzt der spannendste Job seit zehn Jahren. Will war platt, als er beobachtete, wie der junge Mann in einem Höllentempo die Tastatur bearbeitete. Nach nicht einmal einer weiteren Stunde hatte Will alle Informationen, die er brauchte. Michael atmete zufrieden durch und zog den

USB-Stick erneut heraus. Er wedelte damit vor Will hin und her. „Ich werde dir die Sachen heute Abend rübermailen, Will."

Will starrte ihn hilflos an.

„Kleiner Scherz. Ich werde sie ausdrucken und dir persönlich vorbeibringen."

Will musste breit grinsen. Er musterte seinen Schwiegersohn mit bewundernden Blicken. „Also, das hätte ich nicht gedacht. Du bist ein ganz patenter Kerl, ... äh ..."

„Michael", sagte Michael.

# 11

## Dienstag, 14. Juli, 20.06 Uhr

Hauptkommissar Peter Kleinheinz saß zurückgelehnt in seinem Schreibtischstuhl und starrte nachdenklich auf den Bildschirm seines Laptops. Gerade hatte er den Telefonhörer aufgelegt. Er hatte Brettschneider vom Saffelener Altenheim angerufen und ihm mitgeteilt, dass er am nächsten Tag noch mal zu Frau Thönnissen müsse, weil ihm noch ein paar Angaben fehlten. Die Vernehmung am Sonntag hatte er nach dem Akkordeon-Intermezzo erst mal beendet, weil die alte Dame gerne das Konzert hören wollte. Brettschneider hatte gewitzelt, warum er sich denn nicht auch das Konzert angehört habe. Schließlich sei Charlie van der Valk der graue Star des Hauses. Um sein Wortspiel zu unterstreichen, hatte er wieder schallend gelacht. Kleinheinz war froh, als er auflegen konnte. Das vorläufige Vernehmungsprotokoll von Katharina Thönnissen hatte er vorhin in der Datei mit dem Namen „Ermittlungssache Saffelen“ abgespeichert. Dort befanden sich auch die Auswertungen der kriminaltechnischen Untersuchungen, die man ihm heute Vormittag zugemailt hatte. Kleinheinz ging im Geiste noch einmal die wesentlichen Ergebnisse durch. Auf den Ladeninhaber Hans-Peter Eidams war mit hoher Wahrscheinlichkeit mit einer sogenannten Desert Eagle, einer 44er Magnum, geschossen worden. Dabei handelte es sich um eine sehr große, schwere Waffe, die bei Profikillern äußerst beliebt war. Wenn es aber ein Profi war, warum hatte er Eidams nicht richtig getroffen? Entweder, weil er gestört wurde, was unwahrscheinlich war, oder – weil er ihn nicht schwerer verletzen wollte. Wollte er ihm eine Lektion erteilen? Eine Warnung? Eine andere Erklärung gab es nicht. Kein Profi würde einen Tante-Emma-Laden überfallen und schon mal gar nicht morgens. Nach den Ermittlungen konnte er höchstens 100 Euro erbeutet haben. Wahrscheinlich ging es um etwas ganz Anderes. Etwas viel Größeres. Hans-Peter Eidams hatte Dreck am Stecken, das war klar. Bei der Vernehmung am Vortag im Krankenhaus hatte er unsicher gewirkt, viel geschwitzt und verwirrende Angaben gemacht. Und auch wenn das meiste mit der Aussage der alten Frau übereinstimmte, so hatte er trotzdem gelogen. Oder – nicht alles gesagt. Kleinheinz war sich sicher, dass Eidams wichtige Informationen zurückhielt. Dafür hatte er in seiner Laufbahn schon genug Vernehmungen durchgeführt. Frau Thönnissen hatte zwar auch gesagt, dass das Fluchtfahrzeug ein Motorrad mit holländischem Kennzeichen gewesen war, und auch die Täterbeschreibung deckte sich im Großen und Ganzen mit der von Eidams. Aber die Fahndung nach dem Motorrad war ins Leere gelaufen und auch auf die Veröffentlichung des Phantombilds in der hiesigen Presse hatte es keinen einzigen Hinweis gegeben. Außer der alten Frau gab es keine Zeugen, die etwas gehört oder gesehen hatten. Kleinheinz war sich sicher, dass der Besuch des Unbekannten einen anderen Hintergrund hatte. Der Maskenmann wollte sich Eidams vorknöpfen, aber er hatte nicht damit gerechnet, dass noch jemand im Laden war. Es ging nicht um Kleingeld, es ging um Drogen. Kleinheinz wusste von den Kollegen vom Drogendezernat, dass Hans-Peter Eidams schon seit längerer Zeit im Visier der Ermittler war. Einen kurzen Bericht dazu hatte er erst gestern erhalten. Aber es gab keinen Grund, ihn festzunehmen. Noch nicht, dachte Kleinheinz. Ganz im Gegenteil. Eidams musste unbedingt wieder zurück nach Saffelen. Er war der Köder. Der Mann mit der Maske wird wiederkommen. Und dann werde ich auf ihn warten, dachte Kleinheinz.

Er wurde aus seinen Gedanken gerissen, als sich die Tür zu seinem Büro öffnete. Oberkommissar Dohmen steckte seinen Kopf herein und sagte: „Ich bin weg, Peter. Willst du nicht auch langsam mal Schluss machen?“

„Ja, ja.“ Kleinheinz winkte ihm geistesabwesend zu. Als sich die Bürotür wieder geschlossen hatte, stand er auf und ging zum geöffneten Fenster. Er sah hinaus in den wolkenlosen Himmel. Ganz weit hinten am Horizont nahm er einen winzigen Punkt wahr – Saffelen! Als er seinen Blick auf den Punkt konzentrierte, wanderten seine Gedanken wieder an den Tatort und ihn überkam ein unangenehmes Bauchgefühl. Er wusste, dass er irgendetwas Wichtiges übersehen hatte. Etwas, das ganz offen vor ihm lag. Aber er kam nicht darauf, was es war. „Hoffentlich unterschätze ich diese Saffelener nicht“, sagte er laut. Und während er weiter den kleinen Punkt am Horizont fixierte, entging ihm, wie auf seinem Computerbildschirm der Cursor wie von Geisterhand umherwanderte und die Datei mit dem Namen ‚Ermittlungssache Saffelen‘ kopierte.

# 12

## Dienstag, 14. Juli, 23.27 Uhr

Lautes Gebrüll ließ Katharina Thönnissen aus ihrem tiefen Schlaf hochschrecken. Es dauerte ein wenig, bis sich der Schleier aus Halbschlaf und Benommenheit auflöste und sie verstand, was los war. Sie saß immer noch in ihrem Fernsehsessel. Der Raum war merklich abgekühlt und ihre nackten Füße suchten nach den Pantoffeln, in die sie schnell hineinschlüpfte. Sie sah zum Fernseher. Die Tagesthemen waren längst zu Ende. Mittlerweile lief eine Dokumentation, in der zwei Löwen ein junges Zebra jagten und zu Fall brachten. Daher das Gebrüll. Sie beruhigte sich wieder, denn Brettschneiders Besuch vom Vortag steckte ihr noch in den Knochen. Heute jedoch war sie ihm den ganzen Tag über nicht begegnet. Katharina Thönnissen blickte auf ihren altmodischen Reisewecker auf dem Nachttisch, der sich in einer, in das Gehäuse integrierten Schatulle befand. Die Zeiger standen auf halb zwölf. Sie gähnte und erhob sich widerwillig aus ihrem Sessel. Die Decke, die über ihren Beinen gelegen hatte, faltete sie sorgfältig zusammen und legte sie auf den Fußhocker. Sie schlich ins Bad und machte sich dort bettfertig. Erst als sie im Nachthemd wieder ins Zimmer kam, bemerkte sie das herzförmige Stück Schokolade, das auf ihrem Kopfkissen lag. Das musste die Schwester ihr hingelegt haben, als sie vorhin nach ihr gesehen hatte. Sie lächelte selig. Dann setzte sie sich auf die Bettkante, nahm ihre Brille ab und legte sie in ein Etui neben ihren Wecker, den sie traurig ansah. Diesen Wecker hatte er ihr geschenkt, vor über 20 Jahren, als Symbol seiner Liebe. Er hatte immer gesagt: „Unsere Zeit wird kommen." Wehmütig berührte sie das lederbezogene Klappetui und strich über das Glas, das die Leuchtziffern schützte. Ihre Augen füllten sich mit Tränen. „Viel Zeit, die kommen wird, haben wir nicht mehr", murmelte sie. Dann wischte sie den Gedanken weg, ließ die Pantoffeln auf den Boden fallen und legte sich ins Bett. Sie löschte das Licht und fiel in einen dämmrigen, unruhigen Schlaf.

Frau Thönnissen hörte nicht, wie die Tür zu ihrem Apartment geöffnet und wieder geschlossen wurde. Erst ein leises Quietschen auf dem Linoleum ließ sie hochfahren und nur für den Bruchteil einer Sekunde nahm sie eine Bewegung wahr. Dann legte sich eine fleischige Hand auf ihren Mund. Sie riss die Augen auf und griff nach dem Brillenetui auf ihrer Nachtkonsole, doch in ihrer Panik stieß sie dagegen und es fiel scheppernd zu Boden. Sie versuchte sich aufzurichten, doch die Hand drückte sie nieder.

Eine düstere Stimme flüsterte dicht neben ihrem Ohr, so nah, dass sie heißen Atem spürte, der über ihr Gesicht fegte: „Sie werden keine Schmerzen haben."

Sie musste würgen und erst jetzt bemerkte sie den strengen, chemischen Geruch, der langsam in ihre Nase kroch. Sie wehrte sich mit aller Kraft, doch ihre Arme steckten unter dem verwickelten Bettlaken fest. Die süßliche Flüssigkeit, die sie mit jedem japsenden Atemzug inhalierte, ließ ihre Gegenwehr schnell erlahmen. Das Zimmer um sie herum begann sich zu drehen und auch die Umrisse der Person neben ihrem Bett verdoppelten sich, bevor sie ganz zu einem Fresko aus Grautönen verschwammen. Sie versuchte sich noch einmal aufzubäumen, doch längst war jegliche Kraft aus ihrem Körper entwichen. Sie fühlte sich plötzlich leicht wie eine Feder, die von einem Windstoß immer tiefer in die Dunkelheit getrieben wurde. Immer tiefer und tiefer. Dann: Stille.

# 13

## Mittwoch, 15. Juli, 17.15 Uhr

Kommissar Kleinheinz war sauer. Er war die breite Steintreppe des Altenheims im Laufschritt hochgejagt und dann in der Eingangshalle mit voller Wucht gegen Hastenraths Will geprallt, der, ebenfalls im Laufschritt, auf dem Weg nach draußen war. Nun saßen sie sich auf dem kalten Marmorboden gegenüber. Will rieb sich die schmerzende Schulter. Kleinheinz prüfte seine Laptoptasche, die ebenfalls auf dem Boden lag. Nachdem er festgestellt hatte, dass sie wohl keinen Schaden davongetragen hatte, herrschte er den Landwirt an: „Was machen Sie denn schon wieder hier?“

Will setzte sich verlegen seine grüne Mütze auf, die er bei dem Zusammenprall verloren hatte. Er überlegte kurz, was er sagen sollte, dann entschied er sich für die Wahrheit: „Ich war hier für mal nach die alte Frau Thönnissen zu gucken.“

„Darf ich auch fragen, warum?“ Kleinheinz, der bereits wieder auf den Beinen war, half dem Ortsvorsteher widerwillig hoch. Dabei quietschten dessen grüne Gummistiefel unangenehm auf dem glatten Untergrund.

„Es gibt da so ein paar Ungereimtheiten bei der Überfall und da wollte ich ...“

Kleinheinz wurde wütend. „Hatte ich Ihnen nicht verboten, sich in die Ermittlungen einzumischen?"

„Ja schon, aber ... aber es geht sich ja auch um Saffelen", antwortete Will kleinlaut.

Kleinheinz seufzte. Dann schlug er wieder einen etwas moderateren Tonfall an: „Herr Hastenrath, ich verstehe ja Ihre Sorgen. Aber meine Kollegen und ich tun alles, was in unserer Macht steht, um den Fall schnell aufzuklären. Jetzt fahren Sie nach Hause und ich werde mich in aller Ruhe mit Frau Thönnissen unterhalten."

Als er sich zum Gehen wandte, hielt Will ihn am Ärmel zurück. „Das wird Sie nicht gelingen", sagte er. „Frau Thönnissen ist nämlich verschwunden!"

Kleinheinz erstarrte. Es dauerte ein paar Sekunden, bis die Botschaft bei ihm angekommen war. „Wie, verschwunden?"

„Die Pflegerin hat mir eben gesagt, dass Frau Thönnissen wohl heute Morgen in aller Frühe abgereist sein muss. Angeblich zu ihre Schwester im Sauerland."

„Das kann nicht sein. Frau Thönnissen hat mir versichert, dass sie immer erreichbar ist."

„Das kann auch aus ein ganz anderer Grund nicht sein, Herr Kommissar. Frau Thönnissen war schon mal vor zwei Monaten im Sauerland."

„Ja und?"

„Auf der Beerdigung von ihre Schwester."

Kleinheinz war fassungslos. Was war hier los? Seine grauen Zellen rotierten. „Kommen Sie, Herr Hastenrath, das sehen wir uns genauer an." Der Kommissar spurtete die Treppe hinauf. Will hatte Mühe, in seinen Gummistiefeln zu folgen.

Kleinheinz hatte Will gebeten, vor der Tür zu warten. Nachdem er zweimal mit seinem Handy telefoniert hatte, hatte er sich Latexhandschuhe angezogen und das Apartment von Frau Thönnissen betreten. Will sah durch die offene Tür, wie der Kommissar vorsichtig alle Schubladen öffnete und kurz im Badezimmer verschwand. Plötzlich wurde Will unsanft gegen den Türrahmen geschubst. Brettschneider. Der Altenheimleiter hatte sich lautlos genähert und wollte nun an Will vorbei ins Zimmer. Will hielt ihn fest. „Sie können da nicht rein. Das ist ein Tatort."

Brettschneider entgegnete ungehalten: „Lassen Sie mich los. Was reden Sie denn für einen Unsinn? Das ist mein Haus. Ich kann hier rein, wo ich will."

Kleinheinz tauchte in der Tür auf. „Ach, Herr Brettschneider. Sie wollte ich sowieso sprechen."

Der Altenheimleiter wischte über die Stelle am Anzug, an der Will ihn festgehalten hatte. „Was ist denn hier los, Herr Kommissar? Die Schwester hat gesagt, dass ..."

„Frau Thönnissen ist verschwunden."

„Ja natürlich ist Frau Thönnissen verschwunden. Sie ist ins Sauerland gefahren. Hier, den Brief hat die Schwester heute Morgen gefunden." Er holte ein zusammengefaltetes Stück Papier aus der Tasche und reichte es dem Kommissar. Der fasste es vorsichtig an der oberen Ecke an und überflog den Inhalt. In knappen, krakeligen Worten stand dort geschrieben: „Liebe Schwester Vanessa, ich bin für ein paar Tage zu meiner Schwester ins Sauerland gefahren. Gruß K. Thönnissen."

„Herr Brettschneider", rief Kleinheinz, „auf diesem Brief könnten wichtige Fingerabdrücke sein."

Kleinheinz hatte sich mit Dieter Brettschneider in das Schwesternzimmer zurückgezogen, das auf dem gleichen Flur lag wie das Apartment von Frau Thönnissen. Inzwischen war eine Funkstreife eingetroffen. Ein Beamter bewachte das Zimmer von außen. Der andere war mit Oberkommissar Dohmen, der sich von der Funkstreife hatte mitbringen lassen, im Zimmer.

Brettschneider hatte die Arme trotzig vor der Brust verschränkt, als Kleinheinz ihm das mittlerweile verschweißte DIN-A4-Blatt vor die Nase hielt. „Dieser Brief ist mit hoher Wahrscheinlichkeit eine Fälschung. Im Moment müssen wir davon ausgehen, dass Frau Thönnissen etwas zugestoßen ist. Ich muss Sie bitten, den Kollegen unverzüglich alle Unterlagen auszuhändigen, die mit Frau Thönnissen zu tun haben. Krankenakte, Formulare. Alles. Wir haben gerade eben eine Vermisstenmeldung herausgegeben. Aber ich frage mich, wie eine alte, gebrechliche Frau hier einfach so spurlos verschwinden kann."

Brettschneider zuckte mit den Schultern. „Frau Thönnissen ist ja keine Gefangene. Sie kann kommen und gehen, wann sie will."

„Schreibt sie denn jedes Mal einen Abschiedsbrief, wenn sie geht?" Ohne eine Antwort abzuwarten, fuhr er fort: „Das Apartment von Frau Thönnissen wird jedenfalls bis auf Weiteres versiegelt. Wo kann ich Sie erreichen, falls ich noch Fragen habe?"

„Entweder hier im Haus oder", er kramte in der Innentasche seines Jacketts und zückte eine Visitenkarte, „hier! Das ist meine Privatadresse und meine Handynummer. Ich wohne etwas außerhalb auf einem umgebauten Bauernhof. Kann sein, dass der Handyempfang da manchmal etwas schlecht ist."

Kleinheinz steckte die Visitenkarte ein und ging auf den Flur. Dort stand Hastenraths Will, der gerade seine Brille mit einem großen Stofftaschentuch reinigte. Als er den Kommissar sah, setzte er die Brille hastig auf und kam ihm entgegen. „Herr Kommissar, glauben Sie, die Entführung hat was mit der Überfall auf der Laden zu tun?"

„Noch können wir nicht mit Gewissheit sagen, ob es sich wirklich um eine Entführung handelt, aber ich befürchte schon, dass beides miteinander zu tun hat."

Oberkommissar Dohmen trat aus dem Zimmer und wies den Streifenbeamten an, den Raum zu versiegeln. Dann sah er zu Kleinheinz hinüber. „Nimmst du mich mit zurück, Peter?"

„Ja klar. Lass uns fahren."

Zu dritt gingen sie die breite Steintreppe hinunter auf den Parkplatz vor dem Seniorenheim, als plötzlich ein glänzend polierter, weißer Mercedes CLS durch das große Eingangstor fuhr. Der Wagen wurde schief auf dem Vorplatz geparkt und Alleinunterhalter Charlie van der Valk stieg aus. Er wirkte angespannt, als er Will und den Kommissaren auf halber Strecke begegnete. Will sprach ihn an: „Hallo Herr van der Valk. Was machen Sie denn hier?"

Gedankenverloren sah er auf die kleine Gruppe, die er vor sich hatte. „Ach, Herr Hastenrath. Die Herren", grüßte er freundlich mit starkem holländischen Akzent und blieb stehen. „Ich muss wohl nach meinem Sonntagskonzert meinen Notenständer hier irgendwo vergessen haben. Ich bin ja auch nicht mehr der Jüngste." Er lachte. Dann deutete er auf den Streifenwagen, der an der Seite geparkt war. „Polizei? Was ist denn hier passiert?"

„Nichts Besonderes", sagte Kleinheinz. „Eine Bewohnerin wird vermisst. Aber so was kommt vor."

Van der Valk nickte zerstreut und wollte weitergehen. Will hielt ihn am Ärmel fest. „Ach, übrigens noch mal Danke, dass Sie am Samstag auf unser Feuerwehrfest auftreten. Und Danke für der Spezialpreis. Der Josef Jackels und ich, wir freuen uns schon sehr dadrauf."

„Ja, ja. Ich freu mich auch schon sehr", antwortete van der Valk routiniert und verschwand im Gebäude.

Kleinheinz sah Will an. „Herr Hastenrath, ich weiß, das ist Vertragsgeheimnis, aber könnten Sie mir vielleicht verraten, für welche Gage ein so berühmter Mann wie Herr van der Valk am Samstag im Saffelener Festzelt auftritt?"

Will grinste übers ganze Gesicht. „Ich muss schon sagen, ich und der Josef Jackels haben am Sonntag sehr gut verhandelt. Der große Charlie van der Valk tritt eine halbe Stunde auf für 300 Euro Gage. Das ist natürlich ein Sonderspezialpreis, weil der weiß, dass hier bei uns in Saffelen immer gut gefeiert wird."

„Für 300 Euro Gage fährt unser Profimusiker aber einen verdammt teuren Wagen", griff Oberkommissar Dohmen den Gedanken auf, der auch Kleinheinz beschäftigte.

Will winkte ab. „Ach was. Der Charlie tritt doch nur noch für zum Spaß auf. Der hat seine Schäfchen doch schon längst im Trockenen. Ich habe gehört, dass der von seine Liedergebühren lebt."

Kleinheinz sah ihn fragend an. In der nächsten Sekunde wurde ihm bewusst, dass dies ein Fehler war, denn Will holte tief Luft und begann aus voller Kehle zu singen: „Die Königin der Tulpen – die bist du."

# 14

## Mittwoch, 15. Juli, 18.48 Uhr

Josef Jackels hatte die Anweisungen, die Billa ihm aufgeschrieben hatte, akribisch befolgt. Zuerst hatte er den Kochreis aus der Packung genommen und im Beutel erhitzt. Dann hatte er die Tupperdose mit der Aufschrift „Mittwoch – Geschnezzeltes mit Currysohse“ aus der Gefriertruhe geholt und in der Mikrowelle aufgetaut. Anschließend hatte er einen Teller genommen, den Reis aus der Tüte daraufgeschüttet und darüber die Soße mit den Fleischstücken verteilt. Als er den Teller gerade auf den Esstisch gestellt hatte, klingelte es an der Haustür. Er öffnete und Will drängte sich mit einem kurzen Gruß sofort an ihm vorbei in den Flur. Josef folgte ihm ins Esszimmer.

Will war ganz aufgeregt. Unter dem Arm trug er einen prall gefüllten Aktenordner. „Josef, du glaubst nicht, was los ist in Saffelen. Ich komme gerade aus dem Altenheim.“ Er sah auf den Teller. „Hmm, das riecht aber lecker.“

„Möchtest du auch was? Es ist genug da.“ Ohne die Antwort abzuwarten, holte Josef aus der Küche einen zweiten Teller und schaufelte mit einem Löffel die Hälfte von seinem darauf.

Will nahm den Löffel und machte ihn randvoll. „Das sieht wirklich sehr gut aus, Josef. Seit Marlene weg ist, ist bei mir

Schmalheinz Küchenchef. Wenn Sabine nicht ab und zu was vorbeibringen würde, wäre ich schon verhungert." Er steckte sich den Löffel in den Mund und spuckte in der nächsten Sekunde alles in hohem Bogen wieder aus. Ein paar Spritzer Soße landeten sogar auf Josefs Strickjacke. Der Feuerwehrmann wich erschrocken zurück.

„Bah", Will holte sich mit der Hand die letzten Reste aus dem Mund, „was ist das denn? Mit der Reis stimmt aber irgendswas nicht."

Josef lud sich etwas auf seine Gabel und probierte vorsichtig. Auch er verzog angewidert das Gesicht. „Das versteh ich nicht. Ich habe der Reis warm gemacht – genau wie Billa mir das aufgeschrieben hat."

„Vielleicht hast du zu wenig Salz im Wasser getan?!"

„Welches Wasser?"

„Wie, welches Wasser? Wie hast du der Reis denn warm gemacht?"

„Ja ... so, wie ich jeden Tag alles warm gemacht habe. Ich habe der Beutel in die Mikrowelle gelegt und auf fünf Minuten gestellt."

Nachdem Josef das Essen im Treteimer entsorgt hatte, hatten sich er und Will ins Wohnzimmer gesetzt und aßen nun geröstete Erdnüsse aus der Dose. Dabei hatte Josef halbwegs konzentriert zugehört, als Will ihm alles erzählte, was er bisher an Informationen zusammengetragen und was sich im Altenheim ereignet hatte. Der Landwirt blätterte dabei immer wieder in seinem Aktenordner hin und her, in dem er über alles Buch führte. Wie er an manche Informationen gekommen war, unterschlug er allerdings. Josef hätte es sowieso nicht verstanden. Will beschloss seinen Vortrag mit den Worten: „Was sagst du dazu, Josef?"

Der Löschmeister war überfordert. Er suchte nach Worten: „Ja, ich weiß nicht. Was soll ich davon halten? Ich muss mich im Moment um viel wichtigere Dinge kümmern."

Will verstand die Welt nicht mehr. „Das ist ein richtiger Kriminalfall. Was gibt es denn da für wichtigere Dinge?"

„Will! In drei Tagen ist das große Feuerwehrfest und ich muss die Eröffnungsrede halten. Ich kann seit Tagen nicht mehr schlafen. Ich bin ein körperliches Frack." Josef wirkte völlig verzweifelt und zum ersten Mal fiel Will auf, dass der Löschmeister tiefe Ränder unter den Augen hatte.

Der in vielen Krisensituationen gestählte Ortsvorsteher legte seinem Freund die Hand auf die Schulter und sagte: „Josef. Du musst auch mal die positiven Seiten sehen. Es sind mittlerweile fast 200 Karten verkauft. Der Toilettenwagen ist schon angeliefert worden. Und wir haben mit Charlie van der Valk einen internationalen Superstar der Spitzenklasse verpflichtet. Da würden sich die Süsterseeler die Finger nach ablecken. Das Feuerwehrfest wird ein Riesenerfolg."

„Das stimmt." Josef nickte und begann leise die Melodie von ‚Die Königin der Tulpen' zu summen.

Will griff in die Erdnussdose und stellte fest, dass sie leer war. „Hast du noch was Anderes zu essen?"

Josef schüttelte den Kopf. Will ging in die Küche und öffnete den Kühlschrank. Bis auf eine verschrumpelte Gurke, einen Joghurtbecher mit gewölbtem Deckel und eine Scheibe Schinkenwurst, die dunkel verfärbt war und sich am Rand zu wellen begann, war er leer. „Es müsste mal wieder eingekauft werden, Josef", rief Will ins Wohnzimmer.

„Ich weiß", antwortete Josef, „aber Billa kommt ja erst morgen zurück."

Will erschien wieder im Wohnzimmer. „Josef, so geht es nicht weiter. Wir brauchen beide unsere Kräfte. Komm, ich lad dich zum Essen ein. Heute ist genau der richtige Tag dafür. Mittwochs wechselt die Rosi nämlich immer das Frittenfett."

# 15

## Mittwoch, 16. Juli, 19.05 Uhr

Fredi war zehn Minuten zu früh dran, als er seinen Mitsubishi Colt vor der Gaststätte von Harry Aretz parkte. Er schloss das Verdeck, weil er panische Angst vor einem plötzlichen Sommergewitter hatte. Nach dem Training am Montag hatte er dem leicht verletzten Bommer aus Mitleid angeboten, ihn zum Freundschaftsspiel abzuholen. Der hatte sich darüber sehr gefreut. Jetzt überlegte Fredi, ob er noch warten oder schon klingeln sollte. Als er hinüber zum Laden von Hansi Eidams sah und feststellte, dass außer einem Siegel an der Eingangstür nichts mehr auf den Überfall hindeutete, humpelte Bernd Bommer aus der Tür der Gaststätte. Er trug Sneakers ohne Socken und eine kurze Sporthose, darüber ein weißes T-Shirt. Um das verletzte Knie war eine Mullbinde gewickelt. Vor sich balancierte er einen Stoß alter Zeitungen. Fredi machte einen Satz zur grünen Tonne, die auf dem Bürgersteig stand, und öffnete den Deckel.

Jetzt sah Bommer ihn. Er schien erstaunt, während er das Altpapier in die Tonne fallen ließ. „Fredi. Du schon hier? Hatten wir nicht gesagt ...“

„Ja, ich weiß, aber ich bin gut durchgekommen.“

Bernie lächelte gequält, schließlich wohnte Fredi nur zwei Straßen entfernt. „Ja, Fredi, sonst warte doch eben hier unten. Ich bin direkt fertig."

„Öhm, kann ich vielleicht kurz mit nach oben kommen? Ich hab nämlich mein Handy zu Hause liegen lassen. Und ich wollte Martina eben noch Bescheid sagen, dass wir heute ein Spiel haben. Vielleicht will die ja gucken kommen."

„Ach so", Bernie druckste herum, „das Problem ist ... ich hab nicht aufgeräumt."

„Das macht doch nix. Ich will ja keine Fotos machen für ‚Schöner Wohnen'."

Bernie gab sich geschlagen. „Ja gut. Dann komm mit hoch."

Fredi folgte ihm durch den Flur, von dem es nach rechts in die Gaststätte ging. Nach wenigen Metern führte eine alte Holztreppe mit wackligem Geländer nach oben. Fredi musste daran denken, dass er zwar schon gefühlte tausend Mal in der Kneipe von Harry Aretz gesessen, gestanden oder gelegen hatte, aber dass er noch nie eines der drei Fremdenzimmer gesehen hatte, in denen zumeist Monteure übernachteten, die in der Gegend zu tun hatten. Fredi war sehr gespannt. Genau genommen war das auch der Grund für sein überpünktliches Erscheinen gewesen. Den Anruf bei Martina hatte er auf die Schnelle erfunden, den hatte er selbstverständlich schon von zu Hause erledigt. Er war einfach nur neugierig gewesen, wie der coole Bernie wohl so lebte.

Oben angekommen, öffnete Bommer die angelehnte Tür des Zimmers, das zur Straße lag. „Dann mal rein", sagte er und zeigte zum Schreibtisch. „Da steht das Telefon. Ich geh mich schnell frisch machen. Dann komme ich."

Fredi wunderte sich. Das Dachgeschosszimmer war für die bescheidenen Möglichkeiten, die es bot, ganz nett eingerichtet. Von Unordnung jedenfalls keine Spur. Fredi schämte sich ein wenig, wenn er an seine eigene, unaufgeräumte Wohnung dachte. Und deswegen machte Bernie sich einen Kopf? Er ging zum Schreibtisch, während Bommer in einem Nebenraum verschwand, der wohl das Badezimmer war. Neben einem zugeklappten Laptop fand Fredi ein pop-oranges Tastentelefon, das auf einem Schnellhefter mit schwarzem Einband stand. Fredi hob den Hörer ab, ohne zu wählen, nur für den Fall, dass Bernie wieder zurückkommen würde. Dabei sah er aus dem Fenster und stellte fest, dass man von hier aus genau auf den Laden von Hansi Eidams sehen konnte. Fredi ging noch einen Schritt nach links, um zu schauen, wie sein Mitsubishi Colt von oben aussah. Dabei zog er versehentlich das Telefonkabel aus der Buchse, weil es zu kurz war für Fredis Ausfallschritt. Ach du Scheiße, dachte Fredi. Er horchte. Zum Glück lief nebenan noch der Wasserhahn. Hektisch beugte er sich nach unten, um das Kabel wieder einzustecken. Dabei riss er den Schnellhefter vom Tisch, dessen Inhalt sich auf dem Boden verteilte. Mit zitternder Hand und ständig einem Ohr am Badezimmer fummelte Fredi das Kabel wieder in die Buchse und hob den Schnellhefter samt Inhalt auf. Er sah, dass es sich um lauter Fotos handelte, die lose daringelegen hatten. Weit über dreißig waren es bestimmt. Eigentlich wollte er sie gar nicht ansehen, doch dann machte ihn etwas stutzig. Er nahm die Fotos und blätterte sie durch. Ihm rutschte das Herz in die Hose. Es handelte sich um mehrere Fotos von Hansis Laden, die eindeutig aus dem Dachfenster heraus gemacht worden waren, hinter dem er gerade stand. Auf der Rückseite der Aufnahmen waren mit einem dünnen, schwarzen Filzstift fein säuberlich Datum und Uhrzeit vermerkt. Dann folgten mehrere Fotos von Hansi in immer anderer Bekleidung, wie er vor seinem Laden stand. Auf der Rückseite waren jeweils der Name „Hans-Peter Eidams“ und das entsprechende Datum vermerkt. Dann folgte eine Serie von Fotos, auf denen Frau Thönnissen zu sehen war. Auf der Rückseite des letzten stand das Datum vom vergangenen Samstag, dem Tag des Überfalls, und daneben: „Zeugin. Wie verfahren?“. Dann folgten mehrere Personen, die er nicht kannte, die entweder vor dem Laden standen, ihn betraten oder verließen. Ein dicker Mann mit einem Zigarillo, eine schwangere Frau, zwei Männer in Lederjacken. Beim nächsten Foto traute er seinen Augen nicht. Richard Borowka, der mit einer Büchse Mezzo-Mix und einem Twix aus dem Laden trat. Bei den vier Bildern, die dann folgten, setzte Fredi fast das Herz aus. Kleine Schweißperlen bildeten sich auf seiner Stirn. Das konnte doch nicht sein! Die vier Bilder zeigten ebenfalls Borowka, der sich an irgendeinem Ort, den Fredi noch nie zuvor gesehen hatte, mit einem fremden Mann unterhielt. Im Hintergrund erkannte Fredi zwei Autos mit holländischem Kennzeichen. Alle vier Fotos schienen an einem Tag aufgenommen worden zu sein, weil beide Personen immer dieselbe Kleidung trugen. Das Datum auf der Rückseite bestätigte Fredis Einschätzung. Montag, der 14.07. – vorgestern. Daneben der Vermerk „Richard Borowka, wie verfahren?“ Fredi war so in die Bilder vertieft, dass ihm erst jetzt auffiel, dass das Wasser im Badezimmer nicht mehr lief. Stattdessen hörte er Schritte und sah, wie sich die Türklinke langsam nach unten bewegte. Schnell stopfte er die Fotos zurück in den Schnellhefter und schob diesen wieder unter das Telefon. Er riss den Hörer hoch, hielt ihn sich ans Ohr und in dem Moment, als Bommer das Zimmer betrat, sagte er: „Okay, Schatz. Ich muss los. Tschööö." Dann legte er auf.

Bernie winkte ihm fröhlich zu: „Fertig."

Fredi lächelte zurück: „Sch ... schöne Grüße von Martina."

„Oh, danke."

Als sie auf die Straße traten, schlug Bommer sich mit der Hand vor die Stirn. „Ach, Mist. Ich hab vergessen, abzuschließen." Er drückte Fredi seine Sporttasche in die Hand und lief noch einmal zurück ins Haus. Während Fredi die Sporttasche in die Hand nahm, merkte er, dass er zitterte.

Bernd Bommer ging ins Zimmer und schloss die Tür hinter sich. Dann trat er ans Fenster und beobachtete, wie Fredi gerade das Verdeck seines Mitsubishi Colts öffnete. Bommer nahm den Telefonhörer ab und drückte die Wiederholungstaste. Die Nummer, die erschien, war die, die er selbst zuletzt gewählt hatte. Er schaute zurück auf die Straße, wo Fredi nun versuchte, die Sporttasche in den kleinen Kofferraum zu zwängen. „Du kleine Ratte", murmelte Bommer. Dann wählte er eine Nummer und wartete geduldig das Tuten ab, ohne Fredi dabei aus den Augen zu lassen. Als jemand am anderen Ende abhob, sagte er: „Kleine Änderung. Ich glaube, dieser Jaspers hat was gemerkt. Wir sollten uns um ihn kümmern." Dann legte er auf.

# 16

## Mittwoch, 15. Juli, 21.14 Uhr

Marlene und Billa prosteten sich bereits zum achten Mal an diesem Abend mit einem Glas Sekt zu. Sie waren aufgekratzt wie Teenager. An ihrem letzten Abend im Wellnesshotel wollten sie es noch einmal richtig krachen lassen. Da passte es hervorragend, dass gerade an diesem Abend in der Festhalle des kleinen Eifeldorfes ein Konzertabend stattfand unter dem Motto „Lieder, die von Herzen kommen". Verschiedene aktuelle und ehemalige Schlagerstars sangen nacheinander ihre größten Hits. Billa hatte einen Stehtisch in der Nähe der Theke gesichert, von wo man einen guten Blick auf die Bühne hatte. Nachdem vor wenigen Minuten zwei Rotkreuzhelfer den großen Gus Backus von der Bühne geleitet hatten, der zuvor seine beiden Megahits „Sauerkrautpolka" und natürlich „Da sprach der alte Häuptling der Indianer" zum Besten gegeben hatte, fand nun schon zum x-ten Mal an diesem Abend bei voller Saalbeleuchtung ein Umbau auf der Bühne statt. Eine gute Gelegenheit für Marlene und Billa, noch einmal die letzten fünf Tage Revue passieren zu lassen. Sie erinnerten sich mit glühenden Wangen an die ausgiebigen Saunagänge, die Schlammpackungen und vor allem an die kräftigen Hände von Bruno, dem Masseur. Schon längst hatten sie beschlossen, diesen Trip sehr bald mal zu wiederholen. Ihre Sehnsucht nach Saffelen hielt sich in Grenzen. Plötzlich ging das Licht im Saal wieder aus und der übergewichtige Moderator trat in seinem unförmigen Smoking vor die knapp 400 Leute. Mit holprigen Sätzen kündigte er den nächsten Schlagerstar an. „Nicht nur in Holland ist er einer der ganz Großen des gefühlvollen Schlagers: Bart Koift. Er wird Sie jetzt verwöhnen mit seinen drei größten Hits ‚Das Karussell der Liebe', ‚Der Liebes-Boogie-Woogie' und natürlich ‚Die Königin der Tulpen'. Bühne frei."

Marlene und Billa sahen sich fragend an, als ein knapp 50-jähriger Mann mit rotem Haarkranz und orangefarbenem Glitzerjackett auf die Bühne sprang. Ein Bühnenhelfer reichte ihm ein blank poliertes Akkordeon, das Bart Koift sich überstreifte, während er mit holländischem Akzent ins Mikro brüllte: „Ich will eure Hände sehen!" Zwei Lieder später sang der ganze Saal aus voller Kehle:

Erst Rendezvous – dann Schubidu
Doch eines sollst du wissen immerzu
Die Königin der Tulpen – die bist du!

Bart Koift bearbeitete sein Akkordeon, als wenn es kein Morgen mehr gäbe, ihm rann der Schweiß in Strömen runter. Zwischendurch setzte er mit dem Akkordeon aus und ließ nur die Zuschauer singen. Währenddessen warf er frische Tulpen ins Publikum. Jede Frau, die eine fing, stieß einen spitzen Schrei aus. Nachdem Koift unter unvorstellbarem Jubel die Bühne wieder verlassen hatte, brodelte der Saal und der Moderator hatte Mühe, den nächsten Künstler anzukündigen.

Marlene ging zur Theke, um zwei neue Gläser Sekt zu holen. Sie musste in zweiter Reihe warten, weil die wenigen Kellner deutlich überfordert waren. Plötzlich stieg ihr ein würziger Geruch in die Nase, eine unheilvolle Mischung aus kaltem Schweiß und Old Spice-Rasierwasser. Als sie sich zur Seite drehte, traute sie kaum ihren Augen. Der Mann, der diesen animalischen Geruch verströmte, war niemand Geringeres als Bart Koift, der Mann, der noch vor wenigen Minuten den Saal zum Toben gebracht hatte. Aus der Nähe sah er viel kleiner aus als vorhin auf der Bühne. Auch trug er statt seines Glitzerjacketts jetzt einen mausgrauen Strickpullover und eine karierte Schiebermütze. Marlene erkannte ihn aber trotzdem sofort. Zum einen an den roten Haarfusseln, die unter der Mütze herausschauten, und zum anderen an dem Akkordeonkoffer, den er in der rechten Hand hielt. Mit der linken Hand winkte Koift aufgeregt den Kellnern zu, die aber viel zu beschäftigt waren, um ihn zu bemerken.

Marlene nahm sich ein Herz und sprach ihn an: „Guten Abend, Herr Koift. Ihr Auftritt hat mir sehr gut gefallen."

Er sah sie irritiert an, offenbar überrascht darüber, dass ihn jemand erkannte. Er lächelte verlegen. „Dank u wel, mevrouw."

Marlene wies zur Theke. „Möchten Sie auch was trinken?"

Er schüttelte den Kopf. „Nein, ich soll hier meine Gage abholen. Aber das kann dauern." Er grinste gequält. „Immer dasselbe."

„Kennen Sie Charlie van der Valk eigentlich persönlich?"

„Charlie wer?"

„Van der Valk! Von dem ist doch ‚Die Königin der Tulpen'."

„Ach so", Koift lachte auf, „der van der Valk. Richtig, der hat das Lied ja in den 70er Jahren auch gesungen. Den hatte ich ganz vergessen. Lebt der noch?"

Marlene nickte vehement.

„Das ist aber nicht ganz richtig, was Sie da sagen. ‚Die Königin der Tulpen' gehört zum Standardrepertoire von jedem holländischen Akkordeonspieler. Das darf jeder singen, das ist so eine Art allgemeines Liedgut. Die Melodie ist ein altes holländisches Volkslied. So ähnlich wie ‚Wir lagen vor Madagaskar' bei euch. Der Text stammt von einem gewissen Piet van Muzik. Wenn überhaupt, gehören dem die Rechte."

„Ach so. Wusste ich gar nicht."

„Ah, endlich", sagte Koift. Marlene sah, dass hinter der Theke ein Mann im Anzug, der ein schief sitzendes Toupet trug, den Schlagerstar entdeckt hatte und ihn mit einem Briefumschlag in der Hand zu sich herüberwinkte. „Ich wünsche Ihnen noch einen schönen Abend", verabschiedete er sich und zwängte sich durch die Menge in Richtung Theke, wo er von dem Toupet-Mann begeistert in Empfang genommen und in einen Nebenraum geführt wurde.

Na ja, ist aber trotzdem ein schönes Lied, dachte Marlene und summte die Melodie von „Die Königin der Tulpen" beschwingt vor sich hin, während sie weiter auf den Sekt wartete.

# 17

## Mittwoch, 15. Juli, 22.07 Uhr

Sie hatte eine Weile gebraucht, bis sich ihre Augen an das fahle Dämmerlicht gewöhnt hatten, das durch ein kleines, vergittertes Dachfenster schien. Nachdem sie aufgewacht war, hatte sich ihre Erinnerung nur sehr bruchstückhaft zusammengesetzt. Ihr Zimmer im Altenheim, der fremde Mann, der süßliche Geruch. In welchen Albtraum war sie da nur reingeraten? Katharina Thönnissen trug noch ihr Nachthemd. Irgendjemand hatte ihr dicke Socken angezogen. Sie lag auf einem rostigen Feldbett. Der Stoff, der das Gestell umspannte, war alt und rissig. Die Decke darauf jedoch war frisch und auch das kleine Kopfkissen roch nach Waschpulver. Müde ließ sie ihren Blick durch den Raum schweifen. In der Ecke stand ein Campingklo, daneben ein Stapel Klorollen. Ansonsten war der Raum leer, bis auf den kleinen Tisch direkt neben ihrem Bett. Darauf eine Flasche Wasser und ein Laib Brot. Sie griff hastig nach der Flasche und nahm einen tiefen Schluck. Ihre Kehle war so trocken, dass das Schlucken schmerzte. Dann setzte sie sich auf und ließ ihre Augen erneut umherwandern. Das Zimmer mochte gerade mal zehn Quadratmeter groß sein. Sie berührte die Wand hinter sich. Grober Rauputz. Gegenüber sah sie eine

Tür, deren Oberfläche aus breiten Holzbrettern gezimmert zu sein schien. Sie stand auf und wankte mit weichen Knien hinüber. Obwohl es nur ein paar Schritte gewesen waren, überkam sie Schwindel und ein heftiger Schmerz durchfuhr ihren Kopf. Sie musste sich abstützen. Nachdem sie sich wieder gesammelt hatte, betastete sie die Tür, die aus sehr massivem Holz war. Ihre Hände wanderten herunter und bekamen eine Türklinke aus Messing zu fassen. Ohne viel Hoffnung drückte sie sie herunter. Verschlossen. Sie legte ihr rechtes Ohr an die Tür. Zunächst hörte sie nur ihre eigenen kurzen, heftigen Atemstöße und ihr pochendes Herz. Doch dann drangen Vogelgezwitscher und muhende Kühe zu ihr durch. In der Nähe musste sich eine Weide befinden. Aber das konnte überall in Saffelen sein, dachte sie resigniert. Oder ganz woanders. Mühsam schleppte sie sich zurück zum Bett und legte sich wieder hin. Sie starrte an die Decke und nach wenigen Minuten fiel sie erschöpft in einen unruhigen Schlaf.

# 18

## Mittwoch, 15. Juli, 22.21 Uhr

Es war ein klassischer Kantersieg. Mit 12 zu 3 hatte die Saffelener Reserve Kleinwehrhagen vom Platz gefegt und damit zum ersten Mal seit über 14 Monaten wieder gewonnen. Trainer Karl-Heinz Klosterbach war 90 Minuten lang gestenreich und mit hochrotem Kopf am Spielfeldrand umhergesprungen und hatte anschließend gegenüber einem zufällig anwesenden Lokalreporter überglücklich von einem historischen Sieg gesprochen. Auch wenn es nur ein Freundschaftsduell und Kleinwehrhagen aus Personalmangel nur mit sieben Feldspielern angetreten war, sah Klosterbach in dem klaren Ergebnis die Bestätigung seiner erfolgreichen Arbeit. Während Klosterbach auf dem Platz noch sein Interview gab, war die Stimmung in der Kabine eher gedrückt. Der hohe Sieg konnte nicht über die Probleme hinwegtäuschen, die die Mannschaft zurzeit hatte. Spielführer Richard Borowka war bis auf Weiteres suspendiert und hatte sich seit dem Vorfall beim Montagstraining bei niemandem mehr gemeldet. Der rechte Verteidiger Hans-Peter Eidams war aufgrund seiner Schussverletzung für längere Zeit krankgeschrieben. Mittelstürmer Fredi Jaspers agierte viel zu unkonzentriert und war glücklos bei seinen

Aktionen. Seine beste Szene hatte er noch bei einem taktischen Foul an der Außenlinie, mit dem er den Kader von Kleinwehrhagen auf sechs Feldspieler dezimierte. Lediglich der neue Mittelfeldregisseur Bernd Bommer konnte überzeugen. Er hatte alle zwölf Tore für Saffelen innerhalb der ersten 18 Minuten geschossen, bevor er in der 19. Minute ausgewechselt werden musste, weil sein Knie wieder angeschwollen war. Wie es aussah, würde er für die nächsten Wochen ausfallen. Nach seiner Auswechslung wurde das Spiel unansehnlich und fahrig. Spargel, den Klosterbach aus Mangel an Alternativen für den verletzten Bommer bringen musste, gelang sogar das Kunststück, innerhalb von nur sechs Minuten einen lupenreinen Eigentorhattrick zu fabrizieren. Klosterbach hatte ihn daraufhin wieder ausgewechselt, ohne einen neuen Spieler zu bringen. Auf der Rückfahrt von Kleinwehrhagen nach Saffelen hatten Fredi und Bommer nicht viel gesprochen. Nur über das geschwollene Knie, das Bommer mit einem Eisbeutel kühlte, und darüber, dass er wohl das Training am Freitag knicken könne. Fredi fielen sonst keine unverfänglichen Themen ein, weil er ein äußerst schlechtes Gewissen hatte. Zum einen, weil sein bester Freund Borowka für das dicke Knie verantwortlich war, zum anderen, weil er in Bommers Unterlagen herumgeschnüffelt hatte. Außerdem wusste er nicht mehr, was er glauben sollte. Die merkwürdigen Spitzelfotos rückten den Wahl-Saffelener in ein unangenehmes Licht. Er war froh, als Bommer mit einem knappen Gruß an der Gaststätte Harry Aretz ausgestiegen war. Auf dem Rückweg zu seiner Wohnung fuhr Fredi in Gedanken versunken über die Wiesenstraße und sah Hastenraths Wills Traktor vor Josef Jackels' Haus stehen.

Drinnen brannte noch Licht. Fredi fasste einen spontanen Entschluss und bremste scharf.

Nachdem sie sich in Rosis Grillcontainer gestärkt hatten, waren Will und Josef zurückgekehrt und der Ortsvorsteher hatte auf dem Wohnzimmertisch seine Ermittlungsakten ausgebreitet. Darunter befand sich neben dem Vernehmungsprotokoll von Katharina Thönnissen auch ein Schwarz-Weiß-Foto der mutmaßlichen Tatwaffe, einer 44er Magnum, unter der „Desert Eagle“ stand. Josef war beeindruckt von dem, was Will alles zusammengetragen hatte und sehr betroffen über die Nachricht, dass Katharina Thönnissen möglicherweise einem Verbrechen zum Opfer gefallen war. Der Landwirt war gerade dabei, seine Theorie zu erläutern, als es an der Haustür klingelte. Will riss den Kopf hoch und kehrte eilig alle Papiere zurück in den Aktenordner. Josef ging zur Tür und kam mit Fredi Jaspers zurück ins Wohnzimmer. Fredi trug einen ausgeblichenen grünen Trainingsanzug und weiße Tennissocken, dazu Adiletten. Sein schulterlanges braunes Haar war an einigen Stellen noch etwas feucht. Als er das Wohnzimmer betrat, verzog er das Gesicht. Erst jetzt nahm auch Will den intensiven Geruch von frischem Frittenfett wahr, der durch den Raum waberte.

„Wie geht's Rosi?“, fragte Fredi grinsend.

Will lachte und roch demonstrativ an seinem grün-weiß karierten Hemd. Entschuldigend hob er die Arme. „Unsere Frauen kommen erst morgen aus dem Urlaub zurück.“

„Möchtest du was trinken?“, fragte Josef.

Fredi schüttelte den Kopf. „Nein danke, Josef. Ich will auch gar nicht lange stören.“ Er wandte sich an Will: „Ich weiß wahrscheinlich was über der Überfall auf dem Hansi sein Laden."

Will hob eine Augenbraue. „Das trifft sich gut, Fredi. Ich bin gerade mit der Josef über der Fall am diskutieren."

„Du kennst doch Bernd Bommer?! Hier der Typ, der im Moment bei Harry Aretz wohnt?" Will nickte und Fredi fuhr fort: „Ich hab dem vorhin zum Fußball abgeholt und dabei in dem seine Wohnung durch Zufall Fotos gefunden. Dadrauf waren verschiedene Leute zu sehen, die vor Hansis Laden standen. Unter anderem Hansi, Frau Thönnissen ...", Fredi stockte kurz. Er entschied sich, zu verschweigen, dass er auch Borowka darauf entdeckt hatte. „Und noch ein paar Fremde. Auf alle Fotos waren Notizen drauf gemacht. Wie es aussieht, hat der von sein Fenster aus der Laden obduziert."

„Was?", fragte Josef.

„Obduziert!", wiederholte Will laut. „Das ist der Fachbegriff, für wenn man Personen oder Gebäude überwacht." Seit dem Fall Pluto kannte sich Will richtig gut aus mit Detektivarbeit. Er heftete seinen Blick auf Fredi. „Was ist denn dieser Bommer für ein Typ?"

„Eigentlich war der mir bis jetzt ganz sympathisch. Aber mir ist noch was ganz anderes aufgefallen. Ich habe eben das ganze Spiel lang dadrüber nachgedacht. Auf einem der Fotos waren zwei Männer in Lederjacken. Ich wusste die ganze Zeit, dass ich die schon mal irgendswo gesehen hab. Jetzt weiß ich wieder, wo. Samstagmorgen, als ich Martina zur Arbeit gefahren hab."

„Wann genau?"

„Ich bin um viertel nach acht zu Martina gefahren. Als ich die Pastor-Müllerchen-Straße langfahr, parkt da ein dunkelblauer 3er-BMW auf der Kundenparkplatz von Harry Aretz. Die beiden Lederjacken-Typen steigen aus und gehen in Hansi sein Laden."

„Bist du sicher, dass das um viertel nach acht war?"

„Hundertpro. Da lief im Radio nämlich gerade das Gewinnspiel, wo man das ‚bekloppte Geräusch' raten kann. Das läuft jeden Tag um Punkt viertel nach acht."

Will rieb intensiv über die Stoppeln an seinem Kinn. „Das kann aber nicht sein. Der Notruf ging bei die Polizei ein um", er nahm einen Stoß Blätter aus dem Aktenordner und ging sie durch, „ah, hier. Um genau 8:23 Uhr. Das heißt ..."

„... dass die beiden Männer der Hansi ...?"

„Das ist unmöglich." Will blätterte wild durch seine Unterlagen, hin und wieder überflog er kopfschüttelnd einige Sätze. Er sah hilflos zu Josef auf. „Weißt du, was das bedeutet?"

Josef, der an den Wohnzimmerschrank gelehnt stand und der Unterhaltung aufmerksam gelauscht hatte, schaute Will mit ernster Miene an und sagte: „Nein."

„Überleg doch mal. Das heißt, dass die zwei Männer auf der Hansi geschossen haben. Hansi hat aber behauptet, es wäre ein Mann mit ein Motorrad gewesen. Hansi hat also gelogen."

„Aber du hast doch eben gesagt, Käthchen hätte auch ausgesagt, dass ein Mann mit ein Motorrad der Überfall begangen hat." Josef wirkte jetzt hochkonzentriert.

„Richtig. Aber Käthchen stand unter Schock. Vielleicht hat Hansi ihr das alles auch nur eingeredet und sie hat es am Ende selbst geglaubt."

„Vielleicht hat Frau Thönnissen aber auch absichtlich gelogen", warf Fredi ein.

Will schaute ihn skeptisch an. „Warum sollte sie das machen?"

„Keine Ahnung. Vielleicht weil sie unter Druck gesetzt wird? Auf einem der Fotos, wo sie drauf war, stand: „Zeugin. Wie verfahren?"

„Was sagst du da?"

„Auf einem der Fotos stand ..."

„Das gibt's doch gar nicht!" Will stand auf und wanderte im Raum auf und ab. „Ich muss dir was sagen, Fredi. Ich war heute im Altenheim. Käthchen ist verschwunden. Sie ist entweder entführt worden oder ihr ist etwas noch Schlimmeres zugestoßen."

Fredi war schockiert. Nachdem er seine Gedanken sortiert hatte, fragte er: „Meinst du, der Bernie ... also der Bernd Bommer hat damit irgendwas zu tun?"

Will verschränkte die Arme vor der Brust: „Ja, wie findest du das denn, wenn einer heimlich ein Laden überwacht, der dann irgendswann überfallen wird? So langsam glaube ich, dass es sich hier gar nicht um ein Überfall geht. Meine Quellen besagen, dass es sich hier um Drogenschmuggel gehen könnte. Das müsst ihr euch mal vorstellen – Drogen in Saffelen. Und Eidams Hansi scheint da tief drin zu stecken."

„So unglaublich ist das nicht", sagte Josef. „Das hat bei die Eidams Tradition. Hansis Vater, der Ewald, und dem sein Oppa, Karl-Josef, die haben immer schon geschmuggelt."

Will winkte ab. „Aber doch nur Kaffee und Zigaretten."

„Was heißt denn hier ‚nur'? Die haben damals Unmengen über die Grenze geschmuggelt. In abgetrennte Autotanks, im Verbandskissen, im Reserverad ..."

„Mein Vater hat gesagt, dass die bei sich im Keller immer der Zollfunk abgehört haben“, ergänzte Fredi.

„Das sowieso“, nahm Josef seinen Faden wieder auf, „aber die haben sich trotzdem eine Menge einfallen lassen. Manchmal haben die auch das Zeug unter der Rückbank versteckt und dann Omma Eidams dadraufgesetzt. Die wog in ihre besten Zeiten 150 Kilo. Die haben die mit zwei Zöllner nicht hochbekommen. Oder einmal haben die Eidams sich ein großes Klavier in Holland gekauft. Das haben die von eine Spedition rüberbringen lassen. Da waren die ganzen Hohlräume mit Kaffeepakete zugestopft. Der Laden von Eidams war in den 60er Jahren der größte Umschlagplatz für Kaffee und Zigaretten aus Holland. Jeder wusste das. Damit sind die alten Eidams steinreich geworden.“

Will musterte Josef skeptisch.

„Kann doch sein, Will“, sagte Fredi. „Der Hansi hat in letzter Zeit immer Kohle. Und das, obwohl dem sein Vater dem immer knapp hält und der Laden bestimmt nicht viel abschmeißt. Nur, dass es heute nicht mehr um Kaffee und Zigaretten geht, sondern um echte Drogen.“

„Ist der Hansi denn schon wieder zu Hause?“ Will schien besorgt.

„Muss wohl“, sagte Fredi, „der war eben in Kleinwehrhagen das Spiel gucken. Der hatte der rechte Arm verbunden und in so eine Armschlinge.“

„Fredi, danke, dass du uns das gesagt hast. Und tu mich ein Gefallen. Sag keinem ein Wort dadrüber, was du gesehen hast. Auch nicht der Kommissar Kleinheinz. Ich muss jetzt erst mal in Ruhe selbst was kombinieren.“

Fredi verließ Josefs Haus um viertel nach elf. Die Dunkelheit begann sich bereits langsam über das Dorf zu legen. Lediglich die Straßenlaternen, die in großzügigem Abstand voneinander standen, warfen ein unzureichendes, kegelförmiges Licht auf den Asphalt. Fredi war in Gedanken versunken, als er zu seinem Wagen schlenderte. Er hatte etwa den halben Weg zurückgelegt und war gerade dabei, den Autoschlüssel aus der Trainingshose zu ziehen, als sich plötzlich seine Nackenhaare aufstellten. Er blieb abrupt stehen und riss den Kopf hoch. Die Straße lag verlassen und leer vor ihm und dennoch war ihm in diesem Augenblick, als ob irgendjemand in der Nähe sei. Er drehte sich einmal um die eigene Achse. Nichts bewegte sich. Das einzige Geräusch der Nacht war das entfernte Zirpen der Grillen. Dennoch war Fredi sich sicher, dass er nicht allein war. Es war nichts Greifbares, nur der flüchtige Eindruck von etwas, das ihn zur Vorsicht mahnte. Mit langsamen, lautlosen Schritten näherte er sich von hinten seinem Wagen. Dabei hielt er den Kopf wachsam in die Höhe gestreckt. Fredi achtete darauf, sich ruhig und ohne Hast zu bewegen, auch wenn sein Magen sich zu einem schmerzhaften Klumpen zusammenkrampfte. Dann ließ ihn ein Geräusch herumwirbeln. Ein unangenehmes Knirschen zerriss die Stille. Ein Knirschen, das sich schnell entfernte. Schritte auf Kies, schoss es Fredi durch den Kopf. Er versuchte in der Dunkelheit etwas zu erkennen, doch es war zwecklos. Die letzten zwei Meter zum Wagen lief er und er war froh, als er die Fahrertür hinter sich zufallen ließ und mit zitternder Hand den Knopf herunterdrückte. In heftigen Stößen atmete er ein und aus. Er war in Schweiß gebadet. Erst als sein Herzschlag sich langsam wieder beruhigte, führte er den Zündschlüssel ein, um den Mitsubishi zu starten. Als er den Wagen stotternd zum Leben erweckte, fiel ihm auf, dass ein Stück Papier unter den Scheibenwischer geklemmt war. Er brauchte nicht auszusteigen, um nachzusehen, was darauf stand, denn die beschriebene Seite klebte vor der Windschutzscheibe. In gut lesbarer Schreibschrift stand dort mit Edding geschrieben: „Nehm dich in Acht!“

# 19

## Donnerstag, 16. Juli, 8.56 Uhr

Will trank schon den dritten Kaffee in Folge. Er hatte sein Wählscheibentelefon vom Flur bis auf den Küchentisch gezogen. Das Kabel reichte so eben. Jetzt saß er davor und starrte nervös auf das goldene Brokatsamtfutteral, das das Plastiktelefon vor Schmutz schützte. Will erwartete einen wichtigen Anruf. Es klingelte, als er gerade die Süßstoffdose, in der sich die Kügelchen verklemmt hatten, heftig auf den Tisch klopfte. Er ließ die Dose fallen und riss den Hörer hoch, noch bevor das erste Klingeln verstummt war. Kommissar Kleinheinz am anderen Ende der Leitung war überrascht, dass so schnell abgehoben wurde. Offenbar hatte er gerade noch in ein Brötchen gebissen: „Hmm, öhmm ... Herr Hastenrath? Sekunde."

Will ärgerte sich. Das war nicht der wichtige Anruf, auf den er gewartet hatte. Hoffentlich würde Kleinheinz sich kurz fassen.

„So, Herr Hastenrath. Da bin ich. Geht's gut?"

Für Small Talk hatte Will schon mal gar keine Zeit. „Wodrum geht es sich, Herr Kommissar? Ich habe nicht viel Zeit. Die Adelheid kalbt jeden Moment." Eine bessere Notlüge fiel ihm auf die Schnelle nicht ein.

„Ach so. Ich habe eigentlich nichts Bestimmtes. Ich wollte mal hören, ob Sie irgendwas Neues gehört haben, den Überfall betreffend oder Frau Thönnissen. Sie haben doch Ihr Ohr immer an der Bevölkerung."

„Wissen Sie denn schon was Neues? Also, ich meine, eine Hand wäscht die andere."

Kleinheinz lachte. „Verstehe. Sie meinen quid pro quo?"

„Nein, ich meine, wenn ich Sie was sagen soll, dann müssen Sie mich auch ..."

„Ja, ja. Ich hab schon verstanden. Also gut. Die Fahndung nach dem Motorrad hat nichts ergeben. Ebenso gibt es keine Hinweise zum Phantombild. Am Tatort keine Fingerabdrücke, keine DNA. Mit anderen Worten, der Täter ist spurlos verschwunden. Genau wie Frau Thönnissen. Zum Abschiedsbrief: Wir haben die Schrift mit ihrer Unterschrift vom Vernehmungsprotokoll verglichen. Das grafologische Gutachten belegt eindeutig, dass der Abschiedsbrief eine Fälschung ist, wenn auch eine gute. Wir haben es also auch hier mit einem Profi zu tun. Unnötig zu erwähnen, dass auch im Zimmer der alten Dame keine verwertbaren Spuren zu finden sind. Nur Fingerabdrücke vom Personal und von Brettschneider. Das bestätigt jedenfalls unsere schlimmsten Befürchtungen. Frau Thönnissen ist mit großer Wahrscheinlichkeit einem Verbrechen zum Opfer gefallen. Wir verstärken im Moment unsere Anstrengungen, sie zu finden. Die Vernehmung von Hans-Peter Eidams hat auch nichts ergeben. So, das waren die Neuigkeiten von meiner Seite. Jetzt sind Sie dran. Haben Sie irgendwas gehört?"

„Nein." Will legte auf.

Er versuchte erneut sein Glück mit der Süßstoffdose. Da sich die Kügelchen nicht lösten, schraubte er den Deckel ab. Er griff hinein, nahm eine kleine Menge zwischen Daumen und Zeigefinger und ließ sie in seinen Kaffee fallen. Gerade als er den Deckel wieder zuschrauben wollte, zerriss das schrille Klingeln des Telefons abermals die Stille. Will zuckte heftig zusammen und die geöffnete Dose fiel mit einem lauten Knall auf den Boden. Die Süßstoffperlen verteilten sich auf dem Linoleum. Will stöhnte genervt auf. Dann nahm er hastig den Hörer ab. „Ja, bitte?“

„Hallo Will.“

„Na endlich, Markus.“

„Michael.“

„Was?“

„Tut mir leid. Es ging nicht schneller. Ich muss hier in der Firma ein bisschen aufpassen. Außerdem muss ich schon sagen, dieser Bernd Bommer ist eine harte Nuss. Ich habe alles durchkämmt. Einwohnermeldeamt. Straßenverkehrsamt. Sogar die Spielerpässe beim Kaller SC. Überall ist Bernd Bommer ordnungsgemäß gemeldet. Der war bisher in keinster Weise auffällig. Aber dann bin ich stutzig geworden. Nämlich als ich mich um die Genealogie gekümmert habe.“

„Hä?“

„Ahnenforschung. Ich habe mal ein bisschen in seinem Stammbaum rumgeschnüffelt. Und was glaubst du, was ich da gefunden habe?“

„Was?“

„Nichts. Überhaupt nichts. Der Mann hat keine Eltern. Keine Verwandten.“

„Ist der ein Waisenkind?"

„Darauf gibt es keine Hinweise. Möchtest du meine Theorie hören?"

„Ja klar."

„Der Mann ist ein Computergenie. Ich habe bei einigen Einträgen Hinweise gefunden, dass nachträglich rumgetrickst worden ist. Hier versucht jemand, seine Identität zu vertuschen. Es gibt keinen Bernd Bommer. Wer auch immer das ist, der Mann ist gefährlich. Nimm dich vor ihm in Acht."

„Mach ich. Danke, Marco."

„Michael. Ach, wann kommt Marlene denn nachher zurück?"

„Wer?"

„Marlene? Deine Frau? Kevin und Justin fragen schon die ganze Zeit."

„Ach so, richtig. Ich glaube, heute Nachmittag."

„Soll ich sie vom Bahnhof abholen? Ich könnte früher hier weg."

„Nee, nicht nötig. Der Josef holt die ab. Aber noch mal danke für alles."

„Gern geschehen. Wenn du noch irgendwas brauchst, ich bin ab morgen für eine Woche in Hannover auf der Messe. Du kannst mich aber einfach auf meiner Festnetznummer anrufen. Ich habe eine Weiterleitung aufs Handy."

„Ja, gut. Mach ich. Tschüss Martin." Will legte geistesabwesend auf und dachte nach. Das machte alles keinen Sinn. Gedankenverloren nahm er das Telefon in die Hand. Er stand auf, um es zurück in den Flur zu bringen. Plötzlich geriet er aus dem Tritt. Sein linker Fuß, der in einer Wollsocke steckte, rutschte mit Wucht nach hinten. Will sah verwirrt nach unten. In derselben Sekunde, in der er die kleinen weißen Kügelchen auf dem Boden liegen sah, verlor er das Gleichgewicht und der Linoleumboden kam ihm mit atemberaubender Geschwindigkeit entgegen. Er kam hart mit dem Oberkörper auf. Nur Zentimeter neben seinem Ohr schlug das Telefon ein und zersprang mit einem lauten Krachen in viele kleine Teile. Will drehte sich auf den Rücken und starrte auf das klebrige Fliegenband, das schräg über dem Tisch von der Decke baumelte. Eine Fliege kämpfte chancenlos ums Überleben. Was für ein Scheißtag, dachte Will. Aber da wusste er noch nicht, dass das alles erst der Anfang war.

# 20

## Donnerstag, 16. Juli, 10.14 Uhr

Fredi hatte verschlafen. Nachdem er am Vorabend vor dem Haus von Josef Jackels den Zettel mit der unmissverständlichen Warnung unter seinem Scheibenwischer gefunden hatte, war er viel zu aufgewühlt gewesen, als dass er hätte schlafen können. Also war er noch mal zur Gaststätte Aretz gefahren, wo der harte Kern seiner Mannschaftskameraden ausgiebig den Sieg feierte. Obwohl am Ende nur noch sechs Leute die Puppen tanzen ließen, war es immerhin kurz nach zwei, als Harry die letzte Runde brachte. Dann hatte Fredi seinen Mitspielern Tonne und Spargel noch geholfen, Trainer Karl-Heinz Klosterbach nach Hause zu tragen, bevor er endlich selbst ins Bett fiel. Sein Digitalwecker zeigte zu diesem Zeitpunkt 2:41 Uhr an. Zum Glück sorgten die 16 Pils dafür, dass er schnell einschlief. Am Morgen hatte er dann den Wecker überhört.

Es war schon viertel nach zehn, als er in seinen Mitsubishi Colt stieg und mit quietschenden Reifen losjagte. Um ins Gewerbegebiet Saffelen zu gelangen, gab es zwei Möglichkeiten. Entweder man nahm den Weg über die Hauptstraße durchs Dorfzentrum oder man fuhr über die Wiesenstraße durchs Neubaugebiet. Der Weg durchs Neubaugebiet war deutlich kürzer. Das Problem aber war, dass die Zugezogenen kreuz und quer Blumenkübel aufgestellt und damit die Strecke zu einem anspruchsvollen Kurvenparcours gemacht hatten. Diesen Parcours schafften nur Profis, ohne Zeit zu verlieren. Fredi entschied sich dennoch für die Abkürzung durchs Neubaugebiet. Der Weg führte ihn auch am Haus von Borowka vorbei, der in unmittelbarer Nachbarschaft von Hastenraths Will in einem Anbau am Haus seiner Schwiegereltern wohnte. Fast hätte er seinen Kumpel übersehen, weil er mit einem Affenzahn vorbeischoss, doch aus dem Augenwinkel erkannte er gerade noch das leuchtend rote T-Shirt mit der Aufschrift ‚Fashion Wear'. Borowka stand neben seinem Ford Capri in der Einfahrt seines Hauses. Der Kofferraumdeckel war hochgeklappt. Zuerst wunderte Fredi sich noch, warum Borowka nicht bei der Arbeit war. Schließlich war er auch bei Auto Oellers beschäftigt, allerdings in der Werkstatt. Im Gegensatz zu Fredi, der im Büro saß. Doch dann fiel Fredi ein, dass Borowka sich für diese Woche hatte krankschreiben lassen, weil er noch so viele unerledigte Schwarzarbeiterjobs hatte. Fredi überlegte kurz und stieg dann in die Bremsen. Ob er zwei oder zweieinhalb Stunden zu spät kam, war jetzt auch egal. Er machte sich Sorgen, weil Borowka sich seit dem Training am Montag nicht mehr gemeldet hatte. Und er hatte Angst davor, dass ihre Freundschaft Schaden nehmen könnte. Dabei brauchte er gerade jetzt jemanden, mit dem er über die beunruhigenden Ereignisse des gestrigen Tages sprechen konnte. Fredi brachte seinen Wagen ungefähr 200 Meter entfernt zum Stehen. Er stieg aus und legte das Stück zu Borowkas Haus zu Fuß zurück. Die warme Juliluft fuhr durch sein

Haar und streichelte seine Haut. Er liebte den Sommer. Vor allem, wenn er dabei an Martina in ihrem hellblauen H&M-Top dachte.

Er näherte sich der Einfahrt über den Vorgarten. Zwischen ihm und Borowka lag jetzt nur noch eine verwilderte Kirschlorbeerhecke. Als er gerade an ihr vorbei wollte, erklang die Melodie von „The final countdown". Borowkas Handy. Aus irgendeinem Grund, den er sich im Nachhinein gar nicht mehr erklären konnte, hielt Fredi inne und duckte sich hinter der Hecke, während Borowka das Gespräch annahm. Er konnte jedes Wort verstehen, das sein Freund sprach. Und es gefiel ihm nicht, was er hörte.

„Borowka! Ja ... mmh ... weiß ich selber. Hab ich doch grad gesagt. Ich weiß, dass die Zeit knapp wird ... wenn ich sag, ich kümmere mich dadrum, dann mach ich das auch. Das ist nun mal nicht so einfach. Ich muss höllisch aufpassen. Ja, super Idee. Und dann werd ich kontrolliert, oder was? Weißt du eigentlich, wie viel das ist? Eben. Ich muss die Scheiße ja auch irgendwo lagern. Ja, ist okay. Ich meld mich. Und ruf mich nicht immer auf dem Handy an. Tschöö."

Fredis Herz schlug bis zum Hals, als Borowka auflegte. Er atmete tief durch und zählte: „Einundzwanzig, zweiundzwanzig." Dann kam er langsam hoch und schlenderte um die Hecke. „Hallo Borowka", rief er im normalsten Tonfall der Welt.

Borowka fuhr erschrocken herum. Er musterte Fredi, dann drückte er mit der rechten Hand den Kofferraumdeckel zu, ohne Fredi aus den Augen zu lassen. „Hallo. Was machst du denn hier? Ich hab dich gar nicht kommen hören." Er suchte die Straße nach dem Mitsubishi ab.

„Ich hab der Auto die Straße runter geparkt. Ich hatte dich zufällig hier stehen sehen. Und bis ich mit dem Geschoss mal zum Stillstand komme ... Wie geht's dir?"

„Seit wann interessiert dich das denn?"

„Borowka, jetzt sei doch nicht beleidigt. Das mit Montag, das war ..."

„Ach, lass mich in Ruhe. Ihr könnt mich alle mal."

„Wir haben gestern in Kleinwehrhagen gewonnen. 12 zu 3."

„Schön für euch."

„Was bist du denn so komisch? So kenn ich dich ja gar nicht."

„Was wird das jetzt? Eine physiologische Beratung? Fredi, geh mit dein neuer Freund Bernie Bommer spielen."

„Das ist überhaupt nicht mein Freund. Ganz im Gegenteil. Ich hab ..."

„Und weißt du was? Du kannst Rita direkt mitnehmen. Die ist auch bloß noch dran: ‚Der Bernie hat tolle Klamotten', ‚Der Bernie hat ein tolles After Shave', ‚Der Bernie zupft sich die Augenbrauen', Bernie dies und Bernie das."

„Jetzt versteh ich. Du bist eifersüchtig, Borowka." Fredi musste grinsen.

Borowka stemmte die Arme in die Hüften. „Sag mal, Fredi. Hast du kein Frisör, dem du das alles erzählen kannst? Und überhaupt – musst du nicht arbeiten?"

Fredi sah auf die Uhr. „Stimmt. Sonst reißt mich der Oellers noch der Kopf ab. Sollen wir heute Abend nicht mal wieder einen zusammen trinken? Ich hab da was, wodrüber ich ..."

„Keine Zeit."

„Oder morgen nach dem Training?"

„Super Idee. Zum einen bin ich bis auf Weiteres supsendiert oder wie das heißt und zum anderen habe ich morgen Abend wichtigere Sachen zu erledigen."

„Aber am Samstag kommst du mit aufs Zelt, oder?"

„Boah, Fredi. Du lässt aber nie locker, oder? Jaaa, ich komm mit aufs Zelt. Dann trink ich mir ein paar Asbach-Cola und wenn ich richtig gut drauf bin, dann gibt es für Bernie Bommer Nackenfutter." Zum ersten Mal huschte ein Lächeln über Borowkas Gesicht.

Fredi freute sich. „So kenn ich dich, Borowka. Dann bis dann." Er lief zu seinem Wagen. Borowka wartete noch, bis der Mitsubishi Colt um die nächste Ecke verschwunden war. Erst dann öffnete er wieder seinen Kofferraum.

# 21

## Donnerstag, 16. Juli, 16.17 Uhr

Als Marlene und Billa auf den Bahnhofsvorplatz traten, erkannten sie Josef sofort in der Menge. Nicht nur, weil er nervös und mit steifen Bewegungen auf und ab ging vor seinem Opel Ascona, dessen Vorderreifen halb auf dem Bürgersteig stand, sondern vor allem, weil er seine blaue Feuerwehruniform trug inklusive seines fluoreszierenden gelben Helms mit dem reflektierenden roten Streifen. Er wiederum bemerkte die beiden erst, als sie nur noch wenige Meter von ihm entfernt waren.

„Hallo Josef!", rief Billa. Josef machte nach kurzer Desorientierung winkend einen Schritt auf sie zu. Im Gehen griff er mit der rechten Hand nach dem Trolley und versuchte, mit angewinkeltem linken Arm die Umarmung von Billa zu erwidern. Dabei verhielt er sich jedoch so ungeschickt, dass er ins Straucheln geriet und fast zusammen mit seiner Frau hingefallen wäre. So landete dann auch sein geplanter Wangenkuss auf Billas Schulter.

„Du bist aber stürmisch, Josef", sagte Marlene, „und so schick. Womit haben wir das denn verdient, dass du uns in deine Ausgehuniform abholst?"

Josef hielt sich verlegen am Saum seiner Jacke fest. „Das ist nur wegen weil wir nachher Generalprobe im Festzelt haben. Für übermorgen. Wie war es denn? Habt ihr auch ein bisschen Seesighting gemacht in der Eifel? Leben da wirklich so viele Hinterwäldler, wie man immer hört?"

Billa gab ihm jetzt einen richtigen Wangenkuss und sagte: „Das erzählen wir dir im Auto."

Der Ascona musste wohl schon eine ganze Weile direkt in der Sonne gestanden haben, denn die Gluthitze im Inneren war fast unerträglich. Auch das geöffnete Seitenfenster trug kaum zur Erfrischung bei, da durch Josefs defensive Fahrweise so gut wie kein Fahrtwind entstand. Josef lenkte den Ascona so vorsichtig aus der Stadt heraus, dass die Frauen den Eindruck hatten, die Landschaft am Fenster würde sich keinen Millimeter weiterbewegen.

„Du kannst ruhig auch mal in der zweite Gang schalten", sagte Marlene und lachte dabei schrill auf. Billa stieg prustend in das gellende Gelächter mit ein. Josef nickte nur verlegen, beschleunigte weltmännisch auf 40 km/h, nur um Sekunden später vor einer Ampel, die gerade von Grün auf Gelb umsprang, mit einer Vollbremsung zum Stehen zu kommen. Marlene, die auf dem Rücksitz saß, wurde nach vorne geschleudert. Billa warf ihrem Mann einen strafenden Blick zu. Josef sah sie schuldbewusst aus den Augenwinkeln heraus an und war froh, als die Frauen sich wieder schnatternd anderen Themen zuwandten. Er war weiß Gott nervös genug wegen der Aufgabe, die ihm am übernächsten Tag bevorstand. Da konnte er sich jetzt keine halsbrecherischen Fahrmanöver erlauben.

Außerdem hatte er in den letzten Tagen kaum geschlafen. Doktor Frentzen hatte ihm extra eine Großpackung Diazepam, ein Mittel gegen Angstzustände und Nervosität, aufgeschrieben. Und selbst die war schon wieder halb leer. Josef zuckte heftig zusammen, als hinter ihm eine Hupe ertönte, die ihn darauf aufmerksam machte, dass die Ampel längst auf Grün umgesprungen war. Ruckelnd nahm der Löschmeister wieder Fahrt auf und war erleichtert, als er die hektische Innenstadt hinter sich ließ, um auf die kaum frequentierte Landstraße abzubiegen, die nach Saffelen führte. Da die Sonne nun von vorne kam, klappte Josef die Blende herunter und musste, aus welchem Grund auch immer, an die beunruhigenden Ermittlungsergebnisse denken, die Will ihm am Vorabend präsentiert hatte. Josef war mit der Situation völlig überfordert. Wie konnte es sein, dass so ein friedliches und idyllisches Dorf wie Saffelen innerhalb von nur 14 Monaten gleich zweimal von Verbrechen heimgesucht wurde? In den 60 Jahren davor war nie etwas Schlimmeres passiert als vielleicht mal ein vollgelaufener Keller oder eine entlaufene Katze. Einmal war es etwas heikler geworden, als beim Kinder-St.-Martinszug plötzlich das Pferd mit St. Martin, dargestellt von Methusalem Mühlensiepen, durchgegangen war und erst in Roermond wieder eingefangen werden konnte. Der bis heute dramatischste Einsatz der Freiwilligen Feuerwehr Saffelen allerdings hatte am 7. Juni 1973 stattgefunden. Nie würde Josef dieses Datum vergessen. Es war ein durchwachsener Sommertag, als die Sirene ging. Eine alte baufällige Scheune voller Stroh, die Hastenraths Will erst zwei Wochen zuvor hatte überversichern lassen, stand lichterloh in Flammen. Der Löschzug war damals vollzählig ausgerückt.

Will erwartete die Feuerwehrleute schon ungeduldig mit einer Flasche Jägermeister. Unter der Einsatzleitung des damaligen Löschmeisteranwärters Josef Jackels ließ man das Gebäude kontrolliert abbrennen. Anschließend machte Will vom kompletten Löschzug ein Erinnerungsfoto vor den kokelnden Grundmauern. Das Foto stand heute noch gerahmt auf der Kommode im Flur.

„Was sagst du dazu, Josef?" Billa stieß ihm mit dem Ellenbogen in die Seite.

Josef schreckte aus seinem Tagtraum hoch und sah seine Frau entgeistert an. „Ich? Wozu? Warum?"

Billa verzog die Mundwinkel. „Sag mal, hörst du uns überhaupt zu?"

„Ja natürlich. Ich musste mich nur gerade auf der Gegenverkehr konzentrieren." Beim Blick auf die menschenleere Landstraße vor sich wurde ihm klar, dass das eine schlechte Ausrede war.

„Deine Frau hat dich gerade gefragt, wie du das findest, dass ‚Die Königin der Tulpen' gar nicht von Charlie van der Valk ist", palaverte Marlene vom Rücksitz.

„Wie? Das ist nicht von Charlie van der Valk?"

„Mein Gott, du hast ja gar nichts mitbekommen. Charlie van der Valk behauptet doch immer, er hätte das Lied selber geschrieben. Für seine ‚Königin der Tulpen'. Das stimmt aber überhaupt nicht. Typisch Mann. Wir haben in der Eifel nämlich ein Sänger kennengelernt, der uns erzählt hat, dass das ein ganz altes holländisches Lied ist. So wie ‚Wir lagen vor Madagaskar'."

„‚Wir lagen vor Madagaskar' ist ein altes holländische Lied?"

„Quatsch. Dadrum geht es sich doch gar nicht.“

Josef wurde die Diskussion zu viel. Er sagte: „Ist doch völlig egal. Hauptsache, ‚Die Königin der Tulpen‘ ist ein schönes Lied.“

„Das ist auch wieder wahr“, stimmten ihm die beiden Frauen zu.

„Guck doch mal eben im Handschuhfach. Da liegt eine Cassette. Hol die mal raus“, sagte Josef.

Billa kramte und hielt plötzlich eine verstaubte Cassettenhülle in der Hand, auf der Charlie van der Valk in jungen Jahren abgebildet war. Über der Schulter hing lässig sein Akkordeon und mit der rechten Hand hielt er einen großen Strauß Tulpen in die Kamera. Billa las holprig den Titel vor: „Tulpenträume – Die größten Erfolge von Charlie van der Valk.“

„Schieb doch mal rein“, forderte Josef sie auf.

Nach wenigen Sekunden erklangen die ersten Takte von „Die Königin der Tulpen“, und als Charlie van der Valks samtweicher Bariton erklang, fiel schmetternd ein dreistimmiger Autochor mit ein. Josef sah selig zu seiner strahlenden Billa herüber und erinnerte sich zurück an die Zeit, als der Ascona noch neu und sie beide noch jung waren. Da war dieses Lied der Soundtrack ihrer Liebe gewesen. Übermütig beschleunigte Josef auf über 70 km/h und die Hasen am Wegesrand hörten aus dem heruntergekurbelten Fenster eines vorbeirasenden Opels einen Refrain, den sie so schnell nicht vergessen würden:

Erst Rendezvous – dann Schubidu
Doch eines sollst du wissen immerzu
Die Königin der Tulpen – die bist du!

# 22

## Freitag, 17. Juli, 18.44 Uhr

Rita stand mit einem Käsebrot am Küchenfenster und beobachtete, wie Borowka seinen Ford Capri mit einem Affenzahn über die Wiesenstraße jagte, vor ihrem Haus kurz abbremste und dann mit quietschenden Reifen in die Einfahrt einbog. Nur Zentimeter vor dem Garagentor kam er zum Stehen. Hektisch sprang Borowka aus dem Wagen und rannte zur Haustür. Er trug einen Blaumann und beide Hände waren ölverschmiert. Als er sich im Flur die Schuhe auszog, schimpfte er: „Der scheiß Vergaser von Schlömer Karl-Heinz. Warum fährt der bloß so eine bescheuerte Reisschüssel."

Rita kam in den Flur. „Ich hab schon mal angefangen zu essen. Hab mir gedacht, dass es was später wird."

Borowka ging an ihr vorbei Richtung Badezimmer und gab ihr dabei einen abwesenden Kuss auf den Mund. „Tut mich leid, aber das Ding passte hinten und vorne nicht. Ich kann sowieso nicht mitessen. Ich muss direkt weiter zum Training."

Rita seufzte. Sie hatte ganz vergessen, dass heute Freitag und damit Fußballtraining war. Trainer Klosterbach hatte das wöchentliche Training vor einigen Monaten von donnerstags auf freitags verlegt. Rita holte ihr Handy aus der Handtasche und wählte mit ihren langen, lackierten Fingernägeln die Nummer von Martina.

„Wimmers?!"

„Hallo Tina-Maus", zwitscherte Rita. „Lust auf ein Frauenabend?"

„Hallo Rita. Ja super. Fredi hat sowieso heute Training. Was macht Richard denn?"

Die Badezimmertür öffnete sich. Borowka trocknete sich gerade die Hände mit einem gelben Handtuch ab, das nun voller Öl war. Er winkte Rita kurz zu und rief: „Ich hol schnell unten meine Sportsachen. Das Handtuch tu ich direkt in die Wäsche." Dann lief er eilig die Kellertreppe runter.

„Äh, tschuldigung. Was hattest du gesagt?", fragte Rita ins Telefon.

„Ich hatte gefragt, was Richard denn heute Abend macht."

„Wie jetzt? Der hat natürlich auch Training. Hallooo? Der ist doch mit Fredi in eine Mannschaft. Seit 20 Jahre."

„Ja schon", Martina stockte, „aber der Fredi hat mir eben noch erzählt, dass Richard von Klosterbach suspendiert worden ist und vorerst nicht mehr am Mannschaftsbetrieb teilnehmen darf."

Der Satz traf Rita wie eine Keule. „Sag das noch mal."

Als Borowka mit seiner Sporttasche aus dem Keller zurückkehrte, stand Rita zur Verabschiedung an der Haustür. Sie drückte ihm einen Kuss auf die Wange und sagte: „Viel Spaß, Schatz. Schade, dass du zum Training musst."

„Was soll ich machen?" Er hob entschuldigend die Arme. „Aber morgen gehen wir schön aufs Festzelt. Versprochen."

Sie schloss die Tür hinter ihm und sagte: „Verarschen kann ich mich selber.“

Sie hatte sich in der Zwischenzeit nebenan den Schlüssel vom Ford Mondeo ihres Vaters geholt, der in der zweiten Einfahrt des Hauses stand. Ihr roter Suzuki Vitara wäre für diese Mission zu auffällig gewesen. Während sie Borowka in dem unscheinbaren Mittelklassewagen folgte, achtete sie immer darauf, genug Abstand zu halten. Ihm zu folgen, war für sie überhaupt kein Problem, auch wenn er bisweilen ordentlich Gas gab. Obwohl Borowka es nie gerne zugab, Rita war die weit bessere Fahrerin von beiden. Als Jugendliche war sie eine hochtalentierte Gokartfahrerin und später eine noch bessere Rallyefahrerin gewesen. Jahr für Jahr hatte sie sämtliche Pokale in ihrer Altersklasse abgeräumt. Die Rallye war schnell zu ihrer Lieblingsdisziplin geworden, weil sie dabei nicht immer nur im Kreis fahren musste. Bei den Rallyes fuhr man oft über mehrere Tage verteilt auf normalen Straßen oder Feldwegen in unterschiedlichen Wertungsprüfungen von einem Etappenziel zum nächsten. Nach einem doppelten Schlüsselbeinbruch bei einem vergleichsweise harmlosen Unfall und der vergeblichen Suche nach einem Sponsor hatte Rita jedoch vor vier Jahren den Leistungssport aufgegeben und seitdem nicht mehr an Wettkämpfen teilgenommen. Ein Autonarr aber war sie geblieben.

Längst war ihr klar, dass Borowka überall hinfuhr, nur nicht zum Training. Sie hatten Saffelen bereits seit geraumer Zeit hinter sich gelassen und überquerten gerade die holländische Grenze Richtung Sittard. Als Borowka den kleinen

Industrieort Geleen erreichte, verlangsamte er seine Fahrt. Rita ließ sich noch etwas mehr zurückfallen und beobachtete gespannt, wie ihr Mann seinen Ford Capri durch ein Tor auf einen großen Platz lenkte. Vor einem Blechcontainer blieb er stehen. Rita suchte mit Blicken das Tor ab, aber kein Schild deutete darauf hin, um was für eine Firma es sich wohl handelte. Noch näher konnte sie nicht ungesehen heranfahren. So entschied sie sich, auszusteigen und sich seitlich am Zaun vorbeizupirschen. In gebückter Haltung suchte sie sich eine geschützte Stelle, von der aus sie einen guten Blick auf die Szenerie hatte. Zuerst passierte nichts. Dann öffnete sich die Tür des Containers und ein kleiner dicker Mann, Typ Danny DeVito, hüpfte erstaunlich behände heraus. Borowka stieg aus seinem Wagen und schüttelte dem Mann die Hand. Beide verschwanden im Container und kamen nach wenigen Minuten wieder heraus. Jeder von ihnen trug einen riesigen Karton, den sie vor dem Capri abstellten. Mit offenem Mund beobachtete Rita, wie Borowka mehrere zerknüllte 100-Euro-Scheine aus seiner Hosentasche fummelte und sie dem Mann gab, der sie erst glättete und dann zählte. Anschließend steckte er das Geld in seine Jackentasche und half Borowka, die beiden Kartons im Kofferraum zu verstauen. Rita war perplex. Das war unmöglich. Der komplette Laderaum war mit Richards Boxen und Verstärkern ausgefüllt. Da hatte beim letzten Mal noch nicht einmal der Hulingen-Treteimer von Ikea reingepasst. Doch nun verschwanden die Kartons darin wie von Geisterhand und Borowka konnte sogar den Deckel schließen. Als Rita ihr Gewicht verlagerte, trat sie auf einen Ast und es knackte. Da sie weit genug vom Geschehen entfernt war, machte sie sich keine Gedanken. Doch plötzlich tauchte unmittelbar vor ihrem Gesicht das riesige, aufgerissene Maul eines wütenden Dobermanns auf, der sie wild ankläffte und wie irre gegen den Drahtzaun sprang, der sie trennte. Rita hatte vor Schreck kurz aufgeschrien. Borowka und der kleine dicke Mann schauten herüber, konnten sie aber nicht sehen, da sie geistesgegenwärtig hinter einem Baum in Deckung gegangen war. Dann kamen sie langsam auf sie zu.

Rita war niemand, der schnell in Panik geriet. Und so entschied sie sich, zu verschwinden. Sie pirschte sich geschickt zu ihrem Wagen zurück, schlüpfte hinter das Steuer und konnte den Wagen ungesehen wenden. Mit dem sicheren Gefühl, dass niemand sie erkannt hatte, fuhr sie zurück nach Saffelen. Allerdings hatte sie sich getäuscht. Denn sie hatte den schwarzen BMW X5 mit Euskirchener Kennzeichen nicht bemerkt, der in einer Seitenstraße stand und aus dessen Fahrerfenster ein langes Teleobjektiv ragte.

# 23

## Samstag, 18. Juli, 19.41 Uhr

Sein knallroter Kopf schlug hin und her. Vor lauter Anstrengung traten an der Schläfe bereits breite Adern hervor. Will ächzte und stöhnte. In immer gleichen rhythmischen Schüben bewegte sich sein ganzer Körper auf und ab. Auch seine Frau Marlene zuckte und stöhnte in wellenförmigem Stakkato. Dann schien es so weit zu sein. Marlene stieß einen spitzen Schrei aus, der in einem langgezogenen „Jaaaa" endete.

„Nein", japste Will, „es geht nicht. Der Reißverschluss bewegt sich kein bisschen." Sie stand vor dem großen Spiegel im Schlafzimmer, er hinter ihr. Seit geschlagenen fünf Minuten versuchte Marlene nun schon, sich in ihr weinrotes Tüllkleid zu zwängen, die meiste Zeit davon mit angehaltener Luft. Will mühte sich nach Kräften ab, den Reißverschluss auf ihrem Rücken nach oben zu bewegen, aber immer wieder schnitt er seiner Frau dabei ins Fleisch. Es hatte keinen Sinn.

Marlene war den Tränen nahe. „Das kann nicht sein. Letztes Jahr hat es noch gepasst."

Will sah auf die Uhr. „Wir müssen uns beeilen. Sonst zieh doch der hellblaue Hosenanzug an, den du letztens auch auf die Kinderkommlion von der Marvin Schlömer anhattest."

Marlene stemmte resolut die Hände in die Hüften. „Nie im Leben. Damit geh ich nicht vor die Tür. Die Leute denken, ich hätte nichts anderes. Dann bin ich morgen Tagesgespräch in Saffelen. Auf der Kinderkommlion hat mich doch das ganze Dorf gesehen. Auf gar keinen Fall ziehe ich der hellblaue Hosenanzug an."

„Ach Quatsch. Auf so was achtet doch kein Mensch."

„Du hast ja keine Ahnung!" Marlene musterte Will skeptisch und fragte: „Wann willst du dich eigentlich umziehen?"

Will sah an sich herunter. Er trug wie immer Gummistiefel, seine ausgebeulte graue Stoffhose mit den Hosenträgern, das verblichene karierte Hemd und die grüne Schirmmütze. „Wie, umziehen? Ich bin schon seit Stunden fertig."

Marlene holte Luft, doch dann schluckte sie herunter, was sie hatte sagen wollen. Diese Diskussion hatten sie schon zu oft geführt. Immer ergebnislos. Sie würde ihn nie dazu bekommen, sich einen vernünftigen Anzug anzuziehen. Stattdessen sagte sie: „Dann sprüh wenigstens ein bisschen Febreze drauf."

„Ja, ja, mach ich noch. Bist du sicher, dass Billa uns abholen kommt? Die müsste doch längst hier sein."

„Sei doch nicht so ungeduldig, Will", Marlene ging im Schrank ein Kleidungsstück nach dem anderen durch und hielt es sich vor die Brust, „wir werden schon nichts verpassen."

„Hoffentlich hält der Josef das nervlich durch. Schließlich wird heute das ganze Dorf da sein." Er hielt inne. Dann fügte er hinzu: „Bis auf die arme Frau Thönnissen natürlich."

Marlene drehte sich zu Will um. Ihre Augen verrieten großes Mitgefühl. „Hat die Polizei immer noch keine Spur von ihr?"

„Nicht die geringste. Ich habe heute morgen extra noch mal mit der Kommissar Kleinheinz deswegen telefoniert. Alle Streifenwagen sind in Alarmbereitschaft, aber bisher hat keiner was gesehen."

„Meinst du, die ist ..." Marlene wollte den Gedanken gar nicht zu Ende führen.

„Nein, bestimmt nicht. Der Kommissar glaubt, dass die vielleicht versteckt gehalten wird. Der befürchtet, dass die irgendswas gesehen oder irgendseinem erkannt hat bei der Überfall. Die Polizei ist sich mittlerweile sicher, dass es sich bei die ganze Sache um Drogenhandel geht. Irgendjemand schmuggelt das Zeug in große Mengen von Holland nach Saffelen. Hansis Laden ist der Umschlagplatz. Da werden die Sachen dann abgeholt von Kuriere aus Köln und Frankfurt. Das steht so in meine Unterlagen ..., also, ich mein, das hat mir Kommissar Kleinheinz so gesagt."

„Und warum läuft der Hansi noch frei rum? Ich hab dem gestern erst am Sportplatz gesehen."

„Der Kommissar sagt, die können dem nix nachweisen. Außerdem ist der nur ein kleiner Fisch. Die wollen an die großen Bosse ran."

„Aber der Hansi weiß doch vielleicht, wo Käthchen ist."

„Der sagt aber nix. Das ist schon schlimm. Gut, dass die alte Frau Thönnissen keine Familie hat. Was meinst du, was die sich Sorgen machen würden."

„Na ja, Familie hat die keine. Aber es gibt da ein Mann in der ihr Leben."

Will sah sie verstört an. „Was redest du denn da für ein Unsinn? Die Frau ist 70."

„Na und? Ich hab mal alleine mit die im Wartezimmer von Dr. Frentzen gesessen. Da habe ich aus dem ‚Goldenen Blatt der Frau' ein Bericht über Johannes Heesters laut vorgelesen. Und als wir uns über dem unterhalten haben, hat sie gesagt, dass sie auch eine große Liebe hat, die viel mit dem gemeinsam hat, nur dass der Mann 40 Jahre jünger ist."

„40 Jahre jünger als Frau Thönnissen?" Will war entsetzt.

„Unsinn! 40 Jahre jünger als Johannes Heesters."

„Was? So alt?"

„Will! Jetzt sei nicht so. Sag mir lieber, ob ich das braune oder das lindgrüne anziehen soll." Marlene hielt in jeder Hand einen Kleiderhaken aus Draht in die Höhe, an dem zwei in Klarsichtfolie verpackte Kleider hingen.

Will sah nur flüchtig hin und sagte: „Am besten eins, das passt. Ich muss mal dringend telefonieren." Er ließ Marlene mit der Entscheidung allein und lief die Treppe herunter zum Telefon, das im Flur auf einer eigenen Konsole stand. Bei der Konsole handelte sich um eine Art Multifunktionsmöbelstück. Daran waren nämlich nicht nur ein Spiegel, eine Hutablage, ein Schirmständer und vier Messingkleiderhaken angebracht, sondern auch ein kleiner gepolsterter Sitz für längere Telefonate. Will nahm den Hörer auf und erinnerte sich noch einmal an den schmerzhaften Sturz vor zwei Tagen in der Küche. Zum Glück hatte Hans-Gerd, einer der begehrtesten Schwarzarbeiter Saffelens, heute Morgen noch Zeit gefunden, das Telefon zu reparieren. Will wählte die Festnetznummer seines Schwiegersohns. Ungeduldig wartete er das Tuten ab.

Nach dem fünften Mal hob Michael ab. „Hallo?" Im Hintergrund ertönte ein Riesenlärm.

„Ja, hallo Markus. Ich bin es!“, brüllte Will ins Telefon. „Sag mal, was ist denn bei euch los? Hauen sich Kevin-Marcel und Justin-Dustin wieder gegenseitig die Holzeisenbahn auf der Kopf?“

„Nein“, brüllte Michael zurück, „kleinen Moment. Ich geh mal eben raus.“ Nachdem es ein wenig geraschelt und gerappelt hatte, wurde es merklich ruhiger. Im Hintergrund hörte man nun nur noch gedämpftes Stimmengewirr. „Da bin ich wieder, Will. Ich hatte dir doch gesagt, dass ich hier in Hannover auf einer Messe bin.“

„Ach ja, richtig.“ Will erinnerte sich wieder. „Nur ganz kurz. Bei die ganzen Unterlagen, die wir im Internet gesammelt haben. Ist dir da im Zusammenhang mit die alte Frau Thönnissen irgendswann mal was aufgefallen, dass die ein Mann hatte oder ein Freund oder irgendseiner, der die nahegestanden hat?“

Michael überlegte kurz und antwortete dann: „Definitiv nicht. Das einzige aus dem familiären Umfeld, was wir gefunden haben, war die Todesanzeige von ihrer Schwester aus dem Sauerland. Und im Verhörprotokoll der Polizei hat sie keine Angaben gemacht. Da stand nur ein Vermerk vom Kommissar, dass sie auf die Frage nach ihrem Familienstand kurz gezögert hätte. Das könnte doch ein Hinweis darauf sein, dass es jemanden gibt, oder? Warum fragst du überhaupt?“

„Die alte Frau Thönnissen ist seit Mittwoch spurlos verschwunden.“

Michael schwieg betroffen. Der Lärm im Hintergrund wurde lauter. Eine entfernte Stimme, die über ein Mikrofon sprach, hallte herüber. Will wurde Michaels Schweigen peinlich und er sagte: „Sag mal, es ist ja ganz schön laut bei dir. Das ist doch bestimmt ein evangelischer Gottesdienst, wo du da bist, oder?“

Plötzlich klingelte es schrill an der Haustür. Will schreckte hoch. Er verabschiedete sich abrupt von seinem Schwiegersohn, legte auf und öffnete die Haustür. Davor stand Billa Jackels in einem knallengen rosafarbenen Abendkleid. Sie hatte einen angestrengten Gesichtsausdruck, ihre Backen waren leicht aufgeblasen.

„Komm rein“, sagte Will. „Marlene ist noch nicht ganz fertig. Die muss sich noch schnell vollschminken.“ Als Billa sich ächzend an ihm vorbeischob, stellte Will schmunzelnd fest, dass der Reißverschluss auf ihrem Rücken nur zu etwa drei Viertel hochgeschoben war. In der Küche unterhielt sich der Landwirt noch eine Weile mit ihr über Josef, Valium und das Feuerwehrfest, bis seine Frau endlich dazukam.

Billa musterte sie bewundernd von oben bis unten und sagte: „Hach Marlene. Schick. Ist das nicht der hellblaue Hosenanzug, dem du auch auf der Kinderkommlion von der Marvin Schlömer anhattest?“

# 24

## Samstag, 18. Juli, 20.18 Uhr

Die Luft im Festzelt war rauchgeschwängert. Es war stickig und warm, weil das PVC-Dach den ganzen Tag über den hohen Außentemperaturen ausgesetzt gewesen war. Große Stoffbahnen bildeten einen prächtigen Zelthimmel in Rot und Weiß. Die Seitenwände bestanden aus Holz, Aluminiumstangen dienten der Stabilisation und wurden als Ersatzgarderoben genutzt. Die Holzbänke auf beiden Seiten der langen Bierzelttische waren bis auf den letzten Platz gefüllt. Vor der Bühne, über der ein riesiges Banner mit der Aufschrift „100 Jahre Freiwillige Feuerwehr Saffelen“ hing, war Platz gelassen worden für eine Tanzfläche, im hinteren Drittel des Festzeltes waren weiße Plastikstehtische mit Tischdecken aus rotem Krepppapier überall im Raum verteilt. An der 20 Meter langen Seitentheke, hinter der Harry Aretz sein Kellnerteam dirigierte, drängelten sich die Menschen. Es wummerte dumpfe Musik aus den Boxen, der dröhnende Bass brachte den Holzboden zum Vibrieren. Obwohl das Zelt schon längst hoffnungslos überfüllt war, wollte die Menschenschlange, die durch die breite Eingangstür hineinströmte, kein Ende nehmen. Zwei Feuerwehrleute in Uniform regelten hektisch den Einlass.

Einer kontrollierte die Eintrittskarten, der zweite saß an einem kleinen Holztisch, auf dem eine aufgeklappte Geldkassette stand. Daneben lagen zwei riesige Rollen mit Biermarken, die er nach einem ausgeklügelten System verkaufte. Sobald jemand die gewünschte Menge nannte, ermittelte er auf einem in Folie eingeschweißten Blatt Papier den Preis. Die Preise waren darauf in den üblichen Verkaufsmengen aufgelistet: 30 Biermarken = 54 Euro, 50 Biermarken = 90 Euro und 100 Biermarken = 180 Euro. Nachdem der Gast die Wunschmenge genannt hatte, hielt die Kassenfachkraft die Rolle an ein großes Holzlineal, auf dem Markierungen in Zehnerschritten eingezeichnet waren. Er riss die Biermarken ab und kassierte. Der Mann schwitzte stark und wischte sich in den wenigen Ruhepausen, die er hatte, mit einem Taschentuch über die Stirn. Er trank hastig ein Bier nach dem anderen, um nicht zu dehydrieren. Mit anderen Worten: Es war ein Fest wie jedes andere in Saffelen.

Fredi, Borowka und Spargel hatten sich schon früh am Abend einen Stehtisch gesichert und ihn in die Nähe der Tanzfläche geschoben. Von dort hatte man den besten Überblick. Rita und Martina waren später dazugestoßen. Fredi war aufgefallen, dass die Stimmung zwischen Borowka und Rita eisig war. Und so beschäftigten sich die beiden Frauen in erster Linie miteinander. In ihren seltenen Quatschpausen gingen sie tanzen. Fredi war bedient. Er konnte sich weder mit Martina unterhalten noch mit Borowka, der wortkarg und griesgrämig am Stehtisch lehnte und sich eine Asbach-Cola nach der anderen reinschüttete. So hatte sich Fredi schon zum zweiten Mal Spargels spannungsarme Geschichte anhören müssen, wie dieser zum wiederholten Male beim Idiotentest durchgefallen war, weil der Prüfer ihn angeblich nicht leiden konnte.

Plötzlich wurde das Bühnenlicht angeschaltet. Ein Raunen ging durch die Menge und alle Köpfe drehten sich neugierig nach vorne. In der Mitte der Bühne stand einsam ein Galgenständer mit einem Kabelmikrofon. Diesem Mikro näherte sich nun mit stockendem Schritt Josef Jackels, der, halb ohnmächtig und mit weit aufgerissenen Augen in die aufgepeitschte Menge blickte, die lauthals „Josef, Josef" skandierte. Mit der linken Hand hielt er den Rocksaum seiner Uniformjacke so fest umklammert, dass seine Knöchel weiß hervortraten. Nachdem er endlose Sekunden später das Mikrofon erreicht hatte, tippte er vorsichtig mit dem Zeigefinger darauf. Ein tiefes „Tock Tock" ertönte. Mit trockener Kehle räusperte er sich, um mit seiner Rede zu beginnen, doch das spitze Jaulen einer Rückkopplung ließ ihn ängstlich zurückweichen. Große Schweißtropfen traten auf seine Stirn. Nach einem ängstlichen Blick hinüber zu DJ Hartmut, der schräg hinter ihm an seinem Pult herumschraubte und dann einen Daumen in die Höhe hielt, unternahm Josef einen zweiten Versuch: „Liebe Kulturfreunde und denen ihre mitgebrachten Frauen. Mein Name heißt Josef Jackels, ich bin der Löschmeister der Freiwilligen Feuerwehr Saffelen ... und der Sprecher der Freiwilligen Feuerwehr Saffelen. Ich darf Sie willkommen heißen hier im aufwendig dekorierten und prunkvoll geschmückten Festzelt. An die Stoffbahnen", er zeigte mit zittriger Hand unter die Decke, „waren die katholischen Strickfrauen schon seit Allerheiligen am nähen gewesen." Er lenkte seinen Blick wieder in die Menge, die nun etwas aufmerksamer zuhörte. „Aber wodrum geht es sich heute Abend? Die Freiwillige Feuerwehr Saffelen feiert ihr 100-jähriges Jubiläum. Und wenn eine Feuerwehr in einer heutigen Zeit, wovon es ja in jedem Dorf eine gibt, ein rundes Jubiläum feiert, dann ..." Er stockte und der Saal hielt den Atem an. Gehetzt griff er in seine Jackentasche und holte mehrere Blatt Papier heraus, die am oberen Ende zusammengetackert waren. Mit fahrigem Blick überflog er den Text. Dann sah er lächelnd wieder auf. Im Saal war ein deutliches Aufatmen zu verspüren. „Am heutigen Tag können wir, wie gesagt, zurückkucken auf 100 Jahre Freiwillige Feuerwehr Saffelen. Damals die 54 Gründungsmitglieder, das waren: Traugott Zielinski, Karl Jaspers, Jakob Richthofen ..."

Fredi sah gelangweilt umher. Borowka schmollte weiterhin vor sich hin und Spargel redete mittlerweile aufgeregt auf die Tochter des Apothekers ein, die dazu abwesend nickte und sich immer wieder suchend nach ihren Freundinnen umsah. Fredi entschied, zur Theke zu gehen, um dort ein ganzes Tablett Bier für sich zu ordern, damit die Rennerei ein Ende hatte.

„... Johann Ferfers, Gotthilf Wimmers, Methusalem Mühlensiepen ..."

Fredi ließ den Blick durchs Zelt wandern, während er auf seine Bestellung wartete. Alle vom Fußball waren da, außer Hansi Eidams. Wahrscheinlich blieb er absichtlich zu Hause, weil langsam im Dorf durchsickerte, dass er wohl mit Drogen zu tun haben könnte. Plötzlich erblickte Fredi Bernd Bommer, der sich durch die Menge Richtung Tanzfläche schob. Er zuckte unwillkürlich zusammen. Da sein Chef, Heribert Oellers, ihn am Tag zuvor gezwungen hatte, seine versäumten Stunden nachzuarbeiten und er von da aus sofort zum Training gehetzt war, hatte Fredi den Gedanken an Bommers Fotos und die Drohung an seinem Auto ganz verdrängt. Nun, als er ihn sah, kroch die Angst wieder in ihm hoch. Bernie Bommer trug ein weit geöffnetes Designerhemd, aus dem ein Büschel Brusthaare herausquoll. Seine Haare waren mit Gel verwuschelt und eine Sonnenbrille steckte auf seinem Kopf. Oh Gott, dachte Fredi, nicht dass Martina und ... zu spät. In dieser Sekunde hatte Rita Bommer entdeckt und winkte ihn freudestrahlend zu sich herüber auf die Tanzfläche. Auch Martinas Augen strahlten. Bommer winkte lachend und quetschte sich mithilfe seines kräftigen Oberkörpers zwischen den Leuten hindurch, die dicht an dicht standen. Fredi blickte hinüber zu Borowka, doch der hatte noch nichts bemerkt, sondern stierte immer noch gedankenleer auf sein Glas Asbach-Cola.

„... Ewald Mobers, Hans-Wilhelm Hastenrath, Johann Schlömer der Ältere ...“

Fredi bezahlte das Tablett mit einem Streifen Biermarken und ging damit zurück an den Stehtisch. „Hier Borowka, willst du nicht zwischendurch mal ein Bier? Sonst hast du morgen ein dicker Kopf.“

Borowka sah ihn genervt an und blaffte: „Nee danke. Ich geh mal zum Klo.“ Dann verschwand er durch eine Seitentür nach draußen, um zum Toilettenwagen zu gelangen. Ein knapp 13-jähriger Jungfeuerwehrmann in deutlich zu großer Uniform wollte ihm einen Stempel auf den Handrücken geben, doch Borowka stieß ihn gegen den Türrahmen und verschwand. Fredi atmete erst mal durch. Von seinem Platz aus hatte er gute Sicht auf die Tanzfläche und so sah er, wie Bommer auf Rita und Martina einredete und diese immer wieder lachend den

Kopf in den Nacken warfen und ganz nah an sein Ohr gingen, wenn sie ihm antworteten. Fredi seufzte und schüttete sich das erste Pils auf ex hinunter.

Auf der Bühne schien Josef Jackels zum Ende seiner Eröffnungsrede zu kommen: „Ja, und, ich glaube, Karl-Josef Mertens war auch noch mit dabei. Ich will es aber nicht beschwören. Jedenfalls wünsche ich Ihnen jetzt viel Spaß mit der prunkvolle Festabend der Freiwilligen Feuerwehr. Ich möchte mich abschließend zum Schluss am Ende noch bei alle Mitwirkenden bedanken, die auf der Bühne und aus dem Hinterhalt mitgeholfen haben, der schöne Abend hier auf die Beine zu organisieren. Bei die fleißigen Helfer vom THW, die Kuchenspender, die Zeltdachspanner, die Blättchenrundbringer, die Toilettenfrau ..." Fredi stöhnte auf und trank auch das zweite Bier auf ex.

Als Borowka zehn Minuten später wieder an den Stehtisch zurückkehrte, hatte Josef Jackels seine Dankesorgie beendet und den Abend offiziell für eröffnet erklärt. DJ Hartmut hatte das Regiment übernommen und heizte dem Saal gerade mit „Cowboy und Indianer" von Olaf Henning richtig ein. Dazu machte er hinter seiner DJ-Kanzel auf der Bühne unrhythmische Bewegungen und hatte sein Gesicht auf Dauergrinsen eingestellt. Fredi hatte Borowka ein neues Glas Asbach-Cola hingestellt, über das sich dieser sehr freute und das er sofort zur Hälfte leerte. „Firma dankt. Ich hab aber auch einen Brand heute." Fredi bemerkte, dass sich durch die frische Luft die Laune seines Kumpels erheblich gebessert zu haben schien. Und er behielt Recht, denn Borowka plauderte locker weiter:

„Gerade an die Pinkelrinne hat der Klosterbach neben mir gestanden. Wir haben noch mal über alles geredet. Ich hab mich entschuldigt und ab sofort darf ich wieder mitspielen. Dadrauf haben wir uns sogar die Hände gegeben."

„Das freut mich, Borowka. Das wird auch Zeit, dass du wieder dabei bist. Prost." Sie stießen miteinander an und Borowka reckte den Zeigefinger in die Höhe, als DJ Hartmut den nächsten Knaller auflegte: „Wahnsinn" von Wolle Petry. Begeistert sangen Fredi und Borowka mit: „Hölle, Hölle, Hölle." Die Tanzfläche war gerammelt voll. Die Leute rieben sich beim Paar- und Einzeltanz aneinander. Die Stimmung war schon zu diesem frühen Zeitpunkt auf dem Siedepunkt. DJ Hartmut hatte ein glückliches Händchen, denn mit der nächsten Nummer brachte er den Saal vollends zum Kochen: „Du hast mich tausendmal mal belogen" von Andrea Berg. Die gute Nachricht von Klosterbach und der Asbach-Cola-Mix hatten Borowka so sehr aufgelockert, dass er sogar, entgegen seiner Natur, im Stehen mittanzte und textsicher intonierte: „Du hast mich tausendmal belogen, du hast mich tausendmal verletzt. Ich bin mit dir so hoch geflogen, doch der Himmel war besetzt." Aber dann passierte das, was nie hätte passieren dürfen. Die wogende Menge spuckte direkt vor dem Stehtisch von Borowka ein Pärchen aus, das eng umschlungen miteinander tanzte. Fredi brauchte einige Sekunden, bevor er realisierte, dass es sich dabei um Bommer und Rita handelte. Bommer hatte die Hüfte von Rita fest umklammert und Ritas lackierte, lange Fingernägel wuschelten sich durch sein struppiges Haar. Sie lachten und sahen sich dabei tief in die Augen, während ihre Unterkörper sich gefährlich nah kamen. Fredi überlegte panisch, was er tun konnte, doch da hörte er schon, wie der Gesang von Borowka neben ihm abrupt erstarb: „Du warst der Wind in meinen Flügeln, hab so oft mit dir ..." Richard Borowka starrte wie paralysiert auf das eng umschlungene Paar. Seine Kinnlade klappte herunter.

Als Bommer ihn bemerkte, schob er Rita rasch beiseite und stellte sich halb vor sie. „Oh, äh. Hallo Borowka", keuchte er unsicher.

Auch Rita begriff, was gerade geschah. Sie schlug mit vor Angst geweiteten Augen die Hand vor den Mund. Um den Stehtisch herum bildete sich eine kleine Menschentraube. Dann ging alles blitzschnell. Borowka feuerte ohne Vorwarnung eine gewaltige Rechts-Links-Kombination ab, so sehr aus der Hüfte, dass Bommer nicht einmal mehr die Hände hochreißen konnte. Der erste Schlag traf ihn knapp über der linken Augenbraue, die sofort aufplatzte, der zweite landete halb auf der Nase. Doch Bommer besaß enorme Nehmerqualitäten, denn er blieb stehen wie ein Baum. Er wischte sich kurz das Blut vom Auge und ballte dann beide Fäuste vor dem Gesicht, bereit zum Faustkampf. Dem nächsten Schlag konnte er mit einer geschickten Bewegung ausweichen. Dann schnellte sein rechtes Bein wie eine Peitsche hoch und traf den überraschten Borowka mit voller Wucht seitlich an der Rippe. Der stechende Schmerz machte Borowka nur noch wütender. Jetzt warf er sich ohne Taktik auf Bommer und ging mit ihm zusammen zu Boden. Im Fallen konnte er ihm noch einen Fausthieb aufs Ohr verpassen, bevor er in einem wilden Handgemenge von mehreren Leuten weggerissen wurde. Im nächsten Augenblick standen sich die beiden Kontrahenten wieder gegenüber. Jeder wurde von mehreren Umstehenden festgehalten. Sie funkelten sich wütend an. Borowka stellte befriedigt fest, dass das linke Auge von Bommer dick geschwollen war und auch Blut aus seiner aufgesprungenen Lippe rann. Er selbst spürte nur die schmerzende Rippe, sonst schien er unversehrt. „Lass die Finger von Rita, du blöde Sau", schleuderte er ihm wütend entgegen.

Bommer brodelte innerlich, doch er verzog nur verächtlich das Gesicht. Er sagte: „Na warte, du kleiner Drecksack. Das kriegst du zurück." Er riss sich los und verließ mit langen Schritten das Festzelt durch den Seiteneingang. Den Jungfeuerwehrmann, der ihm einen Stempel geben wollte, schubste er unwirsch gegen den Türrahmen.

Borowka rieb sich stolz die Faust. Von den Umstehenden nahm er Schulterklopfer und bewunderndes Lob entgegen. Fredi schob ihm ein Bier rüber und sagte anerkennend: „Dem hast du es aber gegeben."

Pötzlich baute sich Rita vor ihm auf. Ihre Augen waren mit Tränen der Wut gefüllt. Borowka kannte diesen Blick. Er stammelte: „Rita. Ich ...."

Aber Rita ließ ihn nicht ausreden. „Du bist der größte Vollidiot, dem ich kenne. Ich will dich nie mehr wiedersehen!" Sie umklammerte ihre strassbesetzte Handtasche und rannte durch den Seiteneingang nach draußen. Der Jungfeuerwehrmann machte vorsorglich einen Schritt nach hinten.

Borowka war sprachlos und auch Fredi und Martina, die mittlerweile dazugestoßen war, beobachteten die Szene mit offenen Mündern. DJ Hartmut legte die nächste Scheibe auf: „Verlieben, verloren, vergessen, verzeih'n" von Wolfgang Petry.

# 25

## Samstag, 18. Juli, 20.53 Uhr

Will hatte es sich im Backstagebereich gemütlich gemacht. Backstage bedeutete in diesem Fall ein mit flatternder Plane abgetrennter Bereich seitlich der Bühne, in dem ein Biertisch und zwei Bänke standen. Auf dem Tisch befanden sich Cola-, Limo- und Bierflaschen, ein Papptablett mit einem Berg aus belegten Brötchen, sowie ein Stapel ineinandergeschobener Plastikbecher. Der Behelfsraum hatte eine Tür, die auf die Rückseite des Zeltes führte. Auf diese Weise konnten Techniker oder Künstler hinter dem Festzelt parken und ungesehen in den Bühnenbereich gelangen. Durch diese Tür trat in diesem Augenblick Josef Jackels ein, der zwar blass war, aber im Großen und Ganzen gelöst wirkte. Will klatschte mit erhobenen Händen und rief: „Josef, das war großartig. Das war mit Abstand eine von deine besten Reden.“

„Meinst du wirklich?“ Josef wirkte auf eine naive Weise gerührt. „Ich war eigentlich auch ganz zufrieden. Hier und da kann man immer was verbessern.“

„Papperlapapp. Die Rede war perfekt. Ich habe eben mit ein paar Leute vom Vorstand gesprochen. Die sind auch begeistert.“

Josefs Augen glänzten vor Glück. „Das freut mich aber. Dann lass mich aber jetzt noch mal schnell mein Redemanuskript für die nächste Moderation durchgehen." Er setzte sich an den Tisch und holte seinen zusammengetackerten Zettelstoß aus der Jackentasche.

„Lass dich nicht stören", sagte Will und biss in ein Mettbrötchen. „Se scho mast go on."

Plötzlich wurde die Tür aufgerissen und Charlie van der Valk betrat den abgetrennten Bereich. Seine große, gerade Gestalt verdunkelte den Raum geradezu. Der Grandseigneur des holländischen Schlagers trug einen maßgefertigten, schwarzen Anzug mit dunkelrotem Einstecktuch, darunter ein akkurat gebügeltes weißes Seidenhemd. Die glänzenden schwarzen Lackschuhe trugen kleine Lehmspritzer. Sein dünnes, graues Haar hatte sich der Entertainer sorgfältig mithilfe eines Spritzers „Brisk"-Frisiercreme zu einem Seitenscheitel gekämmt. Ihn umgab eine dezente Wolke aus unaufdringlichem After Shave, das sich nun mit dem Geruch der Mettbrötchen vermengte. Will konnte sich gut vorstellen, dass diesem Mann auf dem Höhepunkt seines Erfolgs reihenweise Frauenherzen zugeflogen waren. Er verspürte ein wenig Neid.

Charlie van der Valk wirkte trotz seines imposanten Auftritts seltsam zerstreut. „Wer ist hier der Verantwortliche?", fragte er mit hartem holländischen Akzent.

Josef stand umständlich auf, strich kurz seine Uniform glatt und stellte sich vor: „Mein Name heißt Josef Jackels. Ich bin hier der Moderatormann. Wir haben uns letzte Woche im Altenheim kennengelernt. Ich darf Sie auf das herzlichste willkommen heißen im Namen der ..."

Van der Valk unterbrach ihn höflich, aber bestimmt: „Bedankt, meneer Jackels. Ich hätte eine Bitte. Eigentlich bin ich ja erst um 23 Uhr dran. Ich muss aber heute noch was erledigen. Wäre es Ihnen möglich, meinen Auftritt vorzuziehen? Ich wäre Ihnen sehr verbunden."

„Das ist aber jetzt", Josefs Gesichtsfarbe veränderte sich augenblicklich, „also ich meine, wir haben ja ein ausgeklügelter Ablaufplan, dem wir hier extra ... also wodrauf ich hinauswill, ist ... eigentlich sollten jetzt gleich hier die Karnevalsfrauen, verkleidet als spanische Flamingotänzerinnen, ein Tanz vorführen. Und danach wäre erst noch das Saffelener Männerballett ‚The Schluppendales' dran."

„Josef", unterbrach Will ihn, „jetzt lass der Mann doch zuerst auftreten. Das ist der einzigste Vollprofi heute. Und die Saffelener sind doch sowieso der ganze Abend hier. Außerdem können die Frauen viel besser tanzen, wenn die noch ein paar Kleine Feiglinge mehr drin haben."

Josef blickte ratlos von van der Valk zu Will und wieder zurück. Dann gab er sich geschlagen: „Ja, gut. Dann jetzt um 21 Uhr."

Van der Valk strahlte ihn an. „Geweldig. Könnte mir vielleicht jemand helfen? Ich habe noch ein paar Sachen im Auto."

Will sprang auf und rief: „Ich kann Sie helfen, Herr van der Valk. Wilhelm Hastenrath mein Name. Ich bin der Ortsvorsteher von Saffelen und habe mich sehr für Ihre Verpflichtung stark gemacht. Wir sind uns schon ein paarmal im Altenheim begegnet. Ihre Konzerte haben mir immer sehr gut gefallen." Er schüttelte ihm staatsmännisch die Hand. „Wo haben Sie der Auto geparkt?"

Der Landwirt folgte van der Valk zu dessen weißem Mercedes, der auf der staubigen Grasfläche hinter dem Festzelt abgestellt war. Mit der Fernbedienung öffnete der Entertainer im Gehen den Kofferraum seines Wagens. Will war beeindruckt und stieß einen Pfiff aus. „Nicht schlecht der Auto. Was ist das für einer?"

„Ein Mercedes CLS 350 CGI Coupé. In Diamantweiß." Die Farbe fügte er nicht ohne Stolz hinzu.

„Coupé? Da kenn ich jetzt nur die Zeitung. Aber ein Mercedes hab ich auch. 190 D. Schon mit elektrische Fensterheber und beheizbare Außenspiegel. Was kostet der denn?" Er deutete auf van der Valks Wagen.

„Das weiß ich gar nicht so genau. Ich sag mal so, irgendwas um die sechzigtausend."

Will schürzte die Lippen. „Ojoijoi. Da müssen Sie aber viele Festzeltauftritte für machen."

„In godsnaam", van der Valk lachte auf, „dann könnte ich mir wahrscheinlich nur einen gebrauchten Golf leisten. Nein, solche Auftritte wie heute oder wie im Saffelener Altenheim, die mache ich nur aus – wie sagt man in Deutschland? – Spaß an der Freude. Ich lebe von Tantiemen."

Will runzelte die Stirn. „Ist das, für wenn man für Kinder bezahlen muss?"

„Nein, nein", van der Valk schüttelte den Kopf, „nicht Alimente. Tantiemen! Tantiemen sind so eine Art Gewinnbeteiligung an Liedern. Sie müssen bedenken: ‚Die Königin der Tulpen' war 1973 in Holland 63 Wochen auf Platz 1. In Deutschland immerhin 14 Wochen. Das war ein richtiger Hit. Und der läuft auch heute noch regelmäßig im Radio. Und immer wenn der läuft, bekomme ich dafür Geld."

„Weil Sie dem gesungen haben?“

„Nein, weil ich den geschrieben habe. Das war zwar der einzige richtige Hit, den ich hatte, aber das reicht zum Leben.“ Er holte einen Notenständer, eine kleine Tasche und einen Eimer voller Tulpen aus dem Kofferraum. „Wären Sie so freundlich, mein Akkordeon zu nehmen?“

Will nickte und zog den Akkordeonkoffer heraus. Er war überrascht: „Der ist ja gar nicht so schwer, wie ich dachte. Ich habe Ihnen auch mal im Altenheim das Akkordeon hochgetragen und ich meine, da wäre das viel schwerer gewesen.“

„Das kann sein. Ich habe viele verschiedene Akkordeons. Das ist hier ist eine Hohner Morino V 120. Ein ganz leichtes Modell. Das nehme ich in letzter Zeit immer häufiger. Wissen Sie, der Rücken.“

Als sie wieder den Backstageraum betraten, wurden sie schon ungeduldig von Josef erwartet. „So, Herr van der Valk. Ich habe der Diskjockey DJ Hartmut Bescheid gesagt. Sobald das nächste Lied aus ist, geh ich am Mikrofon für Sie anzusagen. Soll ich irgendwas Bestimmtes sagen?“

Charlie van der Valk überlegte kurz und schüttelte dann bescheiden den Kopf. „Im Prinzip nicht. Es wäre nett, wenn Sie erwähnen, dass ich oft und gerne live auftrete.“

Josef nickte abwesend, denn soeben hatte DJ Hartmut ihm ein Zeichen gegeben. Der Löschmeister ging auf die Bühne, diesmal wesentlich selbstbewusster als noch zu Beginn des Abends. Seine Rolle schien ihm mittlerweile sogar Spaß zu machen. Der Anblick des prall gefüllten Festzelts beflügelte ihn nahezu. Die wogende Menge sah von der Bühne betrachtet aus wie ein Kornfeld, über das der Wind streicht. Josef klopfte obligatorisch zuerst auf das Mikrofon, während die linke Hand den Saum seiner Jacke umkrallte. Nachdem sich das Gemurmel im Zuschauerraum etwas gelegt hatte, sagte der Feuerwehrmann: „Verehrtes Publikum. Ich habe nun die große Ehre, Ihnen ein international bekannter Superschtar anzusagen zu dürfen. Er ist ein Künstler, der, wie er mir gerade noch gesagt hat, schon in viele Altenheime für Furore gesorgt hat – hier ist Charlie van der Valk!"

Van der Valk verzog ärgerlich das Gesicht, doch als er die Bühne betrat, lächelte er sein Profilächeln, das er sich in über 30 Jahren im Showgeschäft antrainiert hatte. Er schüttelte Josef Jackels überschwänglich die Hand und als er zur Begrüßung eine rote Tulpe in die Menge warf, verwandelte sich das Festzelt augenblicklich in einen Hexenkessel. Noch bevor er den ersten Ton auf seinem Akkordeon anschlagen konnte, begann der Saal geschlossen „Die Königin der Tulpen" zu singen. Einer der wenigen, die nicht mitsangen, war Will, der gedankenverloren in ein Schinkenbrötchen biss. Trotz des Trubels um ihn herum musste er plötzlich an den Kriminalfall denken. Ihn überkam das unangenehme Gefühl, etwas Wichtiges übersehen zu haben. Ein Hinweis, eine Spur, die geradezu offen ausgebreitet vor ihm lag. Doch immer, wenn er danach greifen wollte, löste sie sich wieder in Luft auf.

Aber nicht nur Will hatte dieses eigentümliche und sehr beunruhigende Gefühl. Auch ein anderer Mann, der am gegenüberliegenden Ende des Zeltes stand, getarnt mit einer Sonnenbrille und einer Baseballkappe, hatte diese merkwürdige Empfindung, dass ihm etwas Offensichtliches entging. Es war Kommissar Kleinheinz, der seinen Blick sorgenvoll durch den

Saal schweifen ließ. Eigentlich war er an diesem Tag wie immer zu seiner monatlichen Skatrunde verabredet gewesen, doch eine unbestimmte, nicht erklärbare Unruhe hatte ihn erfasst. Kurzerhand hatte er seinen überraschten Freunden abgesagt und war nach Saffelen gefahren. Doch in dem Augenblick, in dem Charlie van der Valk mit seinem Akkordeon die Bühne betrat und die Menge in einem wahren Begeisterungstaumel „Die Königin der Tulpen“ anstimmte, war er sich nicht mehr ganz so sicher, ob das eine gute Idee gewesen war.

# 26

## Samstag, 18. Juli, 21.06 Uhr

Der Vollmond tauchte den kleinen, unbefestigten Feldweg in ein zartes Licht. Rita trug ihre Stöckelschuhe in der Hand und der knochentrockene Boden malträtierte ihre nackten Füße. Aber das war ihr egal. Sie wollte nur noch weg. Irgendwohin. Egal wohin. Nur nicht zurück aufs Festzelt und nicht nach Hause. Seitdem sie aus dem Zelt gerannt war, hatte sie geweint. Wie lange sie schon unterwegs war, wusste sie nicht. Ziellos stolperte sie durch die hereinbrechende Nacht.

Plötzlich, wie aus dem Nichts, umgab sie ein Lichtkegel und sie hörte ein leises Motorengeräusch hinter sich. Die kleinen, blonden Härchen auf ihren Armen stellten sich auf und in ihrer Magengegend breitete sich ein flaues Gefühl aus. Jetzt nur keine Panik bekommen, sagte sie sich. Welche Möglichkeiten hatte sie? Rechts von ihr begann der Saffelener Wald, links von ihr lag freies Feld. Der nächste Hof war bestimmt zwei Kilometer entfernt. Das Motorengeräusch kam näher. Sie wagte es nicht, sich umzusehen. Stattdessen beschleunigte sie ihren Schritt, doch das Geräusch wurde nicht leiser. Im Gegenteil, es kam immer näher. Sie atmete tief durch und spurtete los. Während sie lief, wühlte sie in der Handtasche nach ihrem Handy. Sie keuchte und schnappte wild nach Luft. Zweige, die in den Weg ragten, peitschten sie und hinterließen Striemen auf ihrem Arm. Ihr Puls raste. Dann bekam sie ihr Handy zu greifen und wollte wählen. In diesem winzigen Moment der Unachtsamkeit übersah sie die Wurzel direkt vor sich. Sie konnte nicht mehr reagieren. Armrudernd stürzte sie vornüber. Als sie auf dem harten Boden aufschlug, wich alle Luft aus ihrer Lunge. Benommen und völlig außer Atem lag sie mit dem Gesicht auf einem dünnen Grünstreifen. Obwohl ihre Schulter wie Feuer brannte, versuchte sie, sich wieder aufzurappeln. Doch dann legte sich ein dunkler Schatten über ihren Körper. Unmittelbar neben ihr hatte ein Wagen gehalten. Sie schnappte nach Luft und sog dabei den Staub ein, den er aufgewirbelt hatte. Sie musste husten. Eine Autotür schlug zu. Als sie aufsah, stand ein grinsender Mann vor ihr – Bernd Bommer. Er hielt ihr seine Hand hin: „Darf ich Ihnen aufhelfen, schöne Frau?“

Rita betrachtete ihr derangiertes Gesicht im Spiegel der heruntergeklappten Sonnenblende. Während sie sich mit einem Taschentuch die verschmierte Mascara aus dem Gesicht wischte, sagte sie: „Du hast mir ein ganz schöner Schreck eingejagt, Bernie.“

Bommer lachte. Dabei schmerzte sein Kiefer. Sein rechtes Auge begann sich bereits violett zu färben. „Oh je, nicht dass dein Mann mir dafür schon wieder eine reinhaut.“

„Ach, der blöde Spinner. Der kann mich mal am ... oh Entschuldigung.“

„Kein Problem. Ich mag Frauen, die sagen, was sie denken. Im Übrigen habe ich vorhin das Gleiche über deinen Mann gedacht.“ Sie lachten. Dann fuhr Bernie fort: „Aber mal im Ernst. Findest du das nicht ein bisschen gefährlich, nachts alleine im Wald rumzulaufen? Nach allem, was hier in Saffelen passiert ist?“

„Ja schon. Aber ich war so sauer. Und ich wusste nicht wohin.“ Sie lächelte ihn verlegen an. „Na ja, zum Glück bist du ja gekommen mit dein BMW X5. Find ich übrigens super der Auto.“

„Eine so elegante Frau wie du interessiert sich für Autos?“

„Wie die Sau. Ich steh total auf allen möglichen Schnickschnack.“ Ihre Augen bekamen einen strahlenden Glanz. „Hier dein Sportlederlenkrad oder dein iDrive-Controller finde ich super. Dein Navi ist auch nicht schlecht.“

„Nicht schlecht?“ Bommer spielte den Entrüsteten. „Das ist eines der besten Onboard-Navis, die es gibt. Außerdem habe ich hier zusätzlich noch ein Oregon 300. Das ist der Hammer.“ Bommer öffnete die Mittelkonsole, holte ein kleines handliches Gerät hervor, das aussah wie ein kleines Funkgerät, und hielt es stolz in die Höhe. „Für den Outdoor-Einsatz. Vom Allerfeinsten. 850 MB Speicher. Mit Höhenmesser, Kompass und – man kann sogar Koordinaten eingeben.“

„Ja, ja. Ich weiß“, Rita klang gelangweilt, „ich hab das Oregon 400 T. Das ist noch ein bisschen besser. Das hat sogar 1,5 GB Speicher. Das kostet über 300 Euro. Dem hat der Richard mir letztes Jahr zum Geburtstag geschenkt.“

„Ein Navigationsgerät?“

„Nicht nur der Navi. Auch noch ein Ersatzkanister und eine Parkscheibe mit so Batterien drin, für dass der Zeiger immer weitergeht.“ Sie schluchzte.

Bommer legte ihr tröstend den Arm auf die Schulter und sagte sarkastisch: „Das ist ja ... das ist ja sehr romantisch von Borowka."

Rita sah ihn aus tränenverschleierten Augen an. „Ja", schniefte sie, „damals hat er mich eben noch geliebt."

Ihre Wange berührte nun seinen Arm. Er begann, ihr Haar zu kraulen. Sie wehrte sich nicht. Bommer sah heimlich auf seine Armbanduhr, dann strich er ihr eine Strähne hinters Ohr. Er ging mit dem Mund ganz nah heran und hauchte: „Sollen wir uns nicht einen bequemeren Platz suchen? Hier könnte man uns sehen."

Sie sah auf und blickte in seine stahlblauen Augen. Dann nickte sie stumm. Als sie ihren Kopf wieder auf seinen Arm sinken ließ, bemerkte sie nicht, wie sich seine Mundwinkel zu einem dunklen Grinsen verzogen.

# 27

## Samstag, 18. Juli, 21.33 Uhr

Das Festzelt brodelte. Charly van der Valk hatte die beiden obersten Knöpfe seines weißen Seidenhemds geöffnet, sein dünnes Haar klebte an seiner schweißüberströmten Stirn. Bevor er sich verbeugte, nahm er eine letzte rote Tulpe aus seinem Eimer, der am Bühnenrand stand, und warf sie in die Menge. Es war Billa Jackels, die sie mit einem beherzten Sprung aus der Luft fischte, allerdings ohne sich zuvor Gedanken darüber gemacht zu haben, wie sie ihren massigen Körper wieder sicher zurück auf den Boden bringen würde. Sie verlor das Gleichgewicht und drehte in der Abwärtsbewegung nach links ab. Zwei männliche Teenager in Schützenuniform rissen angsterfüllt die Hände vors Gesicht, als sich über ihnen der Himmel verdunkelte. Sie konnten gerade noch ein abgehacktes „Oh" ausstoßen, bevor sie von 120 Kilo Lebendgewicht begraben wurden. Einer kurzen Schrecksekunde folgte ungeheurer Jubel der Umstehenden, als Billa aus dem stöhnenden Menschenknäuel heraus triumphierend die Tulpe emporstreckte. Sekunden später wurde sie von mehreren Mitgliedern der katholischen Strickfrauen ebenso bewundernd wie neidisch hochgezogen und durch die Menge wieder Richtung Bühne bugsiert.

Um die beiden benommenen Jugendlichen kümmerte sich ein Sanitäter, der sich in der Zwischenzeit durch den Saal an den Ort des Geschehens gekämpft hatte.

Von dem kleinen Unfall bekam Charly van der Valk nichts mit, denn gerade als er winkend hinter der Bühne verschwinden wollte, wurde er von Josef Jackels abgefangen und unsanft am Arm wieder ins Scheinwerferlicht gezerrt. Während er sich noch aus dem festen Griff zu befreien versuchte, brüllte Josef bereits in sein fiependes Mikrofon: „Meine Damen und Herren. Das war der große Charly van der Valk. Ich glaube, ohne eine Zugabe wollen wir dem nicht gehen lassen, oder?" Obwohl die dünne Stimme des Löschmeisters in der johlenden Menge unterging, schien diese aus dem Bild, das sich ihr bot – ein gequält lächelnder Schlagerstar, der sich sein verrutschtes Jackett zurechtzupfte, neben einem übermütigen, rotbackigen Moderator, der unverständliche Satzfetzen in sein Mikrofon schrie – die richtigen Schlüsse zu ziehen: Augenblicklich setzte ein stakkatoartiges „Zugabe, Zugabe" ein und van der Valk gab sich nach kurzer Zeit mit gespielter Bescheidenheit geschlagen. Er schnallte noch einmal sein Akkordeon um und die Zuschauer vor der Bühne stimmten textsicher in den Refrain mit ein: „Doch die Königin der Tulpen, die bist du."

Richard Borowka hatte sich gut gelaunt bei Spargel eingehakt und sang hinter seinem Stehtisch begeistert mit. Fredi stieß ihn bereits zum wiederholten Mal mit besorgter Miene an. „Borowka, das kannst du nicht bringen. Wir müssen Rita suchen gehen. Nachher tut die sich noch was an."

Borowka hielt inne und verdrehte die Augen. „Mensch Fredi, du nervst. Du guckst mit Martina zu viele so bescheuerte

Liebesfilme. Die Rita tut sich nix an. Jedes Mal wenn ich nachts besoffen nach Hause komm, macht die das gleiche Theater und haut ab. Nach eine Stunde hat die sich dann abgeregt und kommt wieder zurück. Ich könnte bei uns in der Wohnung eine Drehtür einbauen lassen." Seinem Scherz ließ er einen Ellbogencheck auf Spargels Oberarm folgen, den er damit ins Gespräch miteinbezog: „Verstehst du, Spargel? Drehtür. Wegen, weil die immer geht und kommt." Doch Borowkas Motorik hatte ein wenig unter den zwölf Asbach-Cola gelitten und so geriet ihm der kleine Schubser heftiger als beabsichtigt und Spargel ging mit einem lauten Schrei und einem Griff an seinen Arm auf dem klebrigen Zeltboden in die Knie. Kurzatmig schnappte er nach Luft.

„Jetzt hör doch mal zu, Borowka!" Fredi ließ nicht locker. „Das ist diesmal was anderes. Martina hat gesagt, die Rita ist heulend in Richtung Wald gelaufen. Denk doch nur mal dadran, was letzte Woche mit der Hansi passiert ist oder mit die arme Frau Thönnissen. Hier in Saffelen sind ein paar Leute unterwegs, die verstehen kein Spaß."

Während Spargel sich stöhnend am Stehtisch wieder hochzog, dachte Borowka angestrengt nach. Er brauchte einen Moment, um die Information zu verarbeiten. „Du meinst ...?"

„Ja klar. Komm, lass uns gehen." Er zog ihn an seinem lila Jackett zum Seitenausgang. Borowka folgte nachdenklich. Auf seiner Stirn bildeten sich Sorgenfalten.

„Quatsch. Mecki ist der komische Igel aus der Hörzu, nicht der Maulwurf aus Fix & Foxi."

„Wohl", ereiferte sich Borowka.

„Nein, der Maulwurf heißt Pauli. Mecki ist der Freund von Egon."

„Wer ist denn Egon?"

„Egon ist der Gegenspieler von Pauli. Ein Hamster."

„Ah, Moment. Du hast Recht, Fredi." Die frische Abendluft hatte Borowka wieder klar werden lassen. „Der blinde Maulwurf aus Fix & Foxi heißt auf jeden Fall Pauli. Ich hatte mal ein Sonderheft, wodrin der ..."

„Pauli ist doch nicht blind."

„Ja klar. Alle Maulwürfe sind blind."

Fredi schüttelte energisch den Kopf. „Wenn alle Maulwürfe blind wären, dann bräuchtest du das ja nicht extra erwähnen. Dann ist das so was wie weißer Schimmel."

Borowka blieb stehen und machte mit der rechten Hand eine Scheibenwischerbewegung vor seinem Gesicht. „Was redest du für ein Blödsinn? Was hat ein blinder Maulwurf denn mit Schimmel zu tun? Außerdem ist Schimmel nicht immer weiß. Ich hatte letztens im Badezimmer ..."

Auch Fredi war stehengeblieben und sah sich um. „Scheiße. Wo sind wir überhaupt?"

Kurz nachdem die beiden das Festzelt verlassen hatten, war auf dem Weg zum Wald eine hitzige Diskussion entbrannt, bei der es um kontroverse Themen ging wie „Warum trägt Donald Duck nie eine Hose, außer wenn er schwimmen geht?" In einen leidenschaftlichen Disput versunken, hatten sie nicht mehr auf den Weg geachtet und fanden sich nun mitten im Wald wieder. Noch nicht einmal auf dem normalen Weg waren sie geblieben. Der überwucherte Pfad, auf dem sie standen, war nur noch schwerlich als solcher zu erkennen. Durch die hohen

Baumkronen warf der Vollmond ein fahles Licht auf den wurzelbedeckten Boden. Borowkas Blick suchte den Pfad ab. Dann sah er nach rechts und links. Da er in Saffelen groß geworden war und den Wald in- und auswendig kannte, fiel es ihm auch bei Mondschein nicht schwer, sich zu orientieren. „Wir müssen da lang", sagte er und zeigte auf einen kaum sichtbaren Trampelpfad, der an einer mächtigen Buche vorbeiführte. „Da hinten ist eine Lichtung. Da bin ich früher immer mit Rita mit dem Moped hingefahren, wenn der ihre Mutter mal wieder Terror gemacht hat. Von der Lichtung aus kommen wir dann wieder auf der normale Weg."

Als sie ein paar Schritte gegangen waren, konnten sie von Weitem tatsächlich die Lichtung sehen, die vom Mond in ein gespenstisch blasses Licht gehüllt wurde. Plötzlich hörte Fredi Geräusche. Seine Nackenhaare stellten sich auf, denn es waren nicht die üblichen Waldgeräusche wie Blättergeraschel oder leiser Wind, der durch die Bäume pfiff. Nein, es waren menschliche Geräusche. „Psst", sagte er und hielt Borowka am Arm fest, „da ist was." Sie gingen beide instinktiv hinter einem Busch in die Hocke.

Auch Borowka hielt den Atem an. Dann war es ganz deutlich zu hören. Jemand wälzte sich auf dem Boden. Leises, unregelmäßiges Stöhnen durchschnitt die unheimliche Stille der Nacht. Fredi bekam eine Gänsehaut. Doch Borowkas Augen verengten sich zu grimmigen Schlitzen. „Da ist doch ein Typ am stöhnen."

Fredi starrte ihn aus verängstigten Augen an. Dann verstand er, was sein Kumpel meinte. Erst hatte Bernie Bommer das Zelt verlassen. Kurz danach war Rita verschwunden. Fredi legte Borowka beschwichtigend die Hand auf den Arm und flüsterte:

„Das muss nicht das sein, was du glaubst, was das ist. Vielleicht ist da nur einer hingefallen.“

Borowka sah ihn durchdringend an. „Ja klar. Und der Papst ist katholisch, oder was?“ Er riss seinen Arm los und stand auf. Seine Miene hatte sich in eine entschlossene, hasserfüllte Maske verwandelt. Als er mit kraftvollen Schritten zur Lichtung lief, zischte er: „Dem bring ich um.“

Fredi war wie gelähmt vor Schreck, unfähig, sich zu bewegen. Er sah Borowka hinterher und konnte nur noch schwerfällig die Hand heben. Seine Stimme brach, als er Borowka hinterherrief: „Ja, aber. Aber der Papst ist doch katholisch. Oder nicht?“

# 28

## Samstag, 18. Juli, 21.46 Uhr

Bernd Bommer kühlte sein linkes Auge mit einem Spültuch, in das er eine Handvoll Eiswürfel gewickelt hatte. Er saß an seinem Schreibtisch und tippte einhändig auf seinem Laptop herum. Sein Kiefer schmerzte und er ärgerte sich, dass er sich im Festzelt einfach so hatte verprügeln lassen. Aber hätte er Ernst gemacht, wäre am Ende noch seine Tarnung aufgeflogen. Das konnte er nicht riskieren. Nicht jetzt, wo er so kurz vor dem Ziel stand. Die Daten auf seinem Bildschirm bauten sich nur sehr langsam auf, da es in Saffelen natürlich noch kein DSL gab. Bommer musste mit einer ISDN-Karte vorliebnehmen. Und da zurzeit auch noch das Telekomkabel an der gegenüberliegenden Kirche gestört war, musste er mit seiner GPRS-Mobilfunkkarte ins Internet. Als der Ladevorgang beendet war, nickte er zufrieden, zog eine Schublade unter dem Schreibtisch auf, und nahm einen Zettelblock mit der Aufschrift „Wurst Wimmers – das lustige Würstchen vom Lande“ und einen Kugelschreiber heraus. Ohne den Kühlbeutel vom Auge zu nehmen, stützte er sich mit dem linken Ellenbogen auf den Block und übertrug mit der rechten Hand die Daten vom Bildschirm. Er lehnte sich weit in seinem Schreibtischstuhl zurück und warf das Spültuch, in dem die Eiswürfel bereits zu tauen begannen, in den Mülleimer. Bevor er den Hörer seines orangenen Telefons abnahm, atmete er noch einmal tief durch. Es tutete zweimal, dann drang ohrenbetäubender Lärm durch die Hörmuschel an Bommers Ohr. „Hallo? Hallo?", sagte er irritiert.

Er hörte heftiges Gerappel, dann wurde es etwas leiser. Als sich die Stimme am anderen Ende meldete, sagte Bommer gedämpft: „Hör zu. Ich glaube, es ist so weit. Wir sollten nicht mehr länger warten. Ich werde jetzt ... Was? Ich versteh kein Wort. Warum ist es so laut bei dir? Du bist wo? In Saffelen am Festzelt? Verdammt, wir hatten doch gesagt ... Okay, dann bis gleich. Ich hol dich da ab." Bommer hörte eine Weile zu, dann sagte er: „Nein, keine Sorge. Sie wird uns keine Probleme mehr machen. Ich kümmere mich um sie. Sobald ich hier fertig bin, hol ich dich ab." Er legte auf und blieb noch einen Moment sitzen, während er nachdenklich an seinen Fingernägeln kaute. Dann zog er entschlossen eine zweite Schublade unter seinem Schreibtisch auf. Darin lagen eine Walther P99 und ein volles Magazin. Er schob das Magazin in den Griff ein und zog den Schlitten zurück, um die Waffe zu entsichern.

Plötzlich rief Rita aus dem Badezimmer: „Bernie?! Hast du vielleicht irgendswo Feuchtigkeitstücher für wegen mein Make-up?"

Bernie schüttelte genervt den Kopf und stand auf. Er lud seine Pistole durch und ging zum Badezimmer. Währenddessen kehrte ein Lächeln in sein Gesicht zurück. „Ich komme."

# 29

## Samstag, 18. Juli, 22.17 Uhr

Fredi war Borowka in einigem Abstand zur Lichtung gefolgt. Doch was er dann sah, ließ ihn zurücktaumeln. Mit angehaltenem Atem ging er hinter einem großen Busch in Deckung. Von dort konnte er die komplette Lichtung einsehen. Fredi brauchte mehrere Sekunden, um zu realisieren, was sich dort abspielte. Am Fuß einer großen Eiche lag Hans-Peter Eidams, zusammengerollt wie ein Embryo, mit hinter dem Rücken gefesselten Händen. Über seinem Mund klebte ein grobes, graues Textilband. An seinen vor Angst geweiteten Augen und den aufgeblähten Backen konnte man erkennen, dass er schrie, doch das einzige, was man hörte, war ein dumpfes Stöhnen. In der Mitte der Lichtung standen zwei Männer in schwarzen Lederjacken, deren Gesichter Fredi im nachlassenden Mondlicht nicht genau erkennen konnte. Ihnen gegenüber entdeckte er Borowka, der in seinem lila Jackett, dem hellblauen Jeanshemd und der herunterhängenden weißen Lederkrawatte wie die einzige bunte Figur in einem Schwarz-Weiß-Film wirkte. Unsicher stand er vor den beiden Ledermännern. Sein Blick irrte zwischen ihnen und Hansi hin und her. Einer der schwarzen Männer machte einen Schritt auf Borowka zu, der instinktiv zurückwich. In seiner Hand hielt der Mann einen Gegenstand, den Fredi nicht erkennen konnte. Die düsteren Bäume warfen zu lange Schatten. Eine unheimliche Stille lag über der Lichtung. Nicht nur Fredi, auch der Wald schien beklommen zu schweigen. Dann hob der Mann den Arm. Jetzt erkannte Fredi den Gegenstand – es war eine riesengroße Pistole mit einem langen Lauf. Er hielt sich entsetzt die Hand vor den Mund.

Borowka riss abwehrend die Hände hoch. „Was soll der Scheiß?", war alles, was ihm einfiel.

Dann sprach der Mann in ruhigem Tonfall, ohne die Pistole herunterzunehmen: „Wer bist du und was willst du hier?"

„Ich bin ... also ... ich", stotterte Borowka, „ich hab mich verlaufen. Ich ..."

Der Mann schnellte nach vorne und Fredi dachte schon, er würde Borowka erschießen, doch dann drehte er blitzschnell die Pistole in der Hand und knallte den Knauf mit irrsinniger Kraft auf Borowkas Kopf. Borowka sackte in sich zusammen wie eine Marionette, der man die Schnüre durchgeschnitten hatte. Sein matter Körper landete seltsam verrenkt auf dem Boden. Das panische Stöhnen von Hansi wurde lauter. Er wand sich auf dem Boden wie ein Fisch, den man vom Haken abgenommen und auf den Bootssteg geworfen hatte. Der Mann mit der Pistole ging langsam zu ihm und trat ihm zweimal mit voller Wucht in den Magen. Hansis Augen verdrehten sich grotesk und das Stöhnen verstummte. Hansi war ohnmächtig geworden.

Fredi beobachtete fassungslos die Szene. Er war gelähmt vor Angst und seine Gedanken rotierten in seinem Kopf. Seine

Hände waren klatschnass und zitterten. Nur mühsam brachte er seine Nerven wieder unter Kontrolle. Denk nach, Fredi, sagte er sich. Das müssen die beiden Männer sein, die ich auf Bernies Fotos gesehen habe. So viel ist klar. Aber was haben die mit Hansi vor? Die Stimme des Pistolenmannes riss ihn aus seinen Überlegungen.

„Verdammt noch mal. Was ist eigentlich hier los?"

Der zweite Mann trat neben ihn. „Ach, irgendein Betrunkener. Hast du die Asbach-Fahne nicht gerochen? Heute ist doch das Fest in dem Kaff." Seine Stimme war heiser und ließ Fredi auf der Stelle frösteln.

„Und was ist, wenn der Typ nicht alleine ist?"

Fredi erstarrte. Er kauerte hinter seinem Busch und sah sich gehetzt nach einem Gegenstand um, den er im Notfall als Waffe verwenden konnte. Doch außer ein paar verdorrten Zweigen und Ästen lag nichts in Reichweite.

Der zweite Mann wiegelte ab: „Ach, Quatsch. Komm, lass uns weitermachen."

Der Mann mit der Pistole schien nicht überzeugt. Sein eisiger Blick suchte die Umgebung ab. Dann sagte er: „Vielleicht hast du recht. Wir müssen uns beeilen. Hol das Seil aus dem Auto. Und schau doch noch mal nach dem Ersatzreifen." Der zweite Mann stutzte kurz, nickte dann und verschwand auf der gegenüberliegenden Seite zwischen den Bäumen. Dort lag der große Waldweg. Offensichtlich hatten sie dort geparkt, kombinierte Fredi. Der Mann auf der Lichtung packte den bewusstlosen Borowka von hinten unter beiden Armen. Wie einen Kartoffelsack schleifte er ihn hinüber zur Eiche und legte ihn neben Hansi ab. Dabei ächzte er vor Anstrengung.

Fredi nutzte die Gelegenheit und schlich sich, so leise er konnte, zurück auf den kleinen Pfad, auf dem sie vorhin gekommen waren. Als er außer Reichweite war, ging er in einer laubbedeckten Senke in Deckung. Aus seiner hinteren Hosentasche zog er sein Handy, um die Polizei zu verständigen. Ihm war bewusst, dass sein Freund in Lebensgefahr schwebte und dass jetzt jede Sekunde zählte. Als er wählen wollte, stellte er fest, dass er kein Netz hatte. Verdammt, dachte er. Hektisch wischte er sich den Schweiß von der Stirn, der ihm schon in die Augen tropfte. Er sah sich um. Alles war ruhig. Fast lautlos robbte er aus der Senke heraus und kroch vorsichtig auf allen Vieren weiter. Den Blick hielt er auf sein Handy gerichtet. Nach wenigen Metern baute sich ein erster Balken auf dem Display auf, dann ein zweiter. Fredi ballte die Faust. Der zweite Balken verschwand wieder. Egal, das muss reichen, dachte er sich. Er lehnte sich mit dem Rücken an einen Baum und nahm das Handy dicht vors Gesicht.

„Hallo, kleines Arschloch ...“, sagte plötzlich eine heisere Männerstimme aus dem Dunkeln. Fredi zuckte zusammen und sah auf, direkt in die Mündung eines Revolvers. Vor ihm stand der zweite Ledermann. Jetzt aus der Nähe erkannte er die harten Gesichtszüge von dem Foto wieder, das er auf Bernies Schreibtisch gefunden hatte. Der Mann packte Fredi blitzartig am Kragen seines Jacketts und riss ihn mit einer Leichtigkeit in die Höhe, als sei dieser eine Spielzeugpuppe. Das Handy fiel zu Boden. Mit seinen schweren Stiefeln trat der Mann mehrmals darauf und zermalmte es. Er schubste Fredi gegen einen Baum, hob das, was vom Handy übrig war, auf und steckte es in seine Tasche, ohne Fredi aus den Augen zu lassen. Dann sagte er:

„Ich glaube, wir beide sollten einen kleinen Spaziergang unternehmen."

Der Mann trieb Fredi mit seinem Revolver vor sich her. Immer wieder stieß er ihm dabei den Lauf in den Rücken. Auf der Lichtung angekommen, war der andere Mann gerade dabei, dem immer noch bewusstlosen Borowka ebenfalls die Hände auf dem Rücken zu fesseln. Hansi war mittlerweile wieder zu sich gekommen. Seine angsterfüllten Augen sahen den Baumstamm hinauf. Fredi folgte dem Blick und bemerkte ein festes Hanfseil, das über einem kräftigen Ast zusammengeknotet war. Das herunterhängende Ende war ungeschickt zu einer Schlinge gebunden, die im sanften Abendwind hin und her wiegte. Fredi lief es eiskalt den Rücken hinunter. „Ein Galgen", entfuhr es ihm.

„Halt's Maul", rief der heisere Mann und versetzte ihm einen heftigen Schlag auf die Schulter. Fredi stolperte und fiel vornüber zu Boden.

Der andere Mann richtete sich auf und sah Fredi grinsend an. „Richtig. Ein Galgen, Klugscheißer. Unser Hans-Peter hat sich entschlossen, heute Nacht aus dem Leben zu scheiden." Hansis Kopf schlug wild hin und her. Auf seiner Stirn traten große Adern hervor. Er schrie lautlos.

Fredi fragte schwer atmend: „Warum macht ihr das?"

Der Mann lächelte zwar, aber sein Mund bildete dabei eine schmale Linie. „Du bist ja ganz schön neugierig, Kleiner. Was wird das hier heute Abend? Der Angriff der Lederkrawatten?" Er lachte spöttisch.

„Was hat der Hansi euch denn getan?", Fredi wunderte sich, dass er plötzlich so merkwürdig ruhig wurde.

Der Mann, der offensichtlich der Chef zu sein schien, kam auf Fredi zu. Er seufzte: „Okay, du gibst ja wohl doch keine Ruhe. Der Hansi hat unsere erste Lektion nicht ganz verstanden. Und jetzt müssen wir ein bisschen deutlicher werden.“

Fredis Blick wanderte von dem Mann zum Galgen und wieder zurück. Ein dicker Kloß bildete sich in seinem Hals. Obwohl ihn eine böse Ahnung beschlich, fragte er schluckend: „Und was bedeutet das für mein Kumpel und mich?“

Der Mann stand jetzt unmittelbar vor dem auf dem Boden knieenden Fredi und sah ihn mit einem durchdringenden Blick an. „Was meinst du wohl, was so was für zwei Augenzeugen bedeutet?“ Er nahm seine Pistole hoch und richtete sie direkt auf Fredis Stirn.

Fredi schloss die Augen. Mit einem Mal erfasste ihn ein warmes Gefühl. Er spürte, dass er gar nicht so viel Angst vor dem Sterben hatte, wie er immer geglaubt hatte. Was ihn eigentlich überraschte, weil er sich weder für tapfer noch für religiös hielt. Er musste sogar daran denken, dass er schon sehr früh angefangen hatte, den Kindergottesdienst zu schwänzen, um mit Borowka auf der Parkbank am Kindergarten zu rauchen. Und noch mehr Stationen seines Lebens zogen auf einmal an seinem geistigen Auge vorbei. Seine Einschulung, bei der er als einer der ersten bereits einen echten Scout-Tornister und einen Pelikan-Füller besaß. Sein erstes Mofa, eine Kreidler Flory Dreigang mit aufgebohrtem Rennauspuff und Hirschlenker. Seine erste Alkoholvergiftung in Borowkas Partykeller. Die Massenschlägerei in Roermond nach dem Achtelfinalsieg am 24. Juni 1990 bei der WM in Italien gegen Holland. Sein erster Kuss mit Martina. Mein Gott, Martina. Er spürte eine

Träne, die ihm die Wange herunterlief. Würde sie ihn vermissen? Fredi öffnete noch einmal kurz die Augen. Durch einen leichten Schleier blickte er in ein regungsloses Gesicht und beobachtete dann, wie der Daumen des Mannes fast wie in Zeitlupe den Hahn des Revolvers nach hinten zog. Das letzte, was er wahrnahm, waren ein dumpfer Knall und eine kleine Flamme, die aufblitzte. Dann kippte er zur Seite und ein kräftiger Strudel zog ihn sanft nach unten in eine tiefe, friedliche Dunkelheit.

# 30

## Samstag, 18. Juli, 22.28 Uhr

„Currywurst mit große Fritten, doppelt Mayo, doppelt Ketchup. Und ein Schewampschichi für hier zu essen. Dat macht sechs neunzig." Rosi knallte die große Pappschale mit der geschnetzelten Wurst auf den Tresen ihres Frittenanhängers, der unmittelbar neben dem Eingang zum Festzelt aufgebockt war. Die Currysoße schwappte über, doch die Spritzer, die sie verursachte, fielen nicht großartig ins Gewicht auf der mit den verschiedensten Essenresten verklebten, ehemals weißen Theke. Will wühlte in der tiefen Tasche seiner grauen Stoffhose eilig nach Münzgeld, während Rosi die Schale mit den Fritten folgen ließ, an deren Rand noch das dampfende Cevapcici wackelte. Sie wischte sich mit einem löchrigen Spültuch den Schweiß aus der Stirn und brüllte einen dünnen, lang aufgeschossenen Jugendlichen neben Will an, dessen blasses Gesicht mit zahlreichen, zum Teil überfälligen Pickeln übersät war: „Warst du das halbe Hähnchen?" Verschüchtert nickte der Junge. „Dat sind bei dir zwei fuffzig." Rosi drehte sich zu einer molligen, älteren Dame um, die hinter ihr stand und gerade einen Drahtbehälter mit einem verschrumpelten Hähnchen aus der Friteuse riss und energisch am Rand abklopfte. Es handelte sich um Annemie Schlömer, Rosis Mutter, die ihrer Tochter aushalf, seit Owamba auf Nimmerwiedersehen verschwunden war. Das war auch bitter nötig, denn die Schlange vor dem rostigen Anhänger schien an diesem Abend überhaupt kein Ende zu nehmen. Selbst der Ortsvorsteher hatte geschlagene fünf Minuten warten müssen. „Tu noch mal vier Pommes und zwei Bratrollen rein, Mama."

Will legte sieben Euro auf die Theke und sagte mit gönnerhaftem Nicken: „Stimmt so, Rosi." Er sah sich um und balancierte dann seine beiden Schalen an einen Plastikstehtisch, an dem eine einzelne Person mit ihm zugewandtem Rücken stand. Als Will die heißen Schalen hastig absetzte und freundlich „Ist hier noch frei?" fragte, erkannte er den Mann. Es war Dieter Brettschneider, der Leiter des Saffelener Altenheims. Der zuckte kurz zusammen und nickte dann abwesend, ohne aufzusehen. Vor ihm auf dem Tisch lag sein Handy, das er nun beiläufig zur Seite schob. Will deutete auf einen Plastikbecher, der zur Hälfte mit Mineralwasser gefüllt war. „Was ist das denn, Dieter? Willst du dich die Hände waschen?" Der Landwirt prustete laut los und schlug Brettschneider kräftig auf die Schulter.

Der sah grimmig auf, dann erkannte er den Ortsvorsteher. Seine leichte Verärgerung wich einem routinierten Lächeln. „Ach, hallo Will. Ich hatte dich gar nicht erkannt." Er deutete auf das Wasser und erklärte entschuldigend: „Ich kann heute nicht so viel trinken. Ich muss noch arbeiten."

Will sah ihn mit großen Augen an, schob sich ein Stück Currywurst, das er auf eine Plastikgabel gespießt hatte, in den Mund und plapperte kauend weiter: „Was musst du denn an so ein Tag wie heute arbeiten? Was ist denn wichtiger als wie unser Feuerwehrfest?"

„Wir haben heute im Altenheim nur eine Notbesetzung. Ich wollte gleich noch mal nach dem Rechten sehen. Nichts Besonderes."

„Stichwort Altenheim", Will ließ nun gleich zwei aufgespießte Stücke Currywurst in seinen Mund wandern, „da wollte ich dich sowieso noch mal drauf ansprechen. Und zwar wegen unsere Omma. Ob du da was am Preis machen kannst. Ich mein, für so was brauche ich ja keine Rechnung."

Brettschneider zog die Stirn in Falten. „Eure Omma? Aber ich denk, die ist letztes Jahr gestorben?"

„Ja, die Omma väterlicherseits: Omma Hastenrath. Die ist letztes Jahr mitten in der Heuernte plötzlich und unerwartet gestorben. Mit 96 Jahre. Aber ich meine die Omma von meine Frau."

„Ach, die lebt immer noch?"

„Ja klar. Die ist ja erst 92."

Brettschneider kräuselte gelangweilt die Lippen und blickte zwischendurch immer wieder verstohlen auf das Display seines Handys, als erwarte er einen Anruf. „Welche Pflegestufe hat die denn?", fragte er, ohne Will anzusehen.

Der Ortsvorsteher nahm das Cevapcici zwischen Zeigefinger und Daumen und steckte es sich komplett in den Mund. Das Fett lief an seinen Mundwinkeln herunter. Er kaute zweimal mit dicken Backen, bevor er antwortete: „Ne, nicht Pflegestufe. Die ist noch ganz rüstig. Ich dachte, ich frag mal so präservativ. Weil, ich habe der Eindruck, dass die in letzter Zeit so vergesslich geworden ist. Ich hatte die vor zwei Wochen mal mit dem

Fahrrad nach dem Raiffeisenmarkt in Brüggelchen geschickt, für dass die mir ein Sack Torf, zwei Zinkeimer und ein paar Gummistiefel käuft."

„Ja und?"

„Da kam die zurück und hatte die Quittung vergessen. Ich weiß auch nicht, was in letzter Zeit mit die los ist."

Plötzlich ertönte Lärm aus dem hinteren Teil des Zeltes. Aufgeregtes Stimmengewirr deutete auf einen Tumult hin. Will reagierte sofort und eilte zum Eingang, nur für den Fall, dass ein erfahrener Streitschlichter gebraucht werden würde. Es dauerte eine Weile, bis er die Lärmquelle lokalisiert hatte, da das Zelt unter der Überfüllung ächzte und schwere Rauchschwaden und aufsteigender Wasserdampf die Sicht erschwerten. Der Holzboden, auf dem Wills Gummistiefel augenblicklich festpappten, zuckte unter dem schweren Bass von „Hello again", das aus Hunderten Kehlen mitgegrölt wurde. DJ Hartmut machte mal wieder einen fantastischen Job. Will kniff die Augen zusammen und suchte mit seinen Blicken den Raum ab. Um eine Schlägerei schien es sich ausnahmsweise nicht zu handeln. Dann entdeckte er Festzeltwirt Harry Aretz, der hinter seinem langen Edelstahltresen aufgeregt mit den Armen wedelte. Zwei Kellner mit durchgeschwitzten weißen Hemden und schwarzen Lederschürzen standen vor ihm und zuckten ratlos mit den Schultern. Will bahnte sich einen Weg durch die wogende Menge und trat hinter die Theke. Er sprach Harry Aretz an, unter dessen Achseln sich ebenfalls breite Salzränder gebildet hatten: „Was ist los, Harry? Kann ich helfen?"

Harrys hochroter Kopf fuhr herum. „Ach, Will. Leider nicht. Mir ist eine von die vier Hochleistungszapfanlagen ausgefallen.

Da ist wohl das Ventil kaputt. Die müssen wir dringend wieder am laufen kriegen, sonst brechen die mir hier der Laden ab." Der Wirt wandte sich an seine beiden Kellner. „So, Dirk und Dose. Ihr bleibt jetzt erst mal hier hinter die Theke und helft die Silke. Ich fahr mal schnell in die Gaststätte, im Lager gucken, ob ich noch ein Ventil habe." Er zog seine Schürze aus und warf sie in die Ecke.

Will eilte vor ihm zum Ausgang und drückte unsanft die Menschenmenge auseinander, sodass eine schmale Gasse entstand: „Leute, auf Seite. Wir haben hier ein Notfall."

Harry bedankte sich und lief zu seinem Wagen, der auf einem Grasstreifen am Straßenrand geparkt stand. Will sah dem davonrasenden Kadett noch kurz hinterher, bevor er wieder an seinen Stehtisch zurückkehrte und sagte: „Irgendwas läuft immer schief, oder, Dieter?! Dieter?"

Doch Dieter Brettschneider war spurlos verschwunden. Auf dem Tisch stand noch sein halbvoller Wasserbecher. Will schüttelte den Kopf und beschäftigte sich stattdessen mit seiner Portion Fritten, die er bislang arg vernachlässigt hatte. Er genoss sie lustvoll, denn er liebte den einzigartigen Geschmack der von Mayonnaise und Ketchup durchtränkten Pommes. Wer diese Kreation erfunden hatte, müsste nachträglich den Nobelpreis bekommen, dachte er. Zufrieden schaute er in den wolkenlosen Himmel, an dem der Vollmond seine ganze Pracht entfaltete. Die Nacht war so klar, dass man auf der Mondoberfläche sogar Konturen von Bergketten erkennen konnte. Alles wirkte so nah, dabei war es bestimmt Hunderte von Kilometern entfernt, sinnierte Will. Versonnen dachte er daran, dass ihn seine weiteste Reise bislang nach Bad Neuenahr geführt hatte. Und das war auch schon fast 40 Jahre her. Es war seine Hochzeitsreise gewesen.

Wie aufs Stichwort klopfte ihm plötzlich seine Frau Marlene auf die Schulter und riss ihn aus seinen romantischen Gedanken. „Hast du mal zwei 50-Cent-Stücke für der Toilettenwagen“, säuselte sie leicht beschwipst. Will drehte sich um. Neben Marlene stand Billa mit dem gleichen verklärten Mienenspiel, das auch seine Frau zwischen ihren geröteten Wangen trug. Wie einen wertvollen Pokal hielt Billa eine leicht abgeknickte, rote Tulpe in der Hand, an der sie unentwegt roch. Während Will in seiner Hosentasche nach Kleingeld kramte, redete Marlene weiter: „Stell dir vor, Will. Die Billa hat eine Tulpe gefangen von Charlie van der Valk. Und der hat uns ganz tief in die Augen geguckt, wie der so schön am singen war: ‚Die Königin der Tulpen – die bist du‘.“ Will grummelte irgendetwas Unverständliches und drückte seiner Frau zwei 50-Cent-Stücke in die Hand.

„Das Lied ist so schön“, schwärmte Marlene, „auch wenn das eigentlich gar nicht von Charlie van der Valk ist.“

„Komm, wir gehen nach dem Klo“, drängelte Billa. Als sich die beiden Frauen zum Gehen wandten, hielt Will Marlene am Arm zurück: „Was hast du gerade gesagt?“

„Komm, wir gehen nach dem Klo“, wiederholte Billa.

„Nicht du.“ Er schob sie unwirsch beiseite, sah seiner Frau tief in die Augen und fragte: „Was soll das heißen, das Lied ist nicht von Charlie van der Valk?“

Marlenes glasige Augen starrten ihn irritiert an. „Das hat uns ein holländischer Sänger gesagt, dem wir in unser Wellnessurlaub getroffen haben. Der hat gesagt, ‚Die Königin der

Tulpen‘ ist ein ganz altes holländisches Volkslied. So wie ‚Wir waren in Madagaskar‘ oder wie das heißt.“

Will rieb sich angestrengt das Kinn. „Das kann doch gar nicht sein. Das würde ja bedeuten ...“

„Ist doch egal, Will. Ich hab eben noch für der liebe Herr Brettschneider gesagt: Das wäre ein Grund für mich, bei Sie im Altenheim zu gehen, nur für einmal die Woche zu hören, wie schön der Charlie auf sein Schifferklavier spielt.“

„Auf sein was?“

„Sein Schifferklavier!“ Marlene wurde ärgerlich: „Was ist denn los mit dir, Will? Hast du irgendswas an deine Ohren?“

„Ich muss zum Klo“, quengelte Billa.

Doch Will hörte schon gar nicht mehr richtig zu. Worte flogen wild durch seinen Kopf: „Die Königin der Tulpen“, „Altenheim“, „Brettschneider“ „Schifferklavier“. Zuerst wusste er nicht, was das zu bedeuten hatte, doch mit einem Mal setzte sich alles zusammen wie ein Puzzlespiel. Die Erkenntnis traf ihn mit solch einer ungeheuerlichen Wucht, dass er etwas machte, was er seit über 20 Jahren nicht mehr getan hatte. Er umarmte seine Frau und küsste sie mitten auf den Mund. Lang, feucht und leidenschaftlich. Als er von ihr abließ, starrte sie ihn völlig verstört an. Will strahlte. „Marlene! Ich glaube, du hast der Fall gelöst.“

# 31

## Samstag, 18. Juli, 22.56 Uhr

„Maaaaaaaaaama – und bringt das Leben mir auch Kummer und Schmerz." Irgendjemand hatte 20 Cent in die Jukebox geworfen und die glockenklare Stimme von Heintje erfüllte den Gastraum mit dem Rhythmus der Unschuld. Die Tanzfläche war voller junger Menschen, die miteinander tanzten und sich dabei tief in die Augen sahen. Das junge Mädchen saß alleine an einem Tisch in der hintersten Ecke, sog mit einem Strohhalm an ihrer Sinalco und beobachtete die ausgelassenen Leute. Versonnen summte sie den Hit mit. Dieses Lied gefiel ihr fast noch besser als ‚Du sollst nicht weinen'. Sie trug ein hellgrünes Kleid mit eng anliegenden Ärmeln und hatte ihr langes, blondes Haar zurückgekämmt und im Nacken zu einem Knoten aufgesteckt. Das dezente Make-up unterstrich ihre natürliche Schönheit. Mit ihren klaren, blauen Augen verfolgte sie das ausgelassene Treiben um sich herum. Jeden Sonntag kam sie zum Tanztee. Doch sie ließ sich nie auffordern. Zu sehr schmerzte noch die Trennung von Johannes, der sie wegen einer anderen aus dem Dorf hatte sitzen lassen. Um ihm und vor allem ihr aus dem Weg zu gehen, fuhr sie immer in dieses Tanzlokal in Sittard gleich hinter der Grenze mit dem Namen

„Het Heiderösje“. Hier kannte sie niemanden und niemand kannte sie.

Doch dass ihr Leben ausgerechnet hier und ausgerechnet an diesem Tag eine entscheidende Wendung nehmen würde, das hätte sie niemals für möglich gehalten. Es begann damit, dass sich ein muskulöser, junger Mann mit weit geöffnetem Hemd zu ihr herunterbeugte. Er sah ihr tief in die Augen und kam ihr dabei so nahe, dass sie seinen strengen Heineken-Atem roch, der sich mit seinem aufdringlichen Aftershave vermischte. „Hallo, ik ben Chiem. Kom op danze, schatje!“

Sie schüttelte leicht angewidert den Kopf und sagte: „Nein danke. Ich möchte nicht tanzen.“

„Ach. Du bist deutsch. Dann musst du erst recht mit mir tanzen.“ Chiem packte ihren Arm. Sein fester Griff schmerzte. Sie setzte sich zur Wehr, doch er riss sie problemlos hoch. Dann drückte er seinen Körper fest an ihren und versuchte sie zu küssen. Mit der rechten Hand trommelte sie auf seine Brust und strampelte mit den Beinen, die sich knapp über dem Boden befanden.

„Lass das Fräulein los!“ Eine kräftige Stimme durchschnitt die Luft und augenblicklich hielt ein Teil der Tanzenden inne. Die Geräuschkulisse veränderte sich, nur Heintje sang unverdrossen in den höchsten Tönen weiter. Chiem sah sich irritiert um, ohne seinen Griff zu lockern.

Vor ihm stand ein schmaler, groß gewachsener Mann, dessen dunkles Haar mit Haarcreme zu einer Tolle gekämmt war. Er hatte dunkle Augen und ein fein geschnittenes Gesicht. Chiem hatte ihn noch nie gesehen. Er sah ihn abschätzig an und sagte: „Hau ab. Such dir selber eine.“

Doch der Unbekannte ließ sich nicht beirren. „Lass das Fräulein los, sonst ..."

„Sonst was?" Jetzt schubste Chiem das Mädchen weg und baute sich vor dem Mann auf. „Willst du mir eine reinhauen, oder wie?"

Der Fremde wich keinen Millimeter zurück. „Wenn es sein muss."

Chiem war verunsichert. Er sah sich um. Mittlerweile hatte sich eine Menschentraube um die beiden Kontrahenten gebildet. Nun gab es kein Zurück mehr. Chiem musste sein Gesicht wahren. Er machte einen Schritt auf den Mann zu und schubste ihn nach hinten. Der Mann taumelte, fing sich aber gleich wieder und hielt jetzt unsicher die Fäuste hoch. Sein zuvor fester Blick flackerte kurz. Dieser Moment hatte Chiem gereicht, um zu erkennen, dass der Mann keine Chance gegen ihn haben würde. Chiem war ein erfahrener Schläger. Er grinste darüber, dass er sich einen Moment hatte verunsichern lassen. Mit angewinkelten Armen ging er auf den Fremden zu. Mit rechts holte er weit aus, doch in der Bewegung blieb seine Faust plötzlich in der Luft stehen. Der Fremde, der gerade noch den Schlag erwartet hatte, sah nun, wie sich Chiems Kopf leicht zur Seite drehte und sein muskulöser Körper ungebremst auf den Boden krachte. Dann tauchte hinter ihm das Mädchen im hellgrünen Kleid auf. In der Hand hielt sie den abgebrochenen Hals einer Sinalco-Flasche. In diesem Moment trafen sich ihre Blicke und sie beide wussten: Das würde für immer sein.

Wieder und wieder lief diese Szene vor Käthe Thönnissens geistigem Auge ab, wenn sie auf ihrem verrosteten Feldbett im Zwischenreich von Schlaf und Wachsein vor sich hin dämmerte. Es war fast genau 40 Jahre her, doch es fühlte sich an, als sei es gestern gewesen. Das hellgrüne Kleid besaß sie heute noch. Es hing in ihrem Apartment im Schrank. Ohne ihre Erinnerung wäre sie längst tot, dachte sie. Sie wusste nicht mehr, wie lange sie schon in ihrem Verlies eingesperrt war. Vier, fünf Tage bestimmt. Am zweiten Tag war ein maskierter Mann gekommen, der ihr Kleidung und etwas Obst gebracht hatte. Er hatte kein Wort gesprochen und war nach wenigen Minuten wieder verschwunden. Von da an wiederholte sich dieses Ritual Tag für Tag. Der Mann kam immer zur selben Zeit. Einmal am Morgen und einmal am frühen Abend. Mal brachte er Zeitschriften, mal Süßigkeiten. Doch er sprach nie mit ihr, so sehr sie ihn auch anflehte. Bis auf heute Abend. Da sagte er ihr plötzlich, dass es bald vorbei sein würde. Seine Stimme hatte dabei kalt und erbarmungslos geklungen. Nun lag Frau Thönnissen auf ihrem Feldbett und fragte sich, was er wohl damit gemeint haben mochte. Sie zog sich die Decke bis unters Kinn. Unwillkürlich musste sie weinen. Sie hatte keine Angst vor dem Tod, aber musste es denn wirklich so enden? Sie hätte so gerne noch ein paar Dinge in ihrem Leben geklärt. Sie wischte sich gerade mit dem Handrücken die Tränen aus dem Gesicht, als sie Schritte hörte. Schwere, dumpfe Schritte, die vor der Tür zum Stillstand kamen. Dann erkannte sie den rappelnden Schlüsselbund. Um die Zeit ist er noch nie gekommen, dachte sie. Eine Gänsehaut legte sich über ihren ganzen Körper. Der Schlüssel schob sich langsam ins Schloss. Sie versuchte sich einzureden, dass es nichts zu bedeuten hatte. Der Schlüssel drehte sich knirschend. Doch ihr war bewusst, dass es so weit war. Wie es aussah, war sie am Ende einer langen Reise angekommen. Sie atmete schluchzend aus und erinnerte sich noch ein letztes Mal an diesen einzigartigen Moment vor 40 Jahren. Als die Tür sich öffnete und die verrosteten Angeln laut quietschten, sagte sie leise: „Ich liebe dich." Dann schloss sie die Augen.

# 32

## Samstag, 18. Juli, 23.04 Uhr

Fredi lag auf einer grünen Wiese, die nach Klatschmohn und Löwenzahn duftete. Er blickte in einen strahlend blauen Himmel, an dem sich ein paar kleine Schäfchenwolken im Zeitlupentempo eine Verfolgungsjagd lieferten. Er hatte seine Windjacke zusammengefaltet und sich unter den Kopf gelegt. Die Anwesenheit der Gestalt spürte er lange, bevor er sie sah. Es war Martina, die, bekleidet mit einer leichten Sommerbluse und einem kurzen Rock, der Schwerkraft trotzend direkt über ihm schwebte. Ihr lockiges, braunes Haar hatte sie zu einem Pferdeschwanz zusammengebunden. Eine leichte Brise wehte eine Nuance von Tosca zu ihm herunter. Martinas Lieblingsparfüm. Er atmete es tief ein und schaute ihr glücklich in die Augen. Auch Martina lächelte. Dann öffnete sie ihre vollen Lippen und sagte: „Fredi, wach auf." Fredi wunderte sich. Zum einen war er doch wach und zum anderen klang Martinas Stimme so fremd. Viel zu tief. Sie klang wie die Stimme von – Borowka. Fredis Kopf fuhr hoch. Die Blumenwiese war verschwunden. Er lag auf lehmigem Boden, sein Rücken schmerzte. Irgendjemand hatte ihm ein zusammengeknülltes lila Jackett unter den Kopf gelegt. Verschwommen erkannte er die Waldlichtung, dann plötzlich tauchte Borowkas Gesicht in seinem Blickfeld auf. Es sah ihn breit grinsend an und drehte sich dann zu jemand anderem um, den Fredi nicht erkennen konnte. „Der ist wieder unter die Lebenden, Bernie.“

Fredi verstand nicht, was los war. Nur mühsam setzten sich die Bilder in seinem Kopf zusammen. Der Wald, die beiden Lederjackenmänner, die Pistole, der Schuss. Bernie? Hatte Borowka gerade Bernie gesagt? Bernie Bommer, dachte Fredi. Um Gottes willen, ich muss Borowka warnen. Fredi sprang auf und wollte etwas sagen, doch dann erfasste er nach und nach die Situation. Hansi Eidams saß immer noch vor dem Baum, er war immer noch gefesselt, diesmal mit Kabelbinder. Mehrere Bäume entfernt hockte mit mürrischem Blick der Mann, der Fredi im Wald gefangen genommen hatte. Auch seine Hände und Füße waren mit Kabelbinder zusammengebunden. Fredi ließ seinen Blick weiter schweifen und entdeckte plötzlich Bernd Bommer, der sich vor einem Baum auf der gegenüberliegenden Seite über den zweiten, ebenfalls gefesselten Lederjackenmann beugte. Der Mann krümmte sich stöhnend am Boden. Die Ursache für seine Schmerzen schien eine blutende Wunde an seinem rechten Oberschenkel zu sein, die Bommer fachmännisch mit einem provisorischen Druckverband umwickelte. „Was ist hier los?“, rief Fredi entsetzt.

Borowka klopfte ihm auf die Schulter und tönte: „Na Fredi? Ausgeschlafen? Du hast hier ein echter Krimi verpasst. Das war besser wie ‚Alarm für Cobra 11‘.“ Borowkas blondes Haar war durcheinander und mit irgendwas verklebt. Bei genauerem Hinsehen erkannte Fredi, dass es sich dabei um getrocknetes Blut handelte. Die Ärmel seines Jeanshemdes waren aufgekrempelt und die weiße Lederkrawatte baumelte aus seiner Hosentasche. Dann trat auch Kommissar Kleinheinz dazu. Fredi verstand gar nichts mehr. Kleinheinz trug eine Baseballkappe, die ihm ein sehr jugendliches Aussehen verlieh, auch wenn ein angegrauter Haarkranz darunter hervorlugte. Über seinem hautengen T-Shirt trug er eine kugelsichere Weste, wie Fredi sie mal in „Auf der Jagd" mit Wesley Snipes gesehen hatte. Fredi erschrak. Wie selbstverständlich hielt Kleinheinz eine Pistole in der Hand, an der er gedankenverloren herumfummelte, während er Fredi ansprach: „Na, da sind Sie ja wohl noch mal mit dem Schrecken davongekommen, Herr Jaspers."

„Was ist passiert?" fragte Fredi schwach.

„Ich bin Ihnen wohl eine Erklärung schuldig", begann Kleinheinz. „Dem Herrn Borowka habe ich es schon gesagt. Bernd Bommer ist ein Kollege von mir. Er ist verdeckter Ermittler vom Landeskriminalamt in Düsseldorf. Das ist eine sehr heikle Situation, denn normalerweise dürfen wir die Tarnung eines V-Mannes vor Zeugen und Tatbeteiligten nicht aufdecken. Da wir aber wegen der Gefahrensituation unverzüglich handeln mussten, blieb uns keine andere Wahl. Bernd Bommer ist bereits seit über einem Jahr auf einen Drogenhändler angesetzt. In den letzten zwei Monaten hat sich dann konkretisiert, dass die Spur nach Saffelen führt. Der Tante-Emma-Laden von Hans-Peter Eidams ist der Umschlagplatz, wo die Drogen aus Holland angeliefert und zum Weiterverkauf dann abgeholt werden. Diese beiden Herren im schwarzen Leder, die Sie ja schon kennengelernt haben, sind einschlägig bekannte Drogenkuriere aus Köln."

„Und der Hansi ist auch Drogenhändler?"

„Wie man's nimmt. Zumindest fungiert er als Mittelsmann. Wir wollen aber natürlich an die großen Fische ran. Deshalb hat Herr Bommer den Laden observiert und sich unter einer Scheinexistenz im Dorf umgehört. Was manchmal auch sehr schmerzhaft war." Kleinheinz lächelte mit einem Seitenblick Borowka zu, der entschuldigend die Arme hob. Dann fuhr er fort: „Nach dem Überfall auf den Laden spitzte sich die Sache zu. Irgendwas schien schiefzulaufen. Wir mussten vorsichtiger werden. Als wir Hans-Peter Eidams routinemäßig als Zeugen vernommen haben, haben wir deshalb seine Armbanduhr heimlich mit einem GPS-Sender ausgestattet. Wir hatten ihm gesagt, dass wir sie auf Schmauchspuren untersuchen müssten. Von da an waren wir immer über seine Schritte informiert. Er ist ja nach wie vor der einzige, der uns zum Drogenboss führen kann."

„Und was ist mit die beiden Ledermänner?"

„Das sind Kuriere, die das Zeug abholen. Wer es in den Laden liefert, dürften sie nicht wissen. Und wenn doch, werden sie es uns nicht sagen. Das sind absolute Profis. Deshalb waren wir auch beunruhigt, als Eidams heute Abend im Wald verschwand. Herr Bommer hat sofort reagiert und die Koordinaten in sein Navi eingegeben. Es sah so aus, als könnte plötzlich ein Zugriff nötig werden und es war keine Zeit mehr, ein Sondereinsatzkommando anzufordern. Glücklicherweise war ich gerade zufällig in Saffelen und konnte Herrn Bommer unterstützen. Als wir hier ankamen, sahen wir, was los war. Die beiden Männer wollten Hans-Peter Eidams umbringen und einen Suizid vortäuschen. Dann sind Sie beide wohl da reingeplatzt. Als wir eintrafen, richtete der Typ hier vorne gerade seine Pistole auf Sie. Wie gesagt, es lag eine Gefahrensituation vor. Zum Glück konnte Herr Bommer in letzter Sekunde schießen und den Angreifer außer Gefecht setzen. Sie sind dann in Ohnmacht gefallen."

„Das heißt ... Bernie", stammelte Fredi tonlos.

„Richtig. Herr Bommer hat Ihnen das Leben gerettet."

Nun kam Bernd Bommer auf die drei zu. Auch er trug eine kugelsichere Weste. Er schüttelte dem immer noch verblüfften Fredi lachend die Hand und sagte: „Freut mich, Fredi, dass du wieder da bist."

„Danke Bernie, für dass du ..."

„Nicht der Rede wert. Das ist doch mein Job." Dann wandte er sich mit ernster werdender Miene an Kleinheinz: „Also, ich habe die Kollegen verständigt. Rettungswagen ist auch unterwegs. Die Blutung am Bein ist gestillt. Ich habe einen Druckverband angelegt. Außerdem habe ich alle drei fixiert. Wir können sie jetzt nacheinander verhören."

Hansi und die beiden Ledermänner saßen außerhalb der Hörweite vom jeweils nächsten vor einem Baum. Nacheinander nahmen sich Bommer und Kleinheinz zunächst die beiden Kuriere aus Köln vor. Fredi und Borowka wohnten der Befragung aus einigen Metern Entfernung staunend bei. Sie konnten sich eines gewissen Nervenkitzels nicht erwehren, auch wenn die Situation für sie mehr als unwirklich war. Immer wieder stieß Borowka Fredi begeistert in die Rippen, wenn Kleinheinz und Bommer mit einem der beiden Lederjackenmänner hart ins Gericht gingen. Doch die beiden Gangster schwiegen beharrlich und ließen sich durch keine Drohung einschüchtern. Dann gingen die beiden Kripobeamten auf die andere Seite zu Hansi

Eidams. In Fredis Magengrube breitete sich ein unangenehmes Gefühl aus. Er hatte sich immer gut mit Hansi verstanden und konnte gar nicht glauben, was er gerade erlebte. Sein Fußballkamerad wurde verhört wie ein skrupelloser Verbrecher.

Kleinheinz rief Borowka zu: „Ach, Herr Borowka. Würden Sie mir bitte die Sachen bringen?“ Er zeigte auf den Metallkoffer, aus dem Bommer vorhin das Verbandsmaterial für den Gangster genommen hatte. Borowka spurtete sofort los und bremste leicht ab, als er an den beiden Ledermännern vorbeimusste. Der Koffer stand schräg hinter dem Baum, an dem derjenige der beiden Männer lehnte, der nicht verletzt war. Ein Frösteln überkam Borowka, aber er ließ es sich nicht anmerken. Mit Schwung riss er den Koffer hoch und wollte zurücklaufen, als er einen heftigen Widerstand spürte. Der Koffer hatte sich in einer Wurzel verkeilt. Borowka wurde zurückgerissen und der Ledermann grinste ihn spöttisch an. Wütend zog Borowka an dem Koffer, der sich allerdings diesmal sehr leicht aus seiner Verankerung löste und seinen Arm nach vorne schnellen ließ. Mit voller Wucht traf die Kante des Koffers den grinsenden Ledermann an der Stirn. Er stöhnte kurz auf und schlug mit dem Hinterkopf mit voller Wucht gegen den Baum. Dann kippte sein Kopf nach vorne und seine Schultern erschlafften. Borowka stand mit offenem Mund daneben. Fredi klatschte Beifall. „Super, Borowka. K.o. in der ersten Runde.“

Kleinheinz seufzte und rief: „Nun kommen Sie schon mit dem Koffer.“

Bommer sprach Hansi zuerst an: „So, Eidams. Dann mal raus mit der Sprache. Wer liefert dir den Stoff?“

Hansi zitterte vor Angst, doch er schwieg.

„Ich kann es auch gerne aus dir rausprügeln, wenn du willst“, setzte Bommer nach.

Kleinheinz ging beschwichtigend dazwischen und legte Bommer die Hand auf die Schulter. Er kniete sich vor Hansi und sprach ruhig auf ihn ein: „Hören Sie zu, Herr Eidams. Ich denke, Ihnen ist mittlerweile klar geworden, dass es hier nicht um einen Schülerstreich geht. Die beiden Typen da hinten haben ein Vorstrafenregister, das ist länger als die Straße von Heinsberg nach Saffelen. Und ich muss Ihnen ja nicht sagen, was die mit Ihnen vorhatten“, er zeigte auf den aufgeknüpften Strick, der immer noch bedrohlich im Wind hin- und herwiegte. „Sie sollten sterben und es sollte wie ein Selbstmord aussehen. Die beiden Typen sind eiskalte Killer. Warum auch immer, Sie stehen auf der Abschussliste. Und Ihre einzige Chance, zu überleben, ist, uns alles zu sagen. Nur wir können Sie beschützen. Das nächste Killerkommando ist wahrscheinlich schon unterwegs. Und glauben Sie nicht, dass Sie im Gefängnis sicher sind. Die kriegen Sie, egal wo. Wir müssen die Hintermänner finden und die Bande zerschlagen, ansonsten sind Sie ein toter Mann.“

Der letzte Satz hallte lange nach. Fredi und Borowka hielten den Atem an. Hansi zögerte. Er sah hinüber zu den beiden Gangstern. Auf Hansis Stirn bildeten sich große Schweißtropfen.

„Nun sag schon, Hansi“, platzte es aus Borowka heraus.

Bommer warf ihm einen strafenden Blick zu.

Hansi brach in Tränen aus. „Das wollte ich doch alles nicht. Ich hätte nie gedacht, dass plötzlich so eine große Sache daraus wird. Die Drogen wurden immer mehr und immer härter.

Ich wollte aussteigen, ich wollte das alles nicht mehr. Ich hatte Angst. Ich bin doch nur ein kleiner Saffelener Einzelhändler. Ich wollte doch nur ein bisschen Geld verdienen, für mit Kim Su Peng ein neues Leben anzufangen. Ich ..."

„Wer hat Ihnen den Stoff geliefert?", insistierte Kleinheinz.

Hansi sah ihn aus tränenverschleierten Augen an und schluchzte: „Katharina Thönnissen!"

Mit einem Mal schien die Zeit stehenzubleiben. Kleinheinz erhob sich mit offenem Mund. Auch Bommer war fassungslos. Fredi und Borowka waren wie vom Blitz getroffen, unfähig, etwas zu sagen. Der erste, der die angespannte Stille durchbrach, war Kleinheinz. Im nächsten Moment war er wieder ganz der professionelle Ermittler. Er ging sehr nah an Hansi ran. „Für wen war sie der Kurier?"

„Ich weiß es nicht."

„Für wen?", brüllte Kleinheinz ohrenbetäubend laut.

Hansi fiel in sich zusammen und weinte noch hemmungsloser. „Ich weiß es wirklich nicht. Käthe war mein einziger Kontakt. Sie hat mir alle nötigen Instruktionen übermittelt und mir einmal im Monat die Drogen gebracht. Aber wir wollten beide aussteigen, weil uns die Sache zu heiß wurde, ehrlich. An dem Morgen haben wir darüber gesprochen, als die beiden Typen reinkamen, um mich zu warnen."

„Verdammt." Kleinheinz stand auf und schlug sich mit der Faust in die Hand.

Bommer trat neben ihn. „Große Scheiße. Nur die Alte kennt den Hintermann und die ist verschwunden. Ich sag dir was. Die Sache ist Mister X zu heiß geworden und jetzt werden alle Mitwisser aus dem Weg geräumt." Er deutete auf den improvisierten

Galgen und fügte hinzu: „Falls Frau Thönnissen überhaupt noch leben sollte, dann schwebt sie in akuter Lebensgefahr."

Kleinheinz zog die Baseballkappe vom Kopf und strich sich fahrig mit der Hand durch die Haare. „Das darf nicht wahr sein. Wir stecken in einer Sackgasse. Jetzt kann uns nur noch ein Wunder helfen." Dann klingelte sein Handy.

# 33

## Samstag, 18. Juli, 23.16 Uhr

Hastenraths Will hatte lange suchen müssen. Nachdem er sich durch die Menschenmenge im Zelt gezwängt und etliche Bekannte vergeblich nach einem Handy gefragt hatte, stand er nun am Ende der Theke vor dem massigen Körper von Heribert Oellers, dem Inhaber der Firma Auto Oellers. Der kramte gerade murrend in der Innentasche seines schlecht sitzenden dunkelblauen Jacketts nach seinem Handy. Seine Frau Irene hatte sich kopfschüttelnd abgewendet und unterhielt sich demonstrativ laut mit ihren Freundinnen. Sie schien sich über den Ortsvorsteher zu echauffieren, den sie ohnehin nicht besonders gut leiden konnte. Doch das war Will in diesem Moment egal, schließlich stand die Sicherheit des Dorfes auf dem Spiel. Erst nachdem er Heribert Oellers in groben Zügen über die Wichtigkeit seiner Mission in Kenntnis gesetzt hatte, hatte der sich schließlich breitschlagen lassen, sein Handy zu verleihen, nicht ohne mehrfach zu betonen, dass er das normalerweise nicht mache. Nach endlosen Sekunden zog er es aus seiner Innentasche und reichte es Will mit seinen schwieligen Händen. Die abgekauten Fingernägel seiner dicken Wurstfinger waren ölverschmiert. In seiner großen Pranke wirkte das verdreckte und an vielen Stellen stark verkratzte Siemens ME 45 wie ein Spielzeughandy. Will bedankte sich flüchtig und rannte schon in Richtung Seitenausgang, als Oellers ihm noch mit seiner wuchtigen Stimme hinterherrief: „WMF – Wiedersehen macht Freude, mein lieber Will. Und guck, dass an das Handy nix dran kommt."

Will trat vors Zelt und genoss die frische Luft, die ihm entgegenschlug. Er ging zum Toilettenwagen und stellte sich seitlich dahinter, wo ihn niemand beobachten konnte. Aus seiner Hosentasche zog er die Visitenkarte, die Kommissar Kleinheinz ihm gegeben hatte. „Wie gut, dass ich nicht der Sonntagsanzug angezogen habe", murmelte er in Erinnerung an das Streitgespräch mit Marlene. Es war für ihn nicht leicht, mit seinen groben Händen die Telefonnummer auf den Minitasten zu drücken. Zweimal musste er neu ansetzen, doch schließlich tutete es dreimal, bevor sich der Kommissar meldete.

„Kleinheinz?"

„Ja, hallo Herr Kleinheinz, entschuldigen Sie die späte Störung. Aber mir ist da eine Idee gekommen ..."

„Hören Sie, Herr Hastenrath", der Kommissar schien kurz angebunden, „wir stecken hier gerade in einer wichtigen Operation. Wir haben hier im Saffelener Wald drei Verdächtige festgenommen und wir ..."

Will fiel dem Kommissar ins Wort: „Geht es sich etwa um der Drogenschmuggel?"

Kleinheinz war sprachlos. Er brauchte einige Sekunden, bevor er reagieren konnte: „Wieso ... woher wissen Sie von dem Drogenschmuggel?"

„Ich bin ja nicht doof. Ich habe auch ein bisschen was zusammenkombiniert. Der Laden von Hansi war der Umschlagplatz, richtig? Wem haben Sie denn festgenommen?“

„Zwei Drogenkuriere und Hans-Peter Eidams. Und wir wissen, dass Frau Thönnissen der Kurier von dem Mann war, den wir suchen.“

Jetzt war Will an der Reihe, erstaunt zu sein. Er stammelte: „Sagten Sie gerade Frau Thönnissen?“

„Ja genau. Eine 70-jährige Frau ist natürlich eine perfekte Tarnung. Aber sie ist ja leider verschwunden. Und Hans-Peter Eidams ...“

Die Worte, die nun folgten, konnte Will nicht verstehen, weil unmittelbar neben ihm im Toilettenwagen eine Klospülung ging, die einen Höllenlärm verursachte. Er tat einen Schritt nach vorne und schaute verärgert zum Eingang des Wagens. Dort trat in diesem Augenblick Spargel heraus und wischte sich seine Hände an seiner Jeanshose ab. Als er Will erblickte, nickte er ihm staatsmännisch zu und eilte schnellen Schrittes zurück ins Zelt.

„Entschuldigung“, sagte Will, „ich hatte gerade der letzte Satz nicht verstanden.“

„Ich sagte, Hans-Peter Eidams hat die Drogen von Frau Thönnissen geliefert bekommen. Er kennt aber angeblich nicht den Hintermann. Jetzt müssen wir herausfinden, wer die Drogen über die Grenze bringt und vor allem, wie er das macht.“ Der Kommissar seufzte.

Will grinste breit. Dann sagte er: „Richtig, Herr Kleinheinz. Und jetzt komm ich im Spiel. Ich denke, ich kann Sie helfen. Ich weiß nämlich, wer der große Unbekannte ist.“

Kleinheinz war zum zweiten Mal während dieses Telefonats sprachlos. „Jetzt machen Sie es nicht so spannend. Wer ist unser Mann?“, drängte der Kommissar ungeduldig.

„Da werden Sie nie drauf kommen“, holte Will aus. „Der Mann, dem Sie suchen, ist ...“ Weiter kam er nicht. Die Attacke erfolgte wie ein Blitz aus heiterem Himmel. Ohne Vorwarnung spürte er einen dumpfen Schlag an seiner Schläfe. Instinktiv zog er sein Taschentuch aus der Hose, weil er dachte, er hätte sich irgendwo gestoßen. Doch als er sich umdrehte, sah er den Schatten einer dunklen Person, die ihn mit voller Wucht gegen die Wand des Toilettenwagens stieß. Seine Beine knickten ein wie Streichhölzer und noch bevor er auf dem Boden aufkam, wurde ihm schwarz vor Augen. Das Handy kullerte über den Boden und gab eine weit entfernte Stimme ab: „Herr Hastenrath. Was ist los? Sagen Sie was.“ Eine ruhige Hand in einem schwarzen Lederhandschuh ergriff das Handy und beendete das Gespräch.

# 34

## Samstag, 18. Juli, 23.22 Uhr

Kommissar Kleinheinz war außer sich. In heftigen Stößen atmete er ein und aus. Immer wieder starrte er auf das Handy in seiner Hand. Er hatte nicht einmal zurückrufen können, da die Rufnummer unterdrückt gewesen war. „Verdammt noch mal“, fluchte er verzweifelt hinaus in die Lichtung, deren Dunkelheit mittlerweile von einer batteriebetriebenen Handweitleuchte erhellt wurde, die Bernd Bommer wenige Minuten zuvor aus seinem Kofferraum geholt und aufgestellt hatte. Kleinheinz schien durch Fredi und Borowka hindurchzusehen. Die beiden Saffelener standen ihm gegenüber und traten verlegen von einem Fuß auf den anderen. „Bernd!“, brüllte Kleinheinz quer über den Platz, sodass auch Hansi Eidams mit verquollenem Gesicht den Kopf herumriss. Der eine Ledermann saß immer noch bewusstlos vornübergebeugt vor dem Baum, während der zweite mit schmerzverzerrtem Gesicht neben seinen Baum gerutscht war. An dem Ast über Hansi hing immer noch die Schlinge, die durch den Scheinwerfer einen monströsen Schatten warf.

Bernd Bommer stand etwa 20 Meter entfernt am Rande des Weges, an dem sein Wagen geparkt war. Durch die Bäume konnte man erkennen, dass er aufgeregt telefonierte. Er sah auf und deutete Kleinheinz mit einer Geste an, dass er sich beeilen würde. Der Kommissar wandte sich nachdenklich Fredi Jaspers zu: „Wir müssen auf dem schnellsten Weg zum Festzelt."

Fredi schluckte. Er spürte, wie seine Handinnenflächen feucht wurden. „Ich kenne eine Abkürzung hier durch der Wald. Mit der X5 kommen wir da ohne Probleme durch."

„Okay", Kleinheinz schob das Handy in seine Tasche und rieb die Hände aneinander wie ein Turner, der sie sich vor seiner Reckübung mit Magnesium einreibt, „wir machen es folgendermaßen. Besondere Situationen erfordern besondere Maßnahmen. Eigentlich ist es zu gefährlich, Zivilisten mit in die Aktion einzubeziehen, aber uns bleibt keine andere Wahl. Wärt ihr, trotz der Gefahr, bereit, uns zu helfen?"

Fredi und Borowka nickten, ohne auch nur eine Sekunde zu zögern. Über ihre Gesichter huschte ein Strahlen. Fast zeitgleich drückten sie ihre Rücken durch. Borowka entfuhr ein leises „Cool".

Kleinheinz sprach unbeirrt weiter: „Wir können nicht warten, bis Verstärkung kommt. Wir müssen sofort handeln, da Gefahr im Verzug ist. Sie beide werden Hauptkommissar Bommer und mich jetzt bei den Ermittlungen unterstützen. Sie handeln nur nach unseren Anweisungen. Außerdem gilt absolute Geheimhaltung. Ist das klar?"

Fredi und Borowka nickten mit offenen Mündern. Borowkas Mundwinkel wurden dabei von einem Lächeln umspielt, das er mühsam zu unterdrücken versuchte.

„Herr Jaspers, Sie werden mit mir zum Festzelt fahren. Wir müssen so schnell wie möglich Herrn Hastenrath finden. Es könnte gefährlich werden. Also bleiben Sie dabei immer in meiner Nähe. Herr Borowka, Sie werden mit Hauptkommissar Bommer hierbleiben und die Gefangenen bewachen."

Borowkas Lächeln erstarb. Fassungslos stammelte er: „Hierbleiben? Bewachen? Aber Herr Kleinheinz. Ich kenn doch auch der Weg zum ..." Borowka verstummte, als ihn der entschlossene Blick des Kommissars traf.

In diesem Augenblick kam Bernd Bommer mit großen Schritten auf sie zugelaufen. „Die Kollegen sind unterwegs. Ich hab denen noch mal richtig Dampf gemacht, aber die sagen, ob uns überhaupt klar wäre, wie weit es nach Saffelen ist. Ich hab gesagt, wenn nicht uns, wem sonst? Was ist mit Hastenrath?"

„Keine Ahnung", antwortete Kleinheinz mit besorgter Miene, „aber wir müssen das Schlimmste befürchten. Ich habe gerade entschieden, dass Herr Jaspers mit mir zum Festzelt fährt und du mit Herrn Borowka hierbleibst."

Bommer blieb wie angewurzelt stehen. Verdutzt sah er zuerst Kleinheinz, dann Borowka an. Dieser hielt seinem Blick nur kurz stand. Verschämt blickte der Saffelener zu Boden, als er die aufgeplatzte Lippe und das mittlerweile ins violett changierende, aufgequollene Auge des V-Mannes aus der Nähe betrachtete. Bommer versuchte, sich zu sammeln und hob dann an: „Aber Peter. Was redest du da? Wir können doch hier keine Zivilisten ..."

„Wir haben keine andere Wahl, Bernd", schnitt Kleinheinz ihm das Wort ab. „Die beiden werden uns jetzt unterstützen und damit basta. Ich brauche jemanden, der mich auf dem schnellsten Weg zum Festzelt bringt. Außerdem haben wir jetzt keine Zeit, zu diskutieren. Wir müssen sofort los." Ohne eine Antwort abzuwarten, stapfte er in Richtung Wagen. Er blieb noch einmal kurz stehen und winkte Fredi zu sich. Fredi begriff erst jetzt, dass er mit „wir“ gemeint war. Er musste sich zusammenreißen, um sich seinen Stolz nicht anmerken zu lassen. Ihm war klar, dass jede Art von Gefühlsausbruch unangebracht war für einen Hilfspolizisten, der alle seine Sinne für die Ermittlungsarbeit brauchen würde. Er, Fredi Jaspers, war jetzt die rechte Hand des Chefs. Denn dass Kleinheinz der Chef war, das war ja wohl gerade mehr als klar geworden. Eifrig rannte er los und überholte Kleinheinz noch, bevor sie am Wagen ankamen.

Bernd Bommer hatte seine Arme sinken lassen und rief nur noch kraftlos hinterher: „Peter, sonst nimm doch den Borowka auch mit. Ich komme hier schon alleine klar.“

Kleinheinz hatte sich bereits hinters Lenkrad geschwungen und die Tür zugeworfen. Das Fenster fuhr automatisch herunter und der Kommissar brüllte gegen den startenden Motor an: „Nein, es ist besser, wenn ihr hier zu zweit seid, bis die Kollegen kommen. Mit den zwei Ledertypen ist nicht zu spaßen. Zur Not gibst du Herrn Borowka den Koffer in die Hand.“ Er lachte kurz, dann raste der X5 mit durchdrehenden Reifen in die Nacht.

Borowka sah Bommer schuldbewusst an. „Tut mich leid, Bernie.“

Bommer musterte ihn kurz und sagte: „Ist ja nicht deine Schuld.“ Dann ließ er ihn stehen und ging in die Mitte der Lichtung, von wo er die drei Gefesselten gut im Auge halten konnte. Er setzte sich auf eine mit Moos bewachsene Stelle, zog seine Waffe und überprüfte sie übertrieben gründlich.

Borowka kniete sich neben ihn und suchte einige Sekunden nach den richtigen Worten. Dann setzte er mit einem leichten Räuspern an: „Hör mal Bernie. Mich ist schon klar, dass du sauer bist und kein Bock hast, mit mir hier rumzusitzen. Ich mein, ich hab ... also, was ich sagen will, ist ... ja, wie soll ich sagen? Jedenfalls, tut es mich leid, dass ich dir eine reingehauen hab. Und auch, dass ich dir vor das Knie getreten habe. Aber die Situation ..."

Bommer winkte ab: „Ist schon okay. Du konntest ja nicht wissen, dass das Ganze eine verdeckte Operation war."

Borowka war erleichtert, dass Bommer nicht sauer war. Er setzte sich neben ihn auf den Boden und überlegte kurz. „Ja gut", sagte er dann zögerlich, „Operation hin oder her. Dass du dich an Rita rangemacht hast, hatte ja wohl nix mit die Drogen zu tun."

Bommer lachte kurz auf. „Schon klar. Übrigens: Rita habe ich vorhin auf einem Waldweg aufgesammelt und zu mir in Sicherheit gebracht."

„Zu dir?"

„Ja, damit sie sich wieder frisch machen konnte. Bevor ich hierhin gekommen bin, habe ich sie aber noch bei ihren Eltern abgesetzt. Also mach dir keine Sorgen."

„Du hast die doch wohl nicht schon wieder schöne Augen gemacht, oder?"

Bommer sah Borowka belustigt in die Augen. „Du glaubst doch nicht im Ernst, dass ich mich an Rita ranmachen würde? Ich bitte dich."

Borowkas Miene verfinsterte sich. Bommer realisierte, dass er dabei war, einen verhängnisvollen Fehler zu begehen. Schnell versuchte er, das Ruder wieder herumzureißen: „Also, versteh mich nicht falsch. Rita ist eine sehr attraktive Frau. Aber hier geht es doch um was ganz anderes."

„Und wodrum?" Borowka fixierte ihn unerbittlich.

„Okay. Ich darf eigentlich nicht mit dir darüber reden, weil das eine laufende Ermittlung ist. Aber da Kleinheinz dich ja offensichtlich zu einer Art Hilfspolizist ernannt hat, kann ich's dir auch sagen. Ich habe versucht, über Rita mehr über dich herauszubekommen. Du gehörst nämlich zu den Verdächtigen in diesem Fall."

Borowkas Gesichtszüge entgleisten. „Ich? Bist du bekloppt? Wie kommst du denn dadrauf?"

„Bei der Beschattung von Hansis Laden bist du in unser Visier geraten. Du bist mehrmals zu immer denselben Zeiten im Laden gewesen. Du hättest der Kurier sein können."

„Ja klar bin ich öfters da", Borowka dachte kurz nach. „Immer wenn ich Frühstückspause hab bei Auto Oellers. Da hole ich mich immer ein Twix und eine Mezzo-Mix. Außerdem kenn ich der Hansi doch vom Fußball. Das ist ein alter Kumpel von mir." Bei diesen Worten schaute er unwillkürlich zu Hansi hinüber, der geschunden und zusammengesunken mit glasigem Blick vor dem Baum saß. Während er ihn mitleidig ansah, wurde ihm klar, dass auch er sich in einem Freund getäuscht hatte. Gerade für einen wie Hansi hätte er seine Hand ins Feuer gelegt. Und jetzt? Jetzt war der harmlose rechte Verteidiger, der auf der Geburtstagsfeier von Karl-Heinz Klosterbach noch unter Anfeuerungsrufen nackt in den Fischteich gesprungen war, auf einmal als Täter in einen Kriminalfall verwickelt. Plötzlich hatte Borowka sogar Verständnis dafür, dass Bernie ihn verdächtigte. Im Moment konnte man niemandem trauen. Noch nicht einmal in Saffelen.

Bommer beobachtete Borowka. Als könne er dessen Gedanken lesen, sagte er: „Tja, es ist eben nicht immer alles so, wie es scheint. Während der Beschattung stand ich natürlich die ganze Zeit mit Kleinheinz in Kontakt. Er hat die Operation geleitet. Zwischendurch hat sogar Fredi mal die Nase daran bekommen. Ich glaube, er hat bei mir Fotos gefunden. Und dann habe ich dich noch zweimal beobachtet, als du nach Holland gefahren bist. Beim zweiten Mal hast du dort mehrere Kartons in deinem Kofferraum verstaut. Und da wir wussten, dass die Drogen aus Holland kommen, standest du natürlich ganz oben auf unserer Liste."

Borowka war perplex. Nie im Leben wäre er auf die Idee gekommen, dass ihm jemand nach Holland gefolgt sein könnte. Er hatte doch alles perfekt vorbereitet. Gut, beim zweiten Mal hatte der Hund von diesem Verkäufer angeschlagen, aber als sie nachgesehen hatten, war dort niemand gewesen. Sein Plan war rundum wasserdicht. Er hatte sogar seine geliebte Shark-Hifianlage, bestehend aus zwei 6000-Watt-Verstärkern und zwei 15-Zoll-Basstubes, die sonst immer den kompletten Kofferraum ausfüllte, ausgebaut und in der Garage seiner Schwiegereltern unter einer großen Plane versteckt. Auf diese Weise konnte er die Kartons transportieren und lagern. Sein Plan war ja gerade deshalb so perfekt, weil er bei dieser Aktion von seiner Schwiegermutter, mit der er sonst immer auf Kriegsfuß stand, unterstützt und gedeckt wurde. Das war die beste Tarnung, die man sich vorstellen konnte, auch wenn sie ihn die ganze Zeit mit ihren lästigen Anrufen genervt hatte. In

Gedanken versunken, kreuzte sein Blick plötzlich den von Bommer, der ihm tief in die Augen sah. Der Kommissar schien auf eine Erklärung zu warten.

Borowka räusperte sich: „Ach so, Holland. Ja, also, das war so gewesen. Ich hab da ein Geschenk gekauft."

Bommer runzelte die Stirn und verschränkte die Arme vor seiner kugelsicheren Weste, die dabei ein quietschendes Geräusch von sich gab. „Ein Geschenk? Auf einem vergammelten Schrottplatz?"

„Hallo?", entrüstete sich Borowka. „Henk Houwechrad ist ein hoch angesehener Händler in Geleen."

„Ach. Und womit handelt er? Mit verrosteten Fahrradklingeln?"

„Wenn man die braucht, würde man die da bestimmt auch bekommen. Aber im Prinzip verkäuft der alles Mögliche. Ich habe bei dem vier Alufelgen von ATS gekauft, 4 x 20 Zoll. Aber nicht irgendwelche, sondern die Pegasus. Das ist ja quasi im Prinzip der Rolls-Royce unter die Alufelgen. Bei der Henk sind die aber viel billiger als wie in Deutschland. Hier bezahlst du fast 300 Euro pro Felge. Die haben doch der Knall nicht ..."

„Moment, Moment", Bommer machte eine unbestimmte Handbewegung, „jetzt mal langsam. Eben hast du gesagt, du hättest ein Geschenk gekauft. Jetzt behauptest du, du hättest Alufelgen gekauft."

„Ja und?"

Bommer schüttelte den Kopf. „Ja, wem, um Himmels willen, schenkt man denn Alufelgen?"

„Rita!"

„Rita?"

„Ja klar. Die hat doch bloß so olle Stahlfelgen auf ihr Suzuki Vitara. Und die wünscht sich nix mehr als wie Alufelgen. Ich meine, die hofft natürlich, dass ich ihr welche schenke. Aber die rechnet natürlich im Leben nicht damit, dass ich die Pegasus-Alufelgen von ATS kaufe."

Bommer starrte ihn an, als würde er einem Medizinmann beim Regentanz zusehen.

Borowka fuhr unbeirrt fort: „Da werden alle neidisch sein, wenn die damit zur Arbeit kommt. Jetzt fragst du dich natürlich, warum ich so ein teures Geschenk kaufe, oder?"

„Das und vieles mehr frage ich mich."

„Weil wir nächste Woche Samstag unser fünfter Hochzeitstag haben. Das wird eine Riesenüberraschung für Rita. Da rechnet die im Leben nicht mit. Und weißt du auch warum?"

Bommer schüttelte den Kopf.

„Weil ich die letzten vier Hochzeitstage alle vergessen habe."

Bommer musste unwillkürlich grinsen. Irgendwie fand er diesen erfrischend naiven Borowka doch nett. Er nickte ihm zu. „Ist natürlich klar, dass wir deine Angaben noch überprüfen müssen. Aber trotzdem schon mal Entschuldigung für die Sache mit Rita."

„Schon vergessen. Und von mir Entschuldigung für dein Knie, deine Lippe und dein Auge. Aber wenn es sich um Rita geht, verstehe ich kein Spaß."

Eine Weile saßen sie nebeneinander im weichen Moos und blickten in den klaren Nachthimmel, der wirkte, als hätte ihn jemand mit Tusche gezeichnet und willkürlich kleine, glitzernde Sterne hineingetupft. Versonnen fragte Bommer: „Glaubst du eigentlich an Astrologie?"

„Wodran?“

„An Horoskope.“

Borowka sah ihn entrüstet an. „An Horoskope? Natürlich nicht!“

„Und warum nicht?“

„Ich bin Skorpion. Skorpione glauben nicht an Horoskope.“

# 35

## Samstag, 18. Juli, 23.43 Uhr

Schon von Weitem sahen sie den hochroten Kopf von Heribert Oellers. Der Autohausbesitzer schien wilde Flüche auszustoßen. Er stand vor dem Festzelt auf einer verschmutzten Gummimatte, mit der Kabel und Schläuche abgedeckt waren, die ins Innere führten. Oellers' dunkelblauer Anzug, der auf den Schultern mit Schuppen gesprenkelt war, wirkte genauso mitgenommen wie sein Träger. Ein zerknitterter Zipfel seines weißen Hemdes lugte unterhalb des überhängenden Bauches aus der Hose hervor. Neben ihm stand seine Frau in einem formlosen, geblümten Kleid. Sie machte den Eindruck, als hätte sie gerade geweint, und zupfte Oellers unaufhörlich, aber halbherzig am Arm, doch der riss sich immer wieder los. Neben den beiden standen ein sichtlich überforderter Josef Jackels und ein weiterer Mann in einer Feuerwehruniform. Mit hohem Tempo jagte Kleinheinz den X5 auf den Vorplatz und kam mit einer Vollbremsung auf Höhe des Frittenanhängers zum Stehen. Fredi Jaspers hatte sich während der ganzen Fahrt durch das rumpelige Gelände am Armaturenbrett festgekrallt. Nun stellte er fest, dass die Knöchel seiner Finger weiß hervorstanden. Mit leichter Übelkeit stieg er aus dem Wagen und folgte Kleinheinz, der mit entschlossenen Schritten auf die Gruppe zusteuerte. Noch im Gehen zückte er seinen Ausweis und unterbrach das Gebrüll von Heribert Oellers: „Kleinheinz, Kriminalpolizei. Was ist hier los?“

Oellers, der es nicht gewohnt war, im Befehlston angesprochen zu werden, suchte aufgebracht und mit wirrem Blick nach der Quelle der Stimme. Als Kleinheinz sich vor ihm aufbaute, fuhr er ihn an: „Das wurde auch Zeit, dass Sie kommen. Mein Handy ist geklaut worden.“

„Heribert“, sagte seine Frau und rüttelte wieder an seinem Arm.

„Sagen Sie mir bitte genau, was passiert ist.“ Kleinheinz hatte nun in einen besonnenen Tonfall gewechselt.

„Der Hastenraths Will hat sich eben mein Handy ausgeliehen und ist damit abgehauen. Und ich sag noch für dem: WMF!“, polterte Oellers los, ohne seine Stimme zu senken.

„Ja aber, vielleicht ist der Will ja noch auf dem Klo“, warf Josef Jackels unsicher ein.

„Meinst du etwa, da hätte ich noch nicht nachgeguckt? Der ist hier nirgendswo auf dem Gelände“, blaffte Oellers ihn an. Josef zuckte zusammen und tat einen Schritt zurück, als sei er von einer riesigen Druckwelle erfasst worden.

Kleinheinz machte mit beiden Armen eine beschwichtigende Geste. „So, jetzt beruhigen wir uns alle erst mal. Der Reihe nach. Wann genau haben Sie Herrn Hastenrath Ihr Handy geliehen?“

Oellers sah auf die Uhr. „Das muss so kurz nach elf gewesen sein. Zehn Minuten später bin ich rausgegangen, für dem zu suchen. Aber der ist wie vom Erdboden verschluckt.“

Kleinheinz legte die Stirn in Falten. In der Mitte bildete sich eine kleine Furche. „Verdammt."

Josef Jackels hob den rechten Zeigefinger und meldete sich noch einmal zaghaft zu Wort: „Was ist denn passiert, Herr Kommissar?"

„Ich habe eben mit Herrn Hastenrath telefoniert. Das Gespräch wurde unterbrochen. Im Moment müssen wir davon ausgehen, dass er überfallen worden ist."

Josef wurde blass. Auch Heribert Oellers war plötzlich sprachlos. Kleinheinz dachte angestrengt nach. Dann sagte er: „Herr Oellers, bitte schreiben Sie mir Ihre Handynummer auf. Ich muss nur schnell mit dem Staatsanwalt telefonieren. Dann können wir versuchen, es orten zu lassen. Vielleicht haben wir Glück. Herr Jaspers", er winkte seinen Hilfssheriff zu sich, „als ich mit Herrn Hastenrath telefoniert habe, habe ich im Hintergrund eine sehr laute Klospülung gehört. Mit großer Wahrscheinlichkeit hat er neben dem Toilettenwagen gestanden. Es könnte sich um den Tatort handeln. Ich muss schnell telefonieren. Gehen Sie schon mal rüber und sichern Sie die Stelle. Achten Sie darauf, dass niemand rumtrampelt oder Spuren verwischt, bis ich dazukomme." Fredi spurtete los. Dann wandte sich der Kommissar an den Löschmeister: „Herr Jackels, bitte unterstützen Sie Herrn Jaspers und sperren Sie den Bereich mit Flatterband ab. Ich verlasse mich auf Sie."

Bei dem Begriff „Tatort" war Josef merklich zusammengezuckt. Er nahm den Helm ab und strich sich mit der Hand über sein schweißnasses Haar. Nach einer Schrecksekunde setzte er ihn wieder auf und wies seinen Nebenmann an: „Hans-Gerd, geh Flatterband holen und komm dann nach dem Toilettenwagen.“ Hans-Gerd verschwand und Josef nickte Kleinheinz pflichtbewusst zu. Dann schritt er wie ein Gardeoffizier davon.

Fredi leuchtete den Bereich neben der Eingangstreppe zum Toilettenwagen mit der großen Taschenlampe aus, die der Kommissar ihm während der Fahrt gegeben hatte. In diesem Moment ging mit lautem Getöse die Klospülung und wenige Sekunden später trat Spargel aus der Tür. Er wischte sich seine Hände an den Hosenbeinen ab. Dann erblickte er Fredi und rief erfreut: „Ha, Fredi, Aschloch. Was machst du denn da? Hast du dein Autoschlüssel verloren?“

„Ich? Nein. Sag mal, Spargel, hast du zufällig der Hastenraths Will innerhalb der letzten zehn Minuten irgendswo gesehen?“

Spargel überlegte. Der Denkprozess zog sich etwas hin, da der Alkohol ganz offensichtlich seine Sinne umnebelte. Dann nickte er: „Ja, klar. Der hat eben, wie ich das letzte Mal auf dem Klo war, hier vorne telefoniert.“ Er zeigte auf eine Stelle seitlich vom Wagen.

„Danke, Spargel. Viel Spaß noch.“

Spargel machte einen Kapitänsgruß und zeigte aufs Festzelt: „Danke Monsieur. Jetzt gleich ist die Tamara so was von fällig. Die habe ich eben schon mit Jenever sturmreif geschossen.“ Beseelt wankte er durch den Seiteneingang ins Zelt.

Josef Jackels tauchte neben Fredi auf und sah ihn besorgt an. „Meinst du, dem Will ist was passiert?“

Fredi zuckte die Schulter und erwiderte: „Keine Ahnung. Vielleicht ist er auch einfach nach Hause gegangen und ...“ Fredi hielt inne, weil der Lichtstrahl seiner Lampe einen Gegenstand auf dem Boden gestreift hatte. Vorsichtig näherte sich Fredi der Stelle und ging in die Hocke.

Josef beugte sich ungelenk zu ihm herunter. „Was ist denn da, Fredi? Du weißt, du darfst nix anfassen.“

„Ja, ja.“

Fredi hielt die Taschenlampe auf Höhe seines rechten Ohres. Auf diese Weise konnte er einen Bereich von etwa einem Quadratmeter hell ausleuchten. Fredi erkannte ein weißes Knäuel, das aussah wie etwas Schafswolle, und daneben eine schmierige Flüssigkeit. Als er sich noch weiter herunterbeugte, erstarrte er. Neben einem zerknüllten Taschentuch, in das die Initialen „WH“ eingestickt waren, entdeckte er eine dunkelrote Blutlache.

# 36

## Sonntag, 20. Juli, 0.17 Uhr

Wills Schädel brummte fast so wie an dem Morgen nach dem großen Schützenball im Juni, als der zweite namhafte Saffelener Landwirt, Brockers Paul-Heinz, ihn mit dem Trecker nach Hause gefahren hatte. Will hatte vorne in der großen Schaufel gelegen, die Paul-Heinz dann ganz sanft vor der Haustür der Hastenraths abgelassen und gekippt hatte. Das Schädelbrummen, das sich dann im Laufe des Vormittags eingestellt hatte, stammte aber nicht von den 18 Pils und den neun Cola-Korn, sondern von der mit allerlei Kleinkram gefüllten Damenhandtasche von Marlene, mit der diese den in Embryonalstellung auf der Fußmatte schlummernden Will geweckt hatte.

Will schlug die Augen auf und ein heftiger Schmerz durchzuckte seinen Kopf. Er wollte nach Luft schnappen, doch es ging nicht, weil irgendetwas seine Lippen zusammenpresste. Über seinem Mund klebte ein breites Kreppband. Will wollte es abziehen, doch dann stellte er fest, dass seine Hände hinter seinem Rücken gefesselt waren. Ächzend gelang es ihm, das Klebeband teilweise mit der Zunge abzudrücken, sodass es an einer Seite herunterhing. Nachdem er tief Luft geholt hatte, sah er sich benommen um. Er befand sich in einem ungemütlichen, schummrig beleuchteten Raum, in dem ein großer Kessel monoton vor sich hingrummelte. Ein Heizungskeller, dachte Will, der auf kaltem Estrichboden in der Ecke saß. Plötzlich trat neben dem Kessel eine mächtige Gestalt in Wills Blickfeld. Da der Körper den matten Schein der von der Decke baumelnden Glühbirne komplett verdeckte, konnte Will nur Konturen erkennen. Aber das war egal, denn er wusste ohnehin, wer der Mann war.

„Guten Abend, Herr van der Valk“, sagte Will.

Der Mann machte einen Schritt nach vorne. Nun konnte der Landwirt den holländischen Schlagerstar genau erkennen. In diesem Moment wirkte dieser längst nicht mehr so glamourös wie noch vorhin bei seinem Auftritt – und das lag nicht nur an der fast heruntergebrannten Zigarette, die schlaff aus seinem Mundwinkel schaute. Seine Wangen waren eingefallen, seine Haut wirkte bleich und dünn wie Papier und die leicht gebeugte Haltung verlieh ihm ein gebrechliches Aussehen. Das weiße Rüschenhemd war weit geöffnet, die Fliege hing wie ein toter Fisch daran herunter und sein graues Haar pappte in wirren Strähnen an seiner Stirn fest. Offensichtlich hatte der Transport des bewusstlosen Wills ihm große körperliche Anstrengung abverlangt. Erschöpft, aber mit kühlem Blick fixierte er den am Boden kauernden Ortsvorsteher. Langsam hob er seinen rechten Arm und richtete eine Pistole auf ihn. Als Will in den Lauf blickte, zuckte er innerlich zusammen, versuchte sich seine Angst aber nicht anmerken zu lassen.

Mit ausgebrannter Stimme sagte van der Valk: „Ich wünsche Ihnen auch einen guten Abend, Herr Hastenrath. Es tut mir leid, dass wir uns unter diesen Umständen wiedersehen. Aber Sie haben mir keine andere Wahl gelassen."

Er blieb auch in dieser Situation ganz der Grandseigneur, wie Will anerkennend feststellte. Mit vorsichtigen Bewegungen setzte sich der Landwirt gerade auf und sagte: „Warum haben Sie das gemacht, Herr van der Valk? Sie haben doch alles, wovon ein Mensch immer am träumen ist: Erfolg, Geld, Ruhm."

Van der Valk schnaubte verächtlich: „Was wissen Sie denn schon? Aber ich habe nicht die Zeit, mit Ihnen darüber zu diskutieren. Was mich allerdings interessieren würde: Wie sind Sie eigentlich auf mich gekommen?"

Will rutschte ein Stück zur Seite, hielt aber sofort inne, als er sah, dass die Waffe seiner Bewegung folgte. Langsam schlich sich die Ausweglosigkeit seiner Situation in sein Bewusstsein. Er war der einzige, der um das Geheimnis des Schlagersängers wusste. Für van der Valk stand zu viel auf dem Spiel, als dass er Will würde laufen lassen. Und an Flucht war nicht zu denken. Die einzige Tür war versperrt und er blickte nach wie vor in den Lauf einer Pistole. Der Holländer zog ein letztes Mal kräftig an seiner Zigarette. Doch anstatt sie wegzuwerfen, drückte er sie mit den Fingerspitzen aus und ließ sie in seine Hosentasche gleiten. Er will keine Spuren hinterlassen, dachte Will. Dann räusperte sich der Landwirt und sagte: „Eigentlich bin ich erst heute Abend dadrauf gekommen, als ich Ihr Akkordeon im Zelt reingetragen habe."

Van der Valk legte fragend den Kopf schief. Will fuhr fort: „Ich habe Sie doch gesagt, dass ich schon einmal im Altenheim Ihr Akkordeon getragen habe. Und damals war das viel schwerer gewesen. Sie haben zwar behauptet, das wäre ein anderes

Modell gewesen, aber ich war mir ziemlich sicher, dass es sich um ein und dasselbe Instrument gehandelt hat."

Van der Valk pfiff durch die Zähne. „Nicht schlecht, Sherlock. Und welche Schlüsse haben Sie daraus gezogen?"

„Zuerst keine. Aber als meine Frau dann später für mich gesagt hat, dass Sie so schön auf Ihr Schifferklavier gespielt hätten, da wurde mir alles klar."

„Ich versteh nicht."

„Josef Jackels hatte mir vor ein paar Tagen erzählt, dass Familie Eidams früher immer in alle erdenkliche Gerätschaften Kaffee und Zigaretten über die Grenze geschmuggelt hat. Einmal haben die sogar in ein Klavier alle Hohlräume damit ausgestopft. Und genauso haben Sie das auch gemacht. Sie haben die Drogen einfach im Akkordeon drin versteckt und über die Grenze nach dem Altenheim transportiert. Ich denke, da passt schon einiges rein in so ein Instrument."

Der Holländer lächelte. „Na ja, so drei, vier Kilo Heroin passen da schon rein. Und das Wunderbare ist: Das Akkordeonspiel wird dadurch nicht beeinträchtigt."

„Im Altenheim haben Sie die Drogen Frau Thönnissen gegeben und die hat die dann in Hansi sein Laden gebracht."

Van der Valk zog die Stirn kraus. „Sie wissen von Katharina?"

„Das hat mir der Kommissar gesagt. Hansi hat zugegeben, dass die der Kurier war. Der Rest war klar. Sie waren der große Unbekannte in Frau Thönnissen ihr Leben. Der ihre unerfüllte Liebe. Sie haben die arme Frau schamlos ausgenutzt für Ihre Zwecke."

„Aber selbst wenn alles so wäre, wie Sie vermuten, warum sollte ich Drogen schmuggeln? Ich habe doch genug Geld."

„Das habe ich am Anfang auch gedacht. Aber mit ‚Die Königin der Tulpen' verdienen Sie kein Cent. Das Lied ist nämlich gar nicht von Sie. Und was Sie bei Ihre Auftritte in Altenheimen und Festzelten verdienen, dürfte wohl kaum reichen für Ihr Lebensstil."

„Wissen Sie", van der Valk sah Will versonnen an, „ich habe Sie unterschätzt. Sie sind cleverer, als Sie aussehen. Schade, dass Ihnen das rein gar nichts mehr nützt." Er streckte seinen rechten Arm aus und richtete die Waffe erneut auf Will.

Plötzlich öffnete sich quietschend die schwere Eisentür des Heizungskellers und eine junge Stimme auf der anderen Seite des Kessels rief: „Herr Brettschneider! Sind Sie da?"

Wir sind im Heizungskeller vom Saffelener Altenheim, schoss es Will durch den Kopf. Doch noch ehe er etwas rufen konnte, war van der Valk direkt vor ihm und presste ihm das herunterhängende Kreppband mit roher Gewalt zurück auf den Mund.

Fredi Jaspers kam sich albern vor in der weißen Pflegerbekleidung. Außerdem war sie zwei Nummern zu klein, weil sie Schwester Vanessa gehörte. Doch auf die Schnelle war Kommissar Kleinheinz kein besserer Plan eingefallen. Das Handy von Heribert Oellers war lokalisiert worden: Es befand sich im Saffelener Altenheim. Doch in welchem der vielen Räume, konnte die technische Abteilung nicht genau sagen. Fredi hatte sich für seinen Einsatz geradezu aufgedrängt und Kleinheinz hatte notgedrungen zugestimmt. Da sic unter Zeitdruck standen, mussten sie sich aufteilen. Während der Kommissar die oberen Etagen durchsuchte, kundschaftete Fredi als Pfleger verkleidet die unteren Räume aus. Als er nun die schwere Eisentür vom Heizungskeller öffnete, stellten sich ihm die Nackenhaare auf. Es brannte ein schwaches Licht und er spürte sofort, dass er nicht allein war. Als er eintrat, klangen die Schritte seiner zu engen weißen Birkenstocksandalen unnatürlich laut auf dem groben Estrich. Sein Herz pochte und er hatte Mühe, das Tablett mit der Urinprobe, das er zur Tarnung vor sich her trug, auszubalancieren. „Herr Brettschneider! Sind Sie da?", rief er. Er hörte ein Geräusch, dann tauchte eine große Gestalt neben dem Kessel auf. Trotz des schwachen Lichts erkannte er den Schlagersänger Charlie van der Valk. Fredi ließ sich seine Verwunderung aber nicht anmerken. Stattdessen sagte er: „Ach, Hallo. Was machen Sie denn hier?"

Van der Valk hielt die entsicherte Beretta 92 hinter seinem Rücken, als er um den Kessel herumging. Dort stand ein junger Pfleger, den er noch nie hier im Altenheim gesehen hatte. Wahrscheinlich war er neu. Deshalb schien er van der Valk auch nicht zu erkennen. Der Holländer änderte seine Strategie, die zuvor daraus bestanden hatte, sofort zu schießen. Er lächelte den Pfleger freundlich an und sagte: „Herr Brettschneider ist oben. Er hat mich gebeten, nach der Heizungsanlage zu sehen." Er deutete auf seine festliche Kleidung und hob entschuldigend die Arme: „Wochenendnotdienst. Ich komme gerade von einer Feier."

Der Pfleger nickte. „Okay, dann guck ich mal oben nach der Herr Brettschneider. Schönen Abend noch."

Den letzten Satz sprach der Pfleger etwas zu laut aus. Nicht viel, aber diese Nuance genügte van der Valk, um zu begreifen, dass es sich um einen Trick handelte. Er umklammerte den Griff seiner Pistole und ging einen Schritt auf den Pfleger zu. Jetzt musste alles ganz schnell gehen. Und das ging es auch. Allerdings anders, als van der Valk sich das gedacht hatte. Blitzschnell riss Fredi Jaspers das randvolle Glas mit der Urinprobe vom Tablett und schüttete dem Schlagersänger den kompletten Inhalt ins Gesicht. Ein brennender Schmerz schoss ihm in die Augen und ein schmieriger Film legte sich über seine Netzhaut. Van der Valk ließ die Waffe fallen und konnte nur noch schemenhaft erkennen, wie ein zweiter Mann mit lautem Geschrei in den Raum stürmte und ihn brutal zu Boden riss.

# 37

## Sonntag, 20. Juli, 0.46 Uhr

Der Vollmond schien durch die halb geöffneten Jalousien des kleinen Sozialraums und vermischte sich mit dem viel zu hellen Deckenstrahler zu einem diffusen Licht. Kommissar Kleinheinz hatte die kleine Teeküche zum Verhörraum umfunktioniert. Charlie van der Valk saß schweigend auf einem gepolsterten Plastikstuhl, dessen aufgerissenes Kissen ungeschickt mit Klebeband geflickt worden war. Seine Hände waren mit Handschellen hinter dem Rücken gefesselt. Auf einer Eckbank wurde Wills Kopfwunde gerade von Schwester Vanessa mit Jod beträufelt. Sie befand sich so nah neben ihm, dass ihm ihr süßes Parfüm unweigerlich in die Nase stieg. Es war ein so betörender Duft, wie er ihn noch nie in seinem Leben gerochen hatte. Das blumige Aroma raubte ihm fast den Verstand. Als dann auch noch Vanessas rechte Brust beim Betupfen der Wunde aus Versehen Wills Schulter streifte, wurde dieser halb ohnmächtig und stöhnte auf. „Brauchen Sie ein Glas Wasser, Herr Hastenrath?“, fragte die Schwester besorgt.

„Noch besser ein Schnaps“, antwortete der.

Fredi Jaspers betrat den Raum. Er hatte sich im Nebenzimmer umgezogen und trug jetzt wieder seine Jeanshose mit den

Lederapplikationen und darüber sein Jeanshemd. Das gelbe Jackett und die rosa Lederkrawatte hatte er über den Arm gelegt. In der rechten Hand schwenkte er eine Tüte, in der die Ersatzkleidung von Vanessa steckte. Er wedelte der Schwester damit zu. „Danke für die Sachen. Die geb ich meine Mutter für zum Waschen."

In diesem Moment beendete Kommissar Kleinheinz auf dem Flur sein Telefonat und trat ebenfalls in den Raum. An Vanessa gewandt, fragte er: „Haben Sie Brettschneider immer noch nicht erreicht?" Vanessa schüttelte treuherzig den Kopf. Dabei schlugen einige ihrer blonden Locken, die so herrlich nach grünem Apfelshampoo rochen, in Wills Gesicht. Der Landwirt seufzte laut vernehmlich.

„So", wandte sich der Kommissar an alle, „die Kollegen werden gleich hier sein." Dann ging er auf Charlie van der Valk zu und sah ihn scharf an. „Und nun zu dir, mein König der Tulpen. Wo ist Katharina Thönnissen?"

Van der Valk schwieg. Kleinheinz wartete einen Augenblick, dann wurde seine Stimme lauter und bedrohlicher: „Hör zu, alter Mann. Deine Komplizen haben wir geschnappt. Die werden früher oder später auspacken. Wir wissen, dass du der Drogenboss bist und das Zeug von Holland hierher gebracht hast. Wir wissen, dass Katharina Thönnissen der Kurier war und wir wissen, dass Hans-Peter Eidams' Laden der Drogenumschlagplatz war. Was wir noch nicht wissen, ist, wo sich Frau Thönnissen aufhält. Oder – ist sie tot?"

Van der Valks Augen weiteten sich beim letzten Satz. Die zuvor stoische Miene wich einem ängstlichen Blick. Kleinheinz stutzte. Er schlug auf den Tisch: „Komm schon, was hast du mit ihr gemacht? Hast du sie umgebracht? Weil sie zu viel wusste? So wie du Wilhelm Hastenrath umbringen wolltest?“

„Nein, ich hab sie nicht umgebracht“, stieß der Holländer hervor. In seiner Stimme schwang Verzweiflung mit. Es schien, als wolle er weiterreden, doch stattdessen verstummte er wieder. Kleinheinz merkte, dass er auf der richtigen Spur war. Gleich hatte er ihn so weit. Er durfte jetzt nur nicht locker lassen. „Wo ist sie?“, brüllte er ihm ins Gesicht.

Van der Valks Gesichtszüge verzerrten sich. „Ich weiß es nicht!“, brüllte er zurück. Dann sackte er in sich zusammen und brach in Tränen aus. Kleinheinz verstand die Welt nicht mehr. Was sollte das jetzt? Wie ein Tiger im Zoo ging er im Raum auf und ab und dachte angestrengt nach. Nur das Ticken der Küchenuhr war zu hören.

Plötzlich durchbrach Will die Stille. „Herr Kommissar. Ich glaube, der sagt die Wahrheit. Ich glaube, die alte Frau Thönnissen ist die Königin der Tulpen.“

Kleinheinz sah ihn fassungslos an. Mühsam rang er nach Worten: „Was? Wie? Lassen Sie mich doch jetzt mit dem Scheiß in Ruhe, Herr Hastenrath. Ich führe hier gerade eine Vernehmung durch.“

Doch Will ließ sich nicht beirren. Er schob Schwester Vanessa zur Seite, stand auf und ging auf Charlie van der Valk zu. Er kniete sich vor ihn und sagte: „Als ich vorhin gesagt habe, dass Sie die große Liebe von Frau Thönnissen waren, da hatte ich Recht, oder?“

Van der Valk nickte, sah aber nicht auf. Der Landwirt fuhr fort: „Was ich aber bis eben noch nicht gewusst habe, ist, dass Frau Thönnissen auch Ihre große Liebe ist. Stimmt’s?“

Van der Valk biss sich auf die Lippe. Kleinheinz platzte der Kragen: „Herr Hastenrath, wenn Sie bitte jetzt mal vor die Tür gehen. Mit Ihrer Rosamunde-Pilcher-Nummer kommen wir hier nicht weiter. Wir haben es hier mit einem skrupellosen Drogendealer zu tun. Wenn es ihm hilft, würde er uns auch erzählen, dass er der Bruder von Britney Spears ist."

Charlie van der Valk hob den Kopf und sah den Kommissar an. Tränen rannen über seine Wangen. Mit brüchiger Stimme sagte er: „Ich bin bereit, ein Geständnis abzulegen."

Kleinheinz kramte hastig sein Handy aus der Tasche und legte es auf den Tisch direkt vor den Sänger. Da er kein Aufnahmegerät hatte, aktivierte er das eingebaute Diktafon. „Wir hören", sagte er, als er es gestartet hatte.

Van der Valk atmete einmal tief ein und wieder aus. Dann begann er mit dem gleichen Timbre zu erzählen, das seine Lieder so unverwechselbar machte: „Ja, es stimmt. Ich schmuggle seit ungefähr zwei Jahren für unseren Boss regelmäßig Drogen von Holland nach Deutschland. Und zwar hier ins Altenheim. Katharina Thönnissen bringt die Sachen in den Laden von Hans-Peter Eidams. Dort wird alles ausgewogen und von Kurieren abgeholt. Es ist ein sehr gutes Geschäft. Ich brauche das Geld, um meine Schulden zu bezahlen. Alles, was ich in den 70er Jahren verdient habe, ist weg."

„Welche Rolle spielt Frau Thönnissen?" Kleinheinz stellte seine Frage protokollarisch nüchtern.

Van der Valk zögerte einen Augenblick. Dann sagte er: „Wir sind ein Liebespaar. Schon seit über 30 Jahren. Aber ich bin verheiratet. Meine Frau weiß nichts von meinem Doppelleben. Weder von Katharina noch von der Drogensache. Sie glaubt, dass mein ganzes Geld aus den Plattenverkäufen stammt. Und meine Frau lebt auf großem Fuß. Unsere Ehe existiert seit Langem nur noch auf dem Papier. Aber meine Frau will eine halbe Million für die Scheidung. Sobald ich meine Schulden bezahlt und genug Geld für einen Neuanfang habe, wollte ich mit Katharina ein neues Leben beginnen. Ganz woanders, wo uns keiner kennt. Das war der Plan."

„Sehr rührselig, Herr van der Valk. Mir kommen gleich die Tränen. Mit der Menge, die Sie geschmuggelt haben, müssen Sie in den letzten zwei Jahren steinreich geworden sein. Wenn ich mir zum Beispiel Ihren Wagen ansehe ..."

„Ach, der Wagen. Den hat der Boss mir bezahlt, damit ich mein Image als erfolgreicher Schlagersänger weiter pflegen kann."

„Jetzt reicht es mir aber!" Kleinheinz' Stimme schwoll zu einem Donnergrollen an. „Ich hör immer nur Boss. Entweder Sie erzählen jetzt alles, was Sie wissen, oder Sie werden das Gefängnis nie wieder verlassen."

Van der Valk nickte, hob den Kopf und begann stockend zu erzählen: „Vor drei Jahren war ich ganz unten angekommen. Obwohl ich auf jedem Festzelt aufgetreten bin, wurde der Schuldenberg immer größer. Da ich meiner Frau nichts sagen wollte, bin ich in die Kriminalität abgerutscht. Am Anfang waren es nur kleine Einbrüche, später bin ich dann in den Drogenhandel reingeraten. Die konnten mich ganz gut gebrauchen, weil ich alt und damit unauffällig war. Außerdem war ich durch meine Prominenz unverdächtig. Dann gab es auf einmal eine große Übergabe in einer Lagerhalle in Eindhoven. Es ging um richtig viel Stoff. Ich war eigentlich nur zum Schmierestehen dabei. Doch es war eine Falle. Ein Sondereinsatzkommando der Polizei schlug zu und nahm alle fest. Alle, außer mich, weil ich die Rückseite der Halle bewachte. Ich wollte gerade verschwinden, als mich ein Polizist erwischte. Wir beide waren zu dem Zeitpunkt alleine hinter der Halle. Der Polizist erkannte mich und ich wusste, dass mein Leben für immer vorbei sein würde, wenn ich mit dieser Sache in die Schlagzeilen geraten würde. Zu meiner Überraschung schlug der Mann mir jedoch einen Deal vor."

„Was für einen Deal?", fragte Kleinheinz und zog die Augenbrauen hoch.

„Er hat gesagt, ich könne für ihn arbeiten. Im Gegenzug würde er mich laufen lassen. Mir blieb nichts anderes übrig, als einzuwilligen. Er ließ mich laufen und zwei Wochen lang habe ich nichts gehört. Dann hat der Mann sich bei mir gemeldet und mir gesagt, was ich zu tun habe. Er wusste alles über mich. Auch die Sache mit Katharina. Daraus ist dann die Operation Altenheim entstanden, wie wir das immer genannt haben. Deshalb ist Katharina auch nach hier gezogen. Ich habe regelmäßig Konzerte gegeben und wir konnten uns immer sehen. Jeder hat denselben Anteil bekommen. Katharina, Hans-Peter und ich."

„Warum gab es den Überfall auf Hans-Peter Eidams?"

„Die Mengen, die ich schmuggeln sollte, wurden immer größer. Uns war allen nicht wohl bei der Sache. Irgendwann hat Hans-Peter Angst bekommen und wollte aussteigen. Doch dafür hingen wir schon zu tief drin. Als Hans-Peter dann angeschossen wurde, wollte ich auch aussteigen. Nur Katharina hat gesagt: Lass uns weitermachen, bis wir das

Geld zusammenhaben, um zu verschwinden. Aber ich glaube, ihr war nicht klar, wie gefährlich die Leute sind, mit denen wir es hier zu tun haben."

„Und dann ...", begann Kleinheinz.

Will trat hinter ihn und vervollständigte den Satz: „Und dann hat der große Boss Käthe entführt, für Sie zu erpressen. Und Sie haben keine Ahnung, wo die ist."

„Genau", schluchzte van der Valk und legte den Kopf in seine Hände.

Fredi Jaspers hatte das Verhör starr wie eine Salzsäule verfolgt. Nun merkte er, dass seine Glieder schmerzten. Er dehnte sich kurz und kratzte sich grübelnd am Kopf. Dann stellte er als erster die alles entscheidende Frage: „Aber, wer ist denn jetzt der große Boss?"

Van der Valk sah auf. „Der Mann heißt Manfred Bergmann. Ich weiß nur, dass er Drogenfahnder ist. Damals in Eindhoven hat er an einer länderübergreifenden Razzia teilgenommen."

Will und Fredi sahen sich fragend an. Der Ortsvorsteher zuckte die Schultern und sagte: „Manfred Bergmann. Nie gehört der Name. Schlömer Lisabeth hat früher mal pussiert mit ein gewisser Alfred Bergmann. Der war gebürtig aus Uetterath. Der hatte so Segelohren, die die in Uetterath alle haben, und so Geheimagentsecken in den Haaren. Aber das ist der einzigste Bergmann, dem ich kenne."

Kleinheinz stand auf und lehnte sich wie in Trance gegen den Küchenschrank. Er war leichenblass. Fredi sah ihn erschrocken an und fragte: „Ist Ihnen nicht gut, Herr Kommissar?"

Kleinheinz wischte sich fahrig durchs Gesicht. Er musste sich auf der Spüle abstützen. Langsam und stockend verließen die Worte seinen Mund: „Manfred Bergmann ist der richtige Name von Bernd Bommer. Bommer ist nur der Tarnname für seinen verdeckten Einsatz."

Es dauerte endlose Sekunden, bis die Information Fredis Hirn erreicht hatte. Dann riss er die Augen auf und schrie: „Ach du Scheiße. Borowka!"

# 38

## Sonntag, 20. Juli, 0.48 Uhr

„Was haben ein Polizist und ein Kondom gemeinsam? Mit ist es sicherer, aber ohne ist es schöner.“ Borowka brach in schallendes Gelächter über seinen eigenen Witz aus. Bommer verzog den Mund zu einem gequälten Lächeln. Er sah hinüber zum gefesselten Hansi, der ebenfalls kicherte und zu den beiden Ledermännern, von denen der eine immer noch bewusstlos vor dem Baum saß. Dann blickte er nervös auf seine Uhr. Plötzlich erklang „The final countdown“ und Bommer riss die Waffe hoch.

„Cool bleiben, Bernie. Das ist nur mein Handy“, beruhigte Borowka ihn und fummelte es umständlich aus seiner engen Jeanshose heraus. „Borowka?“, meldete er sich.

Bommer stieß ihn an: „Mach das Scheiß-Handy aus.“

Borowka winkte ab und hörte angestrengt einer Stimme zu, die ohne Punkt und Komma zu reden schien. Dann sah er auf sein Display und schüttelte den Kopf. „Was ist denn hier los? Da kommt noch ein Anruf rein von Fredi.“

Bommer nahm Borowka das Handy aus der Hand und drückte so lange die Off-Taste, bis das Handy aus war. Dann warf er es in hohem Bogen ins Gebüsch. Borowka sah ihm mit offenem Mund dabei zu und stammelte: „Sag mal Bernie, geht's noch? Ich ..."

Bommer funkelte Borowka böse an: „Hör mal zu. Du nervst. Das hier ist eine Polizeiaktion und kein Kasperletheater."

„Aber das war meine Schwiegermutter. Die wollte mir was Wichtiges sagen."

„Hat das vielleicht auch bis morgen Zeit?"

„Genau dadrum ging es sich ja. Die hat sich Sorgen gemacht, weil ich die eben die SMS geschrieben habe. Und da ..."

„Was für eine SMS?" Bommer riss den Kopf herum.

„Eben, wie du pinkeln warst, habe ich Schwiegermutter nur auf eine SMS geantwortet. Die löchert mich ja die ganze Zeit wegen die blöden Alufelgen. Jetzt habe ich die geschrieben, dass ich mich morgen melde, wegen weil wir beide hier im Wald auf zwei Verbrecher und Hansi aufpassen, bis die Polizei kommt."

Bommer stand auf und ging ein paar Schritte. Er atmete in tiefen Zügen die frische Abendluft ein und schien angestrengt nachzudenken. Borowka wusste nicht genau, was er davon halten sollte. Während er mit den Blicken das Gras nach seinem Handy absuchte, fragte er: „Wann kommen unsere Kollegen denn endlich?"

Bommer ging auf den bewusstlosen Ledermann zu und gab ihm eine starke Ohrfeige. Stöhnend kam dieser wieder zu sich. Er brüllte ihn an: „Aufwachen, Dragan. Es geht los." Dann zog er ein Springmesser aus seinem Gürtel und ließ es aufklappen. Er sah über die Schulter zu Borowka herüber, der seine Aktion aufmerksam verfolgte. Ganz ruhig sagte er: „Die Bullen werden nicht kommen."

Borowka starrte fasziniert auf die blinkende Klinge. „Das ist aber ein cooles Messer. Gehört das auch zur Polizeiausrüst ...", er stockte kurz. „Was hast du gerade gesagt? Die Bullen kommen nicht?"

„Genau."

„Aber warum denn nicht?"

„Weil ich sie gar nicht angerufen habe."

Borowka wusste nicht, was er sagen sollte. Stattdessen beobachtete er stocksteif, wie Bommer sich an dem unverletzten Ledermann zu schaffen machte, und den Kabelbinder, mit dem seine Hände auf den Rücken gebunden waren, mit einer schnellen Bewegung aufschnitt. Der Mann schüttelte benommen den Kopf. Dann nahm er die Hände nach vorne und rieb sich die Handgelenke, während Bommer auch den Kabelbinder zerschnitt, mit dem die Beine zusammengebunden waren.

Borowka fragte schockiert: „Was machst du denn da, Bernie?"

Doch die beiden beachteten ihn gar nicht. Der Ledermann sagte: „Mensch, Manni. Mein Schädel brummt vielleicht." Nun meldete sich auch der zweite Ledermann von der anderen Seite der Lichtung zu Wort: „Nu mach mal hinne. Und das mit dem Oberschenkelschuss, da müssen wir noch mal in Ruhe drüber reden."

Bommer fuhr ihn an: „Was sollte ich denn machen?"

„He, Bernie, was soll der Scheiß?" Borowka sprang panisch auf und blickte hektisch umher, so, als suche er nach einer versteckten Kamera.

Bommer fuhr herum und zielte mit der Pistole auf Borowka: „Hinsetzen!", herrschte er ihn an.

Borowka gehorchte und ließ sich wie paralysiert auf den Boden sinken. Bommer kam langsam auf ihn zu. „Tja, mein Freund, habe ich es dir nicht eben noch gesagt? Es ist nicht immer alles so wie es scheint. Tut mir leid, dass du da jetzt mit reingeraten bist, denn eigentlich finde ich dich ganz amüsant." Er deutete auf die zwei Ledermänner und sagte: „Darf ich dir vorstellen: Mike und Dragan. Zwei Arbeitskollegen von mir. Mike hat im Moment einen kleinen Gehfehler", er lachte, „aber so was nennt man wohl Kollateralschaden. Genauso wie du einer bist."

„Was ist denn ein ... ein Choleraschaden?", fragte Borowka vorsichtig. Er bemühte sich sehr, seine Nerven unter Kontrolle zu behalten.

„Meine Fresse", brüllte Mike von hinten. „Wird das jetzt ein Wissensquiz? Schneid mir endlich die Scheiß-Fesseln durch."

Bommer winkte mit der Pistole ab. „Halt die Klappe. Der junge Mann hier ist ein Fußballkamerad von mir. Der hat ein Recht darauf, zu erfahren, was los ist. Also, meine Kumpels und ich haben ein bisschen mit Heroin gedealt. Weißt du, die Polizei zahlt so schlecht. Aber unser Hansi wollte plötzlich nicht mehr mitspielen, obwohl er auch gut davon gelebt hat."

Hansi sagte kein Wort. Er beobachtete Bommer mit wachsender Angst. Der V-Mann grinste: „Der heutige Abend war ursprünglich ganz anders geplant. Hansi sollte sich eigentlich hier im Wald aufhängen und ich wollte ihn dann finden. Dann sind zwei Probleme aufgetaucht. Zum einen war plötzlich Kleinheinz in Saffelen und wollte unbedingt mitfahren und zum anderen stolperst du mit Fredi in unser kleines Arrangement. Also Planänderung. Jetzt wird Folgendes passieren:

Unser Dragan hatte ein Messer am Körper versteckt und hat sich und seinen Kollegen damit befreit. Dann haben die beiden mich entwaffnet, niedergeschossen und sind mit ihrem Transporter geflüchtet."

Unter Borowkas Armen hatten sich breite Schweißränder gebildet. Er schnappte kurzatmig nach Luft und krallte sich mit den Fingern im weichen Moosboden fest. Seine Stimme bebte, als er fragte: „Und was ist mit Hansi und mir?"

„Ach, ich Dummerchen", Bommer schlug sich mit der Pistole vor die Stirn, „das hatte ich ganz vergessen. Euch hat der Dragan natürlich auch niedergeschossen. Nur, dass ihr im Gegensatz zu mir nicht überlebt habt, weil ihr keine kugelsicheren Westen anhabt. Und das – mein lieber Borowka – das nennt man dann einen Kollateralschaden, denn im Prinzip hast du mir ja nichts getan. Obwohl", er betastete sein geschwollenes Auge, „das hat schon wehgetan."

„Amen", rief Mike von hinten. „Sind wir dann so weit? Mach mir endlich die Drecks-Kabelbinder ab."

Bommer schlenderte zu ihm, ohne Borowka aus den Augen zu lassen. In der Mitte der Waldlichtung überreichte er Dragan das Springmesser, als plötzlich ein mächtiges Grollen die Erde erzittern ließ. Alle sahen aufgeschreckt auf, doch der Lärm war so ohrenbetäubend laut, dass man nicht erkennen konnte, aus welcher Richtung er kam. Hansi ließ sich zur Seite fallen und Borowka warf sich in der allgemeinen Verwirrung hinter einen Baum. Bommer riss die Waffe hoch und drehte sich wie ein Eiskunstläufer im Kreis. Dann schoss aus dem Unterholz plötzlich ein Jeep mitten in die Lichtung. Alle vier Räder hatten vom Boden abgehoben. Fast wie in Zeitlupe flog der Wagen genau auf Bommer und Dragan zu, die abwehrend die Hände vors Gesicht rissen. Borowka beobachtete staunend, wie der Wagen zunächst für Sekunden in der Luft zu schweben schien, dann krachend aufsetzte und die beiden Gangster mit seinem Stoßfänger wie Spielzeugpuppen wegschleuderte. Die beiden überschlugen sich mehrfach und blieben reglos im Gestrüpp liegen. Borowka spurtete los und ergriff die Pistole, die ganz in seiner Nähe gelandet war. Erst jetzt erkannte er den Jeep. Es war der rote Suzuki Vitara von Rita. Ungläubig beobachtete er, wie zuerst Rita an der Fahrerseite ausstieg und kurz danach seine Schwiegermutter an der Beifahrerseite. Sie war blass und hielt sich ein Taschentuch vor den Mund.

Bevor er sich um die beiden kümmerte, vergewisserte sich Borowka, dass von den Verbrechern keine Gefahr mehr ausging. Bommer und Dragan bewegten sich keinen Millimeter, Mike war noch gefesselt und außerdem am Oberschenkel verletzt und Hansi war offensichtlich vor Schreck ohnmächtig geworden. Borowka steckte sich die Pistole in den Gürtel, so wie er es mal bei Chuck Norris gesehen hatte. Dann lief er zurück zu Rita und ihrer Mutter. Fassungslos starrte er sie an: „Was macht ihr denn hier?“ Rita gab ihm einen Kuss auf den Mund und lächelte: „Wir haben uns gedacht, du brauchst vielleicht Hilfe.“

Mit Ritas Handy rief Borowka Fredi an, der ihm mitteilte, dass sie auf dem Weg zu ihnen waren. In kurzen, atemlosen Sätzen, die in der Hauptsache mit Begriffen wie „cool“, „supercool“ und „obercool“ ausgeschmückt waren, erzählte Borowka den beiden Frauen, was auf der Lichtung passiert war. Doch dann war seine Neugierde zu groß. Er sah Rita mit großen Augen an und fragte: „Aber woher wusstest du, dass ich in Gefahr bin?"

Rita lächelte zwar, aber die Erleichterung war ihr deutlich anzumerken. Erschöpft setzte sie an: „Wie ich aus dem Festzelt weggelaufen war, hat der Bernie mich am Wald aufgegabelt und in seine Wohnung gebracht. Da hat er mir dann erzählt, dass der ein V-Mann der Polizei ist und dass heute Abend ein Schlag gegen der Drogenring stattfinden würde. Aus Sicherheitsgründe hat er dadrauf bestanden, mich mit sein X5 zu meine Eltern zu bringen. Unterwegs hat er Koordinaten, die auf ein kleines Zettelchen standen, in sein Navi eingegeben und gesagt, dass er jetzt gleich Kommissar Kleinheinz abholt und die dann gemeinsam die beiden Schweine schnappen, die auf der Hansi geschossen haben. Ich soll mir keine Sorgen machen."

„Und dann?"

„Dann habe ich mir von Bernie noch dem seine Handynummer und die von Kommissar Kleinheinz für der Notfall aufschreiben lassen. Danach bin ich rein und die Mama hat was zu essen gemacht, damit ich mich wieder beruhige. Beim Essen wollte der Papa alles wissen und ich hab ihm die ganze Geschichte erzählt. Irgendwann platzt auf einmal Mama damit raus, dass die eben eine SMS von dir bekommen hätte, dass du mit Bernie im Wald die zwei Gangster bewachst. Und da ist mir auf einmal ganz schlecht geworden."

„Warum? Was hat Schwiegermutter denn wieder gekocht?"

Ritas Mutter, die sich mit grün angelaufenem Gesicht an einem Baum abstützte, warf Borowka einen bösen Blick zu.

„Mir ist nicht vom Essen schlecht geworden", fuhr Rita leicht tadelnd fort, „mir ist schlecht geworden, weil mir plötzlich eingefallen ist, was der Bernie gesagt hatte. Der hatte mir im Auto gesagt, dass er die zwei Schweine schnappen will."

„Na und? Das hat der ja auch gemacht."

„Ja, überleg doch mal, Schatz. Woher wusste der Bernie denn, dass es zwei Täter waren? Bisher hatte es doch immer nur geheißen, Hansi ist von ein einzelner Mann überfallen worden. Das konnte nur bedeuten, dass Bernie mit denen unter eine Decke steckt. Als Mama mir dann noch erzählte, dass du mit denen im Wald bist, habe ich versucht, Kommissar Kleinheinz auf dem sein Handy anzurufen. Aber die Nummer, die der Bernie mir diktiert hatte, war falsch. Dann bin ich sofort in der Auto gesprungen. Und Mama hinterher."

Borowka folgte der Schilderung mit halboffenem Mund. Dann schluckte er und fragte: „Und woher wusstest du, wo wir waren? Ich hatte Schwiegermutter doch nur geschrieben, dass wir im Wald sind."

„Die Koordinaten, die Bernie in sein Navi eingegeben hatte, standen noch auf die Rückseite von der Zettel, wo ich mir die Handynummern drauf aufgeschrieben hatte."

„Das ist aber jetzt wirklich mal cool", entfuhr es Borowka bewundernd.

„Aber eins würde mich noch interessieren", sagte Rita und blickte forschend von Borowka zu ihrer Mutter und wieder zurück. „Seit wann schreibt ihr beide euch eigentlich SMS?"

Borowka hob unbeholfen die Arme und suchte nach Worten. Doch noch bevor er antworten konnte, bremste auf dem Waldweg ein Wagen. Es schlugen drei Autotüren und Kommissar Kleinheinz, Will und Fredi kamen auf die Lichtung gelaufen.

Kleinheinz hatte seine Dienstpistole im Anschlag und rannte mit wachsam erhobenem Kopf sofort auf Bommer und Dragan zu. Als er sie berührte, stöhnten sie beide auf. Sie lebten. Er legte ihnen Handschellen an und ging dann erschöpft im wild wuchernden Gras auf die Knie. Mit aschfahlem Gesicht und tiefen Rändern unter den Augen sah er zu den anderen herüber und sagte: „Dieses Dorf macht mich fertig!" In der Ferne hörte man Sirenen.

# Epilog

Samstag, 25. Juli, 15.04 Uhr

Hastenraths Will blickte zufrieden in einen blauen, wolkenlosen Himmel. Ein sich langsam auflösender Kondensstreifen war das letzte Zeichen eines Flugzeugs, das vor wenigen Minuten vorbeigeflogen war. Irgendwann muss ich auch mal in Urlaub fliegen, dachte der Landwirt. Aber er war sich nicht sicher, ob es in Bad Neuenahr überhaupt einen Flughafen gab. Wills Parka hing über dem Gartenstuhl, sein grün-weiß kariertes Hemd hatte er sich bis über die Ellenbogen hochgezogen. Die Sonne wärmte sein Gesicht. Es war ein herrlicher Tag. Er saß auf der Terrasse von Richard Borowka und hing seinen Gedanken nach, während um ihn herum hektische Betriebsamkeit herrschte. Rita und Borowka feierten ihren fünften Hochzeitstag aus gegebenem Anlass nicht zu zweit, sondern hatten neben Ritas Eltern auch Will und Marlene, Josef und Billa, Fredi und Martina und vor allem Kommissar Kleinheinz eingeladen. Als eine Art Abschlussbankett für den nervenaufreibenden Kriminalfall, in den sie alle mehr oder weniger verwickelt gewesen waren. Kommissar Kleinheinz war als einziger ohne Begleitung erschienen. Seine launige Bemerkung, dass er seit zwei Jahren glücklich geschieden sei, hatte Marlene Hastenrath mit einem sehnsüchtigen und offenbar zu laut geratenen Stoßseufzer kommentiert, womit sie sich einen bösen Blick von Will eingehandelt hatte. Ansonsten aber war die Stimmung sehr gelöst. Rita bereitete in der Küche ihr berühmtes Menü „Kartoffelsalat an Würstchen mit einem Hauch Senf“ zu, während Borowka versuchte, mit ein paar ausgesuchten CDs von Wolfgang „Wolle“ Petry eine entspannte Atmosphäre in den Nachmittag zu zaubern. Fredi hielt Händchen mit Martina, die von ihm immer wieder aufs Neue die faszinierende Geschichte vom Überfall im Wald und von der Urinattacke auf Charlie van der Valk hören wollte.

Durch das allgemeine Stimmengewirr hindurch erklang schwach die Haustürklingel. Dann klimperndes Geschirr in der Küche und Schritte, als Rita zur Tür ging und sie öffnete. Kurz danach rief sie: „Will! Hier ist jemand für dich!“ Will sah überrascht auf und erhob sich ächzend aus seinem Gartenstuhl. Seine Knochen schmerzten, als er sich schleppend in Bewegung setzte. Fast wäre er noch ins Stolpern geraten, als er die vier aufeinandergestapelten Chromfelgen streifte, die, mit einer großen, roten Schleife umwickelt, mitten im Wohnzimmer standen. An der Tür standen Rita, die ihre Hände an der umgebundenen Schürze trockenrieb, und eine Person, die Will durch die blendende Sonne nicht richtig erkennen konnte. „Dein Schwiegersohn möchte dich sprechen“, sagte Rita. Dann erkannte Will den Mann seiner Tochter. Hinter ihm erblickte er den am Straßenrand parkenden silbergrauen Audi A4. Auf dem Beifahrersitz saß Sabine, die sich gerade schimpfend zu Kevin-Marcel und Justin-Dustin umdrehte, die sich gegenseitig mit Quartettkarten bewarfen.

Schwiegersohn Michael trug ein hellblaues Poloshirt, auf dem ein Krokodil aufgenäht war, und hatte einen gelben Pullunder um den Hals gebunden. Seine Hände steckten in den Taschen einer beigen Bundfaltenjeans. Trotz seiner schlaksigen Figur machte er einen beinahe lockeren Eindruck. Er lächelte breit. „Hallo Will."

Noch bevor Will antworten konnte, sagte Rita: „Sonst kommt doch rein. Ich hab genug Kartoffelsalat für alle."

Michael schüttelte freundlich den Kopf. „Danke, aber besser nicht. Wir haben Kevin-Marcel und Justin-Dustin dabei."

„Kein Problem. Ihr seid doch haftpflichtversichert."

Michael lachte gequält auf. „Ja, wer weiß, wie lange noch. Aber wir sind gerade auf dem Weg zu meinen Eltern nach Dormagen. Ich wollte dem Will nur schnell was geben."

Rita hob die Hände. „Dann lass ich euch mal alleine und geh nach die Würstchen gucken, bevor die noch platzen."

Michael vergewisserte sich, dass Rita auch wirklich in der Küche verschwunden war, bevor er sich wieder an Will wandte, der ihn die ganze Zeit fragend angesehen hatte. „Will. Ich wollte dir zuerst mal dazu gratulieren, wie du den Fall gelöst hast. Ich war ja bis heute Morgen auf der Computermesse. Aber Sabine hat mir alles haarklein erzählt. Ich bin beeindruckt."

Will grinste übers ganze Gesicht und antwortete: „Das ist aber lieb von dir. Woher wusstet ihr denn, dass wir hier sind?"

„Bei euch am Tor hängt doch ein Schild: „Wenn Sie Eier, Äpfel und Kartoffel kaufen wollen, bei Borowka klingeln."

„Ach ja", Will erinnerte sich daran, dass er das Schild heute Morgen noch hastig geschrieben hatte. „Wie viel Pfund Kartoffeln braucht ihr denn?"

„Nein. Wir brauchen keine Kartoffeln. Ich wollte dir nur was geben." Michael kramte in seiner Hosentasche, holte ein kleines silbernes Röhrchen hervor und hielt es Will hin. Will nahm es und betrachtete es verwundert von allen Seiten.

„Das ist der USB-Stick mit den ganzen Daten, die wir zusammengetragen haben. Ich weiß ja nicht, ob du ihn aufbewahren möchtest. Schließlich sind da ja einige illegale Sachen drauf." Will nahm den Stick, sah sich um und ließ ihn schnell in der großen Tasche seiner grauen Stoffhose verschwinden. „Das hatte ich ganz vergessen", flüsterte er verschwörerisch, „das ist mir eben erst wieder eingefallen, wie der Kommissar Kleinheinz am erzählen war, dass die gestern unser Grundschullehrer Peter Haselheim auf dem Revier vorgeladen haben, nachdem der aus dem Urlaub zurückgekommen war. Die haben dem drei Stunden lang verhört, weil die wohl irgendeine Adresse von dem gefunden haben, mit der der im Computer von der Kleinheinz gewesen sein soll. Ich hab das aber nicht ganz verstanden."

„Ach du Scheiße. Die haben Haselheims IP- und MAC-Adresse zurückverfolgt, weil wir von dessen Computer aus ..."

„Ja, ja. Für heute genug Computerkauderwelsch. Ich wollte mich sowieso noch bei dir bedanken." Will legte seinem Schwiegersohn die Hand auf die Schulter und verfiel in einen feierlichen Tonfall: „Ohne dich hätten wir der Fall vielleicht gar nicht gelöst. Ich hätte nie gedacht, dass ich das mal zu dir sagen würde, aber ich bin stolz dadrauf, dass du mein Schwiegersohn bist – MICHAEL."

Michael wollte gerade dazu ansetzen, seinen Vornamen zu nennen, doch nun verschlug es ihm die Sprache. Er sah Will dankbar an und rang stotternd nach Worten: „Das ist ja ... also, Will, ich weiß gar nicht, was ich sagen soll. Nach all den Jahren. Und du nimmst es mir auch nicht mehr übel, dass ich manchmal so besserwisserisch bin?"

Will machte eine wegwerfende Handbewegung. „Ach was, Junge. Ich akzeptiere dich einfach mal so wie du bist. Ich sag immer: Nobaddi ist pörfekt."

Michael strahlte und sagte: „Danke. Das finde ich ganz großartig von dir. Wir müssen jetzt leider los. Ach ja, eins wollte ich dir noch sagen: Bei „Kartoffel" fehlt ein „n". Plural!" Er schüttelte dem irritierten Will noch kurz die Hand und schlenderte dann gut gelaunt zurück zum Auto. Aus dem Seitenfenster winkte Sabine: „Tschöö Papa."

Auf dem Rücksitz machten Kevin-Marcel und Justin-Dustin Grimassen und streckten die Zunge heraus, während der Audi davonbrauste. Will sah dem Wagen noch grübelnd hinterher, bis er um die nächste Ecke verschwunden war, und murmelte leise vor sich hin: „Versteh ich nicht. In Kartoffel kommt doch gar kein ‚n' vor."

Als Will auf die Terrasse zurückkehrte, waren die anderen gerade in eine hitzige Diskussion verstrickt.

„Brettschneider ist ein Arschloch."

„Fredi, so was sagt man nicht", Josef Jackels rügte den jungen Heißsporn mit einem strafenden Blick. „Der Herr Brettschneider ist ein ganz patenter Mann. Auf das alljährliche Altenheimfest bekommen wir mit unsere Feuerwehrgulaschkanone und dem Bierpavillon immer der beste Platz. Direkt neben das Dixie-Klo."

„Da muss ich Ihnen widersprechen, Herr Jackels“, warf Kleinheinz sichtlich erheitert ein. „Der Herr Brettschneider ist nicht ohne. Ich würde zwar nicht so weit gehen wie unser lieber Herr Jaspers, aber der Mann hat auf jeden Fall Dreck am Stecken. Ich muss zugeben, dass ich eine ganze Weile sogar gedacht habe, er sei in die Drogengeschichte verstrickt. Er hat sich aber nur deshalb verdächtig gemacht, weil er Angst hatte, dass wir bei unseren Ermittlungen im Altenheim belastendes Material finden. Was wir letztlich auch tatsächlich gefunden haben.“

„Was denn?“, fragte Marlene Hastenrath neugierig.

„Nachdem Frau Thönnissen aus dem Altenheim verschwunden war, haben wir alle Akten, die mit ihr im Zusammenhang standen, sichergestellt. Wir brauchten eine Schriftprobe, um den angeblichen Abschiedsbrief auf seine Echtheit hin überprüfen zu können. Dabei sind uns einige Papiere in die Hände gefallen, die eindeutig belegen, dass Herr Brettschneider Steuern hinterzogen hat. Ich gehe davon aus, dass Frau Thönnissen nicht die einzige war, von der er Schwarzgeld kassiert hat.“

„Ja, aber Herr Kleinheinz“, sagte Will, während er sich wieder in seinen Gartenstuhl fallen ließ, „Sie tun ja gerade so, als wenn das ein Verbrechen wäre. Bei die hohen Pflegekosten heutzutage muss man doch jeden Euro zweimal umdrehen. Ich hab dem Dieter letzte Woche am Festzelt auch mal gefragt, ob der für unsere Omma nicht noch ein Zimmer frei hat für kleines Geld. Für so was brauche ich doch keine Rechnung.“

„Du hast wegen meine Omma angefragt?“, empörte sich Marlene und wollte aufspringen.

Kleinheinz hielt sie am Arm zurück und sah Will scharf an: „Herr Hastenrath, ich glaube, ich möchte das gar nicht hören, was Sie da gerade sagen. Ich hoffe für Sie, dass Sie noch nichts schriftlich gemacht haben. Ich habe die ganze Sache nämlich bereits der Steuerfahndung übergeben. Die drehen seit Anfang der Woche das Altenheim auf links. Ich denke, wir sollten das Thema wechseln."

„Ich glaube auch, Will", räusperte sich Josef. „Öhm, Herr Kleinheinz, sagen Sie mal: Wie geht es denn überhaupt die arme Frau Thönnissen?"

Kleinheinz wendete sich dem Feuerwehrmann zu. „Nun, sie ist immer noch im Krankenhaus. Aber nur noch zur Beobachtung. Sie musste ein bisschen aufgepäppelt werden. Sie war doch sehr schwach, nachdem sie befreit worden war."

„Genau. Das wollte ich sowieso die ganze Zeit noch gefragt haben", rief Borowka, der nun auch auf die Terrasse kam und sich vorsichtig auf die Ecke einer hölzernen Gartenliege setzte. „Wie kam das überhaupt, dass Harry Aretz die alte Frau Thönnissen gefunden hat?"

„Das war wirklich ein glücklicher Zufall", sagte Kleinheinz. „Während der Festzeltveranstaltung war plötzlich eine Zapfanlage defekt und Herr Aretz ist in seine Gaststätte gefahren, um Ersatzteile zu besorgen. Dort wurde er aber nicht fündig. Daraufhin ist er mehrere Schuppen abgefahren, in denen er allerlei Gerümpel aufbewahrte. Er scheint einige davon zu besitzen."

„Dem seine verstorbene Frau hatte gut geerbt", warf Billa ein, ermunterte Kleinheinz aber gleichzeitig per Kopfnicken, weiterzuerzählen.

„Einen dieser Schuppen, der etwas außerhalb lag, hatte er seinem Untermieter Bernd Bommer vermietet, der dort angeblich seine Umzugskartons untergestellt hatte. Da Herr Aretz nirgendwo Ersatzteile gefunden hatte, fuhr er nun mit seinem Ersatzschlüssel zu diesem vermieteten Schuppen, in der Hoffnung, dass vielleicht dort noch irgendein Ventil in der Ecke liegen könnte. Was er stattdessen fand, war eine verängstigte Frau Thönnissen."

„Die arme Frau", sinnierte Marlene mit sorgenvoller Stimme. „Die und der Charlie van der Valk waren früher bestimmt ein tolles Paar. Das ist irgendswie eine traurige Geschichte, wie die beiden da reingeraten sind."

„Der Hansi tut mir aber auch leid", sagte Fredi. „Der wollte doch bloß mit seine Kim Su Peng glücklich werden. Der brauchte Geld, für von sein Vater wegzuziehen."

„Der kann ja jetzt auf Staatskosten woanders wohnen", tönte Borowka und lachte laut. Doch niemand lachte mit. Stattdessen durchbrach Marlene die entstandene peinliche Stille mit der Frage: „Müssen die jetzt alle drei im Gefängnis?"

Kleinheinz seufzte. „Tja, das sind leider ziemlich schwere Verbrechen, derer sie sich schuldig gemacht haben. Was vielleicht ein bisschen helfen könnte, ist, dass Frau Thönnissen, Herr van der Valk und Herr Eidams geständig sind und auch gegen die Drahtzieher aussagen werden. Vielleicht wird die Kronzeugenregelung angewandt."

„Das heißt?"

„Nun", führte Kleinheinz mit einem ernsteren Unterton in der Stimme aus, „Straftäter werden milder oder auch gar nicht bestraft, wenn ihre Aussagen helfen, eine Straftat aufzuklären oder zu verhindern. Vielleicht werden die Kuriertätigkeiten der drei auch nur als minder schwerer Fall bewertet. Dann könnte man, weil sie ja auch keine Vorstrafen haben, bei viel Glück mit zwei Jahren auskommen. Und bis zu zwei Jahre können zur Bewährung ausgesetzt werden. Dann müssten sie nicht ins Gefängnis."

„Was ist denn mit Bommer oder Bergmann oder wie der Mann jetzt heißt?", fragte Billa. „Der hatte doch wahrscheinlich auch keine Vorstrafen?"

„Das nicht. Aber der wird auf keinen Fall um eine Freiheitsstrafe rumkommen. Ganz im Gegenteil: Er und seine beiden Komplizen haben sich ja einiges zuschulden kommen lassen: Körperverletzung, Freiheitsberaubung, versuchter Mord und natürlich Einfuhr von Betäubungsmitteln in nicht geringer Menge. Also, vorsichtig geschätzt würde ich mal sagen, mindestens zwölf bis fünfzehn Jahre. Da haben Bergmann und Dragan genug Zeit, ihre zahlreichen Knochenbrüche auszukurieren, die sie sich bei ihrer Begegnung mit Ritas Stoßfänger zugezogen haben."

In diesem Augenblick trat Rita auf die Terrasse. In ihren Händen balancierte sie ein Tablett mit dampfenden Würstchen und eine große Schüssel Kartoffelsalat, auf dessen aufgetürmter Spitze mit Gurkenscheiben die Zahl Fünf gelegt war.

„Ich höre, ihr sprecht gerade von mir", sagte sie fröhlich und setzte das Essen auf dem Tisch ab. Sie deutete auf die leeren Teller und das bereitliegende Besteck: „Aber jetzt erst mal: Guten Appetit!"

„Halt. Stop", rief Borowka und sprang auf. „Die Musik ist aus." Und tatsächlich – vor lauter Diskussion war niemandem aufgefallen, dass Wolfgang Petry längst verstummt war. Borowka schritt zu seinem üppigen CD-Regal und sagte: „Zum fünfjährigen Ehejubiläum und zu Ehren von meine wunderschöne Frau Rita brauchen wir natürlich auch die passende Musik.“

„Ist denn die neue Kuschelrock schon draußen?“, rief Martina ausgelassen. Alle lachten, außer Borowka, der mit gespielter Verärgerung das Gesicht verzog. Angestrengt suchte er die Wand aus über 500 CDs mit hin- und herwedelndem Blick ab. Dann strahlte er und zog eine gebrannte CD heraus. Er hob den rechten Daumen und legte sie ein. Zuerst hörte man ein leises Rauschen, dann das Kratzen einer Nadel, die auf eine Platte aufgesetzt wird. Als die ersten Anschläge eines Akkordeons ertönten, wurde Kommissar Kleinheinz kreidebleich. Noch ehe er protestieren konnte, stimmte ein exklusiver Chor, bestehend aus Rita, Ritas Eltern, Borowka, Fredi, Martina, Josef, Billa, Marlene und Will nicht eben schön, dafür aber umso lauter in den Refrain mit ein:

Erst Rendezvous – dann Schubidu
Doch eines sollst du wissen immerzu
Die Königin der Tulpen – die bist du!

# Die Königin der Tulpen

Erst Rendezvous
dann Schubidu
Doch eines sollst du wissen immerzu
Die Königin der Tulpen – die bist du
Die Königin der Tulpen – die bist du

Ich stehe am Strand und sehe aufs Meer
Und sehne mich nach deinen Küssen so sehr
Ich geh auf die Knie und sag: Werd meine Frau

Die Sonne, die schien, die Tulpen, die blühten
Du bist eine Frau wie aus Märchen und Mythen
Drum sag ich zu dir: Ik hou van jou

Erst Rendezvous
dann Schubidu
Doch eines sollst du wissen immerzu
Die Königin der Tulpen – die bist du
Die Königin der Tulpen – die bist du

Grachten, Frikandel, Nordseestrand
Sind meines Glückes Unterpfand
du bist noch blonder als ein Amstel-Bier

Wir gingen verliebt Hand in Hand
Durch unser schönes Nederland
Und schon war ich dein Tulpenkavalier

Erst Rendezvous
dann Schubidu
Doch eines sollst du wissen immerzu
Die Königin der Tulpen – die bist du
Die Königin der Tulpen – die bist du
(3x)

Originalaufnahme | Text & Musik: Piet van Muziek | performed by Charlie van der Valk
Mit freundlicher Genehmigung von Oorpijn Records | „Die Königin der Tulpen" ist eine Singleauskopplung aus dem Album „Tulpenträume", erschienen im Jahr 1973.

Gratis Download
unter www.dorfkrimi.de

**Charlie van der Valk wurde 1941 in Alkmaar geboren. Er arbeitete als Kartenabreißer im Freizeitpark „De Efteling", Milchausfahrer und Tankwart, bevor er 1973 mit dem Lied „Die Königin der Tulpen" über Nacht berühmt wurde. In der ersten Hälfte der 70er Jahre folgten weitere Hits wie „Walzer ins Glück" und „Akkordeon der Liebe" sowie zahlreiche Auftritte in holländischen Musiksendungen und -filmen, durch die van der Valk zu einem der beliebtesten Unterhaltungskünstler der Niederlande wurde. An den großen Erfolg mit „Die Königin der Tulpen" konnte er jedoch nicht mehr anschließen. Ende der 70er Jahre wurde es ruhig um den sympathischen Sänger mit dem samtweichen Bariton.**

**Quelle:** popmuziek-lexicon, 1986

# Danksagung

Ich danke

meiner aufmerksamen Lektorin Kristina, die durch präzise Anmerkungen zum Manuskript und kritisches Hinterfragen („Sind die Bierpreise auf dem Land realistisch wiedergegeben?“) den Roman mal wieder auf den Punkt gebracht hat;

Allrounder Wilfried für das Layout, den guten Cappuccino und die wunderbare Liveaufnahme unserer Leseshow „Das Schweigen der Kühe“ (zu hören als Bonustrack auf dem gleichnamigen Hörbuch) und natürlich Spürnase Marion;

dem Kreis Heinsberg und einem Teil seiner Bewohner dafür, dass sie mich inspirieren. Bei der Gelegenheit der Hinweis, dass das in diesem Roman beschriebene Dorf selbstverständlich ein Produkt meiner Fantasie ist. Saffelen ist, wenn man so will, ein fiktives Dorf, das es wirklich gibt. Es existiert zwar eine Ortschaft mit dem Namen Sa<u>e</u>ffelen und die liegt zufällig geografisch an exakt derselben Stelle, wo auch der fiktive Ort Saffelen liegt, aber die beiden Dörfer haben nicht das Geringste miteinander zu tun. Die Personen, die hier leben, haben niemals existiert, wenngleich sie es durchaus hätten tun können.

Sollte dennoch jemand meinen, jemand anderen oder – noch schlimmer – sich selbst wiederzuerkennen, so wäre das einfach nur ein unglaublicher Zufall. Und selbst da, wo ich in die Realität abschweife, ist diese oft den Anforderungen der Erzählung gemäß verändert worden. Suchen Sie also nie die Pastor-Müllerchen-Straße, es könnte dauern;

Melanie und Bob für ihre beängstigend zuverlässigen Geistesblitze. Wo nehmt ihr nur immer die Ideen her?

Marcus für die Fotos, auf denen ich bedeutend besser aussehe als in echt;

Simon für seinen Einsatz im paperback Verlag und für seine außergewöhnlichen schauspielerischen Leistungen auf der Bühne (als Sidekick in der Leseshow) und im Büro (beim Fragen nach Urlaub);

Marlene, Josef und Diko für die tolle Zeit auf Tour mit der Leseshow zu „Das Schweigen der Kühe“. Es hat einen Riesenspaß gemacht. Keep on running mit „Die Königin der Tulpen“;

Andy Muhlack für das perfekte Sounddesign für unsere Leseshows. Gänsehaut!

Micki und Ron – ihr wisst wofür;

allen Mitarbeitern der Rurtal Produktion für Engagement, Einsatz und Unterstützung;

allen Testlesern, Zwischendurchlesern und Schlusslesern für das Durcharbeiten der manchmal noch unausgegorenen Fassungen und für die vielen wertvollen Anregungen zur Story und Hinweise auf logische Fallstricke;

Marc für Freundschaft;

Christian für Vertrauen und Unterstützung;

allen, die mir bei meinen (diesmal sehr ausführlichen!) Recherchen behilflich waren, wie zum Beispiel Wolfgang, Roland, Marita, Josef und Mario. Sollte ich jemanden vergessen haben, darf er mich gerne auf ein Freigetränk ansprechen. Zwei, die mir bei meinen Recherchen geholfen haben, möchte ich hier besonders hervorheben, weil sie mir sehr viel ihrer kostbaren Lebenszeit geschenkt haben. Zum einen Stefan, den ich im Vorfeld mit unendlich vielen Fragen zur Polizeiarbeit löchern durfte und der, zumindest äußerlich, sehr geduldig meine pingeligen Fragen beantwortet hat.

Und natürlich Markus, der mir bei diesem Buch, aber auch im täglichen Leben, mit seinem enzyklopädischen Wissen über alles, was mit Technik in irgendeiner Form zu tun hat, aus jeder Patsche hilft. Und auch dafür, dass er fast immer ans Telefon geht, wenn ich anrufe.

Es ist überflüssig, zu erwähnen, dass Ungenauigkeiten oder sogar Fehler mein und nicht ihr Verschulden sind. Entweder hatte ich nicht richtig aufgepasst oder sie sind der Dramaturgie der Geschichte geschuldet;

meiner Familie Arnold, Ellen und Michel für Unterstützung in allen Lebenslagen. Und vor allem dafür, dass sie mich zum Schreiben ermutigt haben, lange bevor es einen Grund dazu gab. Und Sebastian für den Neuanfang.

Unendlich viel Liebe schicke ich nach oben an meine beiden Schutzengel Hildegard und Agnes. Was soll ich sagen? Ihr fehlt mir.

Ein Dankeschön mit Ausrufezeichen geht an Alexandra, meinen Anker und meine Inspirationsquelle. Vor allem für die große Geduld und die wertvollen Verbesserungsvorschläge, die noch dazu logisch begründet und nur selten zu widerlegen waren. Erneut ist es ihr gelungen, unnötiges Blutvergießen und sogar einen sinnlosen Mord an einer hilflosen Person zu verhindern.

Zu guter Letzt danke ich allen, die dieses Buch gekauft, verschenkt oder weiterempfohlen haben und allen, die bei meinen Lesungen waren, da ich ansonsten Dinge tun müsste, die weniger Spaß machen als Schreiben – wie zum Beispiel Arbeiten.

# Außerdem erhältlich

Das kleine Dorf Saffelen wird von einer unheimlichen Einbruchsserie heimgesucht. Da die Polizei im Dunkeln tappt, nimmt Ortsvorsteher Hastenraths Will höchstpersönlich die Ermittlungen auf. Der rustikale Landwirt formt aus Löschmeister Josef Jackels, Kreisliga-C-Legende Richard Borowka und anderen Dorfbewohnern eine schlagkräftige Task Force und spürt dem Täter mit überschaubarer Intelligenz, aber viel Herz nach. Je tiefer die Dorfbewohner in das Dickicht aus Schuld und Sühne eindringen, desto näher kommen sie einem dunklen Geheimnis, das ihr Leben von Grund auf verändern wird. Doch Hastenraths Will folgt unbeirrt der Spur des Täters. Zu spät wird ihm klar, dass er in tödlicher Gefahr schwebt …

Der erste Fall von Hastenraths Will ist ein fesselnder Krimi voller Humor, Leidenschaft und Spannung, der ganz nebenbei noch einen liebevollen Seitenblick auf das Innenleben einer kleinen Dorfgemeinschaft wirft.

176 Seiten
€ 12,90
**ISBN 978-3-9807844-4-3**

Erhältlich überall im Handel oder unter www.dorfkrimi.de

**paperback verlag**

# 25km/h

2003 erschien „25 km/h“, der lang erwartete Nachfolger des regionalen Verkaufsschlagers „Irgendwo da draußen“. Wieder erzählt Christian Macharski herzerfrischende und kuriose Geschichten aus der rheinischen Provinz. In 99 sorgfältig ausgewählten Glossen analysiert der Autor herrlich respektlos die kleinen und großen Dinge des Lebens. Dabei geht es um so wichtige Themen wie fehlende Kanalanschlüsse, heimtückische Gänsemorde oder die UNO. Außerdem enthält dieses Buch eine mitreißende Fortsetzungsgeschichte über einen außergewöhnlichen Wohnwagenurlaub in Kroatien. Ein Lesegenuss auf höchstem Niveau.

160 Seiten
€ 11,00
**ISBN 978-3-9807844-2-9**

Erhältlich überall im Handel oder unter
www.comedybedarf.de

**paperback verlag**

# Das Rurtal Trio zum Hören

Während Löschmeister Josef Jackels voller Elan eine einwöchige Bildungsfahrt der Pfarre Saffelen nach Rom vorbereitet, kümmert sich Hastenraths Will nach dem überraschenden Tod seiner 96jährigen Omma um die Organisation der perfekten Beerdigung. Richard Borowka plagt sich mit seiner Freundin Rita. Diese Probleme hat Neu-Single Fredi Jaspers nicht. Er ist bereits eingeschrieben für den VHS-Kurs „Flirt-Profi in 12 Doppelstunden".

Laufzeit 70 Min.
€ 9,90 (unverbindl. Preisempfehlung)
**ISBN 3-7857-3017-9**

Weihnachtszeit in unserem Lieblingsdorf Saffelen. Ein romantischer Traum aus Tannenduft, festlichem Lichterglanz und Rinder-Rouladen mit Kartoffelpürree und Soße. Es könnte alles so schön sein, wenn nicht das Nachbardorf Uetterath versuchen würde, dem Saffelener Weihnachtsmarkt den Garaus zu machen. Doch Hastenraths Will, Josef Jackels, Fredi Jaspers und Richard Borowka nehmen die Herausforderung an.

Laufzeit 78 Min.
€ 9,90 (unverbindl. Preisempfehlung)
**ISBN 978-3-9807844-3-6**

POLIZEIABSPERRUNG